異世界で
妹天使となにかする
2
深見おしお
Illustration 福きつね
TOブックス

目次（もくじ）

Isekai de Imouto Tenshi to Nanikasuru....

Contents

イラスト 福きつね　デザイン AFTERGLOW

ニコラ

主人公の相棒（元新人天使）。双子の妹として転生しサポート役を担うも、兄のマルクに寄生して将来も遊んで暮らしたいと考えている困ったちゃん。転生時にマルクの魂と混ざりあったからか、終始おっさん思考が垣間見える。

マルク

主人公。新人天使（ニコラ）のせいで輪廻転生に失敗し、充実の異世界ライフを目指すことにした元営業マン。宿屋の息子として家のお手伝いをしつつも、「やり甲斐のある人生を送るのだ」と魔法の特訓にも励む頑張り屋さん。

レオナ

マルクとニコラの母親。「旅路のやすらぎ亭」の掃除係兼給仕係。ひと味加えた創作料理を作っては味覚オンチのせいで失敗してしまう。

ジェイン

マルクとニコラの父親。宿屋「旅路のやすらぎ亭」二代目で厨房担当。無口で穏やかな性格。

登場人物紹介

デリカ

ファティアの町を守る正義の自警団「月夜のウルフ団」団長。姉御肌で周囲に「親分」と呼ばせていたが、最近は少し恥ずかしくなっている。

ユーリ

デリカの弟。マルクよりもひとつ年上だが、気が弱くて大人しい。かわいい女の子を見るとすぐに顔を赤くしてしまう。

セリーヌ

魔法使いの冒険者。ファティアの町の冒険者ギルドで仕事をする際は、「旅路のやすらぎ亭」を贔屓《ひいき》にしてくれている。

ギル

雑貨屋や古本屋などを経営する商人。強面だがニコラのウソ泣きに騙《だま》されて以来、お菓子を持って会いに来てくれる優しい面がある。

第一章

隣の村まで出かけよう

第一話　八歳になりました

俺が八歳になったある日のこと。花壇で栽培している薬草のセジリア草が、脳内のアイテムボックスリストの中で《セジリア草＋1》に変化していた。＋1という表記が突然くっついたのだ。《アイテム名＋1》といえば、俺が前世で遊んでいたダンジョンに潜って武器を強化していく不思議なゲームや、合成でハイクオリティな出来栄えだと白いアイコン枠になるネトゲなんかでよく見かけた表記だ。

以前風呂の残り湯を鑑定した時、例えば母さんの残り湯は「レオナの残り湯」じゃなくて「母さんの残り湯」だった。なので俺の主観が鑑定に影響を与えているような気がする。つまり＋1表記はアイテムボックス側で、俺がわかりやすいように名称変更してくれたものじゃないかと考えたほうがいいと思う。

ってことは、セジリア草が性能アップしたと考えていいんだろうか？　それとなぜ今になって＋1が付いたのかもわからない。いつもと同じように栽培していただけなのにだ。

わからないことはニコラに聞くに限る。俺は今日刈り取る分の薬草をすべてアイテムボックスに詰め込み、子供部屋にいるはずのニコラの元に向かった。

ガチャリと扉を開けると、母さんお手製のぬいぐるみを抱きながらベッドの上でだらけているニコラがいた。

子供ながらに端正な顔立ち。透き通るような金髪は毛先に向かって水色のグラデーションが色づき、窓からの日差しを浴びてキラキラと輝いている。ご近所のアイドルは今なお健在であった。ちなみに俺のご近所での評判は、なんだか変なことをしている子供である。双子のはずなんだけどな？　髪色も同じだし。

ニコラがベッドに横になったまま、ごろりと俺の方に向き直る。

「お兄ちゃんどうしたんですか？　さっき花壇に行ったばかりですよね」

「セジリア草を鑑定したら＋１になっていたんだ」

アイテムボックスからセジリア草＋１を取り出しニコラに差し出す。

「え？　なんですか？　ソレ」

「え？　ニコラもわからないの？」

俺の言葉に、ニコラは寝っ転がったまま器用にやれやれと肩をすくめる。

「私はこの世界についての基礎知識なんかは覚えましたけど、なんでもかんでも知っているというわけではないですよ」

「えっ、そうなの？」

「そうなんです。お兄ちゃんが転生するまでのタイムリミットがありましたからね。その期限まで上司にむりやり勉強させられて……あの時は天国にいるのに地獄にいるような気分でしたよ。隙を見て遊んだテレビゲームがどれほど面白かったことか……」

死んだような瞳で詰め込み学習の日々を語るニコラ。そのわりにちゃっかりサボってることについてはつっこまないほうがいいのだろうか。

ニコラは辛かったらしい過去を頭を振って追い出すと、再び俺を見上げた。

「まあわからないなら実験です。それでポーションを作ってみればいいんじゃないですか」

「それもそうだな。とりあえずやってみようか」

俺はさっそく、アイテムボックスから大きめのガラスのグラスを取り出す。お小遣いで買ったポーション作成用の容器だ。値段はそこそこお高く銀貨三枚だった。

まずはセジリア草＋1を手で千切って容器に入れる。軟膏までせずともこれくらいで十分溶けるということはすぐに判明した。腕だけムッキムキの少年になる事態が避けられたことは素直に嬉しい。

そして水魔法で水を入れ、光属性のマナを流し込む。……むむ、いつものE級ポーションよりもマナをたくさん吸い取っているみたいだ。

しばらくするとマナが入らないようになったので、そこでマナの注入を止める。これで完成だ。

見た目はいつものE級よりも緑の色が濃い気がする。それではさっそく鑑定してみよう。

俺は容器をアイテムボックスに収納する。すぐに脳内にラベルが浮かんできた。

《D級ポーション　セジリア草＋1》

「どうでしたか？」

ニコラが俺の方を覗き込みながら尋ねる。

「……D級ポーションになっちゃったよ」

「ほほう……。ワンランク上のセジリア草なのは間違いないようですね」

「D級ってどれくらいの代物だったっけ？」

「軽い骨折くらいなら完治する等級で、領都では金貨十枚くらいで売られていると聞きました」

「金貨十枚！　……ギルドのポーション買い取りは市場価格の七割程度って言ってたな。これひとつで金貨七枚の儲《もう》けなのか、あわわわわ」

「ふへへ……。夢の食っちゃ寝生活に一歩近づきましたね、お兄ちゃん」

にんまりと表情を崩しながらニコラが言った。

「それはお前の夢かもしれないけど、俺はそこまでは求めてないからね？　……それで後はどうしてセジリア草が＋1されたかってことだけど」

「品種改良されたんじゃないですか？　お兄ちゃんがマナを与えて世代交代を続けたセジリア草が突然変異したんだと思います」

「そうなのかな。マナを与え続けて品種改良だなんて今まで聞いたことないけどなあ」

「もしかしたら秘匿《ひとく》されている技術という可能性もありますが……でもめったに無いことなのは間違いないと思いますよ」

たしかに魔法トマトなんかはずっと自分で育てた種を使っていても品種は変わっていない。魔法に慣れてきた分、最初に作った頃よりも美味しくなったとは思うけど。

「まぁすっかり忘れてるようですけど、お兄ちゃんにも天使の魂が混ざってますからね。その辺のアレがなんやかんやでセジリア草に影響を及ぼしたのかもしれませんし、その上アホみたいにドバドバとマナを与え続けてますからね。なにが起こっても不思議じゃありませんよ」

ううーん、なんだか説明が雑すぎる気がするけれど、考えたところで答えは出ないしな。細かいことはどうでもいいかもしれない。

「それで……どうします？」

「今後の話？　そうだなあ……。とりあえず今回のセジリア草＋1から収穫した種を撒《ま》いてみて様子を見ようか」

ちなみに種は「セジリア草＋1の種」だ。

「それもそうですね。取らぬ狸《たぬき》のなんとやらだと残念すぎますし」

「じゃあそういうことで花壇に行ってくるよ。そろそろ宿のほうも忙しくなるし、種を撒いた後は母さんたちを手伝ってくる。ニコラはどうする？」

「それじゃ私も一緒に行きます。最近は少しずつサボりに厳しくなった気がするんですよね……」

最近、宿も以前より繁盛するようになったからな。俺から見てもニコラはサボりすぎだし。まあ母さんの場合、サボっているのを叱るというより、ダラけすぎているのを心配してるんだと思うけどね。俺たちは一緒に子供部屋を出ると、階段を降りて庭へと向かった。

第二話　お好み焼き

セジリア草＋1の種を撒いた後、ニコラと共に厨房に入る。厨房ではジェイン父さん、レオナ母さん。そしてお手伝いのおばさんのアデーレと全員がフル稼働中だ。するとキャベツを切っていた母さんに振り返りざまに声をかけられた。

「あらちょうど良かったわ。ふたりとも食堂を見に行ってくれる？」

「はーい」

二人揃って食堂に向かう。ちょうど夕食の時間帯。テーブルはほとんど埋まっていたけれど、注文待ちのお客さんはいないようだ。

とりあえずテーブルでも拭《ふ》くかと考えていると食堂の扉が開き、黒いとんがり帽子に胸元の開いた黒いドレス、深いワインレッドの長い髪の女性——セリーヌが入ってきた。

「あら、マルク、ニコラちゃんこんにちは。さっそくだけどエールとお好み焼きよろしく～。あ、一緒に持ってきてね？」

そう言ってセリーヌはカウンター席にドシンと座った。昨日、冒険者ギルドで受けた仕事に出発して今帰ってきたようだが、ずいぶんお疲れのご様子だ。

二年ほど前に魔法キャベツの収穫に成功し、父さんにお好み焼きレシピを提供してからというもの、お好み焼きはウチの人気メニューになった。作った当初は生地はともかくソースの方をうまく再現できずに随分と苦戦したんだけれど、料理の才能あふれる父さんが研究に研究を重ね、見事にお好み焼きに合うソースを作ることに成功したのだ。

今では噴水広場の屋台でも、ウチのお好み焼きを模倣《もほう》したバッタもんがあちらこちらで売られている。もちろんそれをパクりだなんだと言うつもりは無いし、むしろ定番の食文化として浸透してくれれば嬉しい。それになにより、食材の品質と料理の腕前がダントツのウチのが一番おいしいしね。

厨房に戻り、父さんに注文を伝える。それからしばらくの後、出来上がったアツアツのお好み焼きを載せた皿を父さんから受け取った。

表面で鰹節《かつおぶし》が踊っていたら最高なんだが、残念ながら鰹節は入手できていない。さらに今は豚玉しかなく、イカの存在が不明なのでイカ玉も作れていなかったりする。この町は海に面していないからか、魚類に関してはいろいろと物足りない。

いつかは海に面した町にも行ってみたいなと思いつつ、エールの入ったコップとお好み焼きをトレイに載せてカウンターへと運んだ。

「ありがとー」

セリーヌはお好み焼きをナイフとフォークで一口大に切って口に運び、むしゃむしゃと頬張ったかと思うと、エールのコップをがしっと掴んで一気に飲み干す。そして目をぎゅっと閉じると、感極まったような声を上げた。

「ぷはーうまいわー！　この一杯のために生きてるわー！」

うんうん、その気持ちはわからんでもない。わからんでもないけれど……こんなにも美人なのになんとも残念な姿でもある。

かれこれ三年ほどの付き合いになるが、未だにセリーヌに男の影を感じたことはない。この食堂で彼女をナンパするような度胸のある男はもうめったにいないし、たまに外で誰かと一緒にいるのを見かけても、頼りなさげな新米女性冒険者にお節介を焼いているようなのばかりだ。

もしかしたら男よりも女性の方が好きなのかなと思ったりもするけれど、まあなんにせよ本人は幸せそうなので、俺が変に気を回す必要もないだろう。

「昨日からどんな仕事に行ってきたの？」

「納品依頼でストーンクロウラーの外皮を取りに行ってきたわ。一匹分で金貨三枚だから飛びついたんだけど、生息地まで遠くて結局野宿するハメになったのよねえ。地図通りだと往復で一日で帰ってこれる予定だったのに、あの地図絶対に縮尺がおかしいわ……」

「へー、地図なんかも見せてくれるんだね」

「依頼主お手製のね。ほんと適当な地図で大変だったんだから。あんな依頼じゃもう二度と行く気にはなれないわね。どうりで誰も依頼を受けていないはずだわまったく……」

ぶちぶち文句を言い始めるセリーヌ。いろいろと鬱憤《うっぷん》が溜まっていそうなので今日はサービスしてあげよう。

「それじゃあ今日はポーション風呂に入る？　疲れも吹き飛ぶよ」

文句をピタリと止め、セリーヌがすごい勢いでこちらを向く。

「いいの？　ありがとう！　いやー、今日はお風呂で気分をスッキリさせたいなと思っていたのよね！」

そう言うとバクバクとお好み焼きを食べ始めた。よっぽど早く入りたいらしい。

ポーション風呂とはそのまんま、ポーションの風呂である。

魔法の特訓の一環でポーション作りは薬草がある限り延々と続けているんだが、売れないのでどうしても余る。そこで試しにE級ポーション数個を浴槽に入れてみたところ、疲労回復効果やら美肌効果やらが体験した母さんやセリーヌから報告されたのだ。

もう原液で浴槽何杯分かのE級ポーションがアイテムボックスには溜まっているんだが、さすがにもったいないので一回につき五個までと決めた。

「ありがたくお風呂をいただくつもりだけど、ほんと贅沢な使い方ね。少しならポーション分も支払うわよ？」

「どうせ余ってるし、セリーヌはたまに僕のポーションを買ってくれるからね。それで十分だよ」

「そりゃマルクの腕は私がとっくに見込んでるからね。実際E級の効果あるんだし、よそで買うくらいならマルクから買うわよ」

一個につき銀貨七枚での販売だ。俺はギルドを介さず売れるし、セリーヌは少し安く買える。ウィンウィンの関係なのだ。

「それで十分稼がせてもらってるから、気にしないでいいよ」

「そっか、わかったわ。それじゃありがたく入らせてもらうわね。お礼に私と一緒に入る？　全身くまなく洗ってあげるわよん？」

「はいはい、また今度ね。それじゃ準備してくるねー」

からかい口調のセリーヌをさらりと受け流し、俺はカウンター席から離れた。

『少しからかってるようにも聞こえますけど、頷《うなず》けばきっと一緒にお風呂に入れますよ？　お兄ちゃんももう八歳。誘ってくれる機会もこれが最後かもしれないというのに、もったいないですねえ』

後ろでテーブルを拭きながら話を聞いていたニコラから、ニヤついた声の念話が聞こえる。そんなこと言っても相変わらず体が性に目覚めていないせいか、積極的な気持ちにはならないしな。

ニコラのいらぬおせっかいに軽くため息をつきながら裏庭に向かう。そして俺の背後からは、

「セリーヌお姉ちゃん、一緒に入っていーい？」

「いいわよー」

サボる気マンマンのニコラの声が聞こえた。

第三話　金貨五枚のお風呂

裏庭の隅にある風呂小屋に到着した。コンクリ打ちっぱなしの倉庫のような外見はこの辺りでは他に見かけないので、隅っこに設置されているというのに存在感が半端ない。

思えばこの風呂小屋も立派になったもんだ。最初の頃は崩落の危険を考えてデリカの店から貰《もら》っ

た廃材で屋根を作っていたが、今ではそれなりに土魔法の自信もついたので、土魔法でしっかりとした平屋根に作り変えている。

ついでに薬草を育てる場所も広げようと思いつき、階段を備え付け屋根に登れるようにして、屋根の上にも花壇を作った。セジリア草＋1の種を植えたのもここだ。

風呂小屋に入り、まずは掃除を始める。といっても風呂小屋の中に備え付けてあるブラシで浴槽を軽く擦って、水魔法で洗い流すだけだ。雑な掃除だと思わなくもないけれど、浴槽の中のお湯に含まれるマナの影響なのか水垢《あか》なんかは見たことがない。

後は水魔法と火魔法を併用して生み出したお湯を浴槽に入れる。手のひらがまるで巨大なホースの口になったかのように、ドバドバとお湯が浴槽に注ぎ込まれていく。前世ではありえない光景だが、最近はこの光景にも慣れてきた。

最後にアイテムボックスからE級ポーション五個分を浴槽に投入した。もともと色素が薄めのポーションなので、入れたところで見た目はまったく変わらない。しかしこれでなかなかの効果なのだから侮れない。

初めて試した時の、母さんやセリーヌのはしゃぎっぷりといったらなかった。俺から見たら二人とも十分若いし綺麗だと思うんだけれど、本人的にはいろいろと思うところがあるらしい。

とにかくこれで準備完了だ。

風呂の準備が終わったので食堂に戻りセリーヌに声をかける。

「準備終わったよ。いつでも入っていいからね」

「ありがとー。それじゃさっそく行ってくるわ」

もう食べ終わったらしい。セリーヌはカウンターに食事と風呂の料金を置くと、飛び跳ねるように歩きながら外へと向かう。

そしてニコラもそれについていこうとしたところを、母さんに捕まり首根っこを掴《つか》まれていた。

後ろを振り向いていろいろと察したらしいセリーヌはニコラに軽く手を振って、一人で外に出ていった。

◇◇◇

食堂の夕食時のピークが終わり、ニコラと一緒に食器洗いをしていると、お手伝いのアデーレが帰り仕度を始める。俺が生まれる前から、昼食から夕食が終わるくらいの時間までパートタイムで働いている近所のおばさんである。

「それじゃあ今日は帰りますねえ。……っと、痛つつ」

アデーレが自分の腰をさすって顔をしかめる。

「おばさんどうしたの？」

「ああ、今日は重い物を持った時にちょっと腰をやっちゃったみたいでね。明日までには治るといいんだけどねえ」

「そうなんだ。ちょっと待って」

俺は手を拭うと、アデーレの腰に手をあて光魔法の一種である回復魔法をかける。手のひらから薄ぼんやりとした光が溢れた。

「……どうかな？」

「あら？　痛くなくなったよ！　マルク君が土魔法を使えるのは知ってはいたけど、光魔法まで使えるのかい？」

「うん、そうなんだ」

俺がコクリと頷くと、アデーレが感心したように続ける。

「はあ～、旦那さんもレオナさんも自慢のお子さんたちでうらやましいよ。それに比べてウチの上の子なんて冒険者になるって出ていったきりロクに帰ってきやしないし、下の子は鍛冶屋の弟子になったまでは良かったけれど、家に帰ってきてはもうキツいから辞めたいってそればっかりでねえ。その点マルク君は魔法が得意だし将来は宮廷魔術師かい？　ニコラちゃんもこんなにかわいいんだからお貴族様のお眼鏡にかなえば玉の輿にも乗れそうよねえ」

将来は宮廷魔術師ってのは、末は博士か大臣かみたいなアレかな。なんにせよ貴族と関わり合いになるのって面倒なイメージしかないから勘弁したいところなんだけど。ニコラも同じ考えらしく、苦い表情を出さないように笑顔を顔に貼り付けているのがわかる。

近くにいた父さんもおばさんトークになんて言っていいのかわからず、愛想笑いしながら頬《ほほ》を掻くだけだ。そしてアデーレのいつもの話相手である母さんは今は食堂の掃除中。

打っても響かない俺たちに空気を読んだアデーレは、

「……っと、話が長くなってしまったね。それじゃあまた明日よろしくお願いしますねえ」

と会釈をして帰っていった。後はカチャカチャと食器を洗う音と父さんが食器棚に食器を片付ける音だけが響くのだった。

しばらくすると母さんが帰ってきた。

「あれ？　アデーレさんもう帰っちゃった？　腰が痛いって言ってたから、後でマルクに見てもらおうと思ってたんだけど」

「それならもう治したよ」

「そっか。マルクありがとね～。……それにしても最近はマルクやニコラに手伝ってもらっても前よりもずっと忙しいわねえ。そろそろもう一人くらい雇ったほうがいいのかもしれないわ」

母さんは軽く息をつき、父さんが思案顔で頷く。

「あっ、そうだわ！　マルクの通っている教会学校も、そろそろ年長さんは見習い仕事を始めたり、お家の仕事を手伝う子もいるでしょう？　ウチで働けるようないい子はいないかしら？」

教会学校は十二歳までだ。とはいえ俺がよく知っている年長組といえばデリカとジャックくらいしかいない。

ジャックはラックに付いて冒険者を始めたので、教会学校にはめったに来なくなった。しかしデリカは今でも通っているし、空き地でも会うから今度聞いてみようかな。

「それじゃあデリカ親分に聞いてみるよ」

「そっか、デリカちゃんがいたわね。もしあの子が働いてくれるなら助かるわ。……それとマルク

～？　親分なんて呼んじゃダメでしょ？」

「親分が自分でそう呼べって言ったんだよ」

「前はそうだったかも知れないけど……。うーん、まあいいわ。デリカちゃんに聞いてみてね」

「うん、わかったー」

最近はデリカ自身も親分呼びに抵抗があるような素振りを見せている。とはいえ自分から言った手前、止めてくれとはまだ言えないみたいだ。俺やニコラが親分と呼ぶたびに微妙な顔をするデリカを見るのは正直楽しい。

それはさておき、以前は町の衛兵か冒険者になりたいと言っていたデリカだが、最近はそういう話はとんと聞かなくなった。明日はその辺の話も聞いてみようかな。

第四話　オヤブーン

今日は教会学校に行く日だ。ニコラと一緒に、まずはゴーシュ工務店にデリカ姉弟を迎えに行く。

「おーやぶーん！　教会学校に行ーきまーしょーうー」

店の玄関でニコラと揃えて声をかけると、店の中から赤毛のポニーテールを揺らしながらデリカが出てきた。

最近は身長もスラッと伸びて、少しだけ大人っぽくなった。とはいえ胸の方はまだまだ発展途上のようだけど。

「おはよ。マルク、ニコラ」

「おはよー親・分☆」

俺とニコラが元気に挨拶《あいさつ》をする。デリカはやはり親分呼びに抵抗が出始めているようで、若干困ったような顔を浮かべている、楽しいね。

「おはよう」

少しすると弟のユーリも出てきた。デリカが外へ連れ出していた効果があったのか、以前に比べると元気になったと思う。

そしてユーリとも挨拶を交わした後、さっそく聞いてみることにした。

「ねえ親分。最近は衛兵とか冒険者になりたいって言わないね。どうして？」

「ちょっとマルク！……行くわよ」

声を潜めながらデリカがそう言うと、急いで俺の手を引いて家から離れさせた。そして教会に向かって歩きながら話し始める。

「冒険者ギルドに登録できるのは十歳からでしょ？　もちろん私も十歳になってすぐに冒険者ギルドに登録したのよ。それでそのことを家で報告するとね、母さんに『十分町で暮らしていけるんだから命を粗末にするもんじゃない』ってかなり本気で怒られちゃってね」

「あれ？　でも普段から言ってたよね」

「子供の頃はよくある話と思って本気に取ってなかったんだって。父さんは別に冒険者でも構わないと思っていたらしいけど」

「僕は母さんがあんなに怒ったのを初めて見たよ」

ユーリが肩をすくめて呟《つぶや》いた。

「それからしばらく揉めてたんだけど、衛兵なら構わないって話でなんとか落ち着いてね。だから十五歳になったら衛兵の試験を受けるつもりよ」

まあ大切な一人娘が冒険者になるってやっぱり大事《おおごと》なんだな。誰でもホイホイと冒険者になるというわけではないらしい。そう考えたのが顔に出たのかデリカが続ける。

「冒険者になるのを反対されて家出なんて話はよく聞くけどね。私だって母さんを泣かすつもりはないから、衛兵だけでも許してくれて良かったと思うわ」

「でも衛兵は町の衛兵採用試験で合格しないと仕事に就くことができないって、門番のブライアンさんに聞いたことがあるよ。試験に備えてなにかしているの？」

「それなのよねー。筆記試験と実技試験があるみたいなのよ。勉強のほうは教会にも資料があるからいいんだけど、実技の方はさすがにギルおじさんに教えてもらうだけじゃ物足りなくなってきているから、どこかの道場にでも習いに行きたいんだけど……。月謝が結構かかるのよね～」

デリカがため息をつく。これは渡りに船かもしれない。

「それならウチの宿屋で働いてみない？　お手伝いさんを募集しているんだ」

「え？　本当？　ぜひお願いするわ！」

デリカがすごい食いつきで即答する。しかしその後、思い出したかのように顔をハッと上げる。

「あっ、でもウチの店の手伝いもあるし、日数や時間帯は融通してもらえるの？」

「たぶん大丈夫だと思うよ。その辺はまた今度ウチで母さんと相談してみてね」

「そっか、それじゃ決まったらよろしくね」

悩みが一つ解決したデリカがスッキリした顔で答える。

「やったあ！　一緒にお手伝いしようね！」

ニコラがデリカの腕に抱きついて喜びを表現した。これでサボれる時間が増えるとでも思っているのかもしれない。そんなの母さんが許すわけないと思うんだけどね。

それはともかく、働き手の件はあっさりと片が付きそうだ。俺が任務遂行にホッとしていると、デリカが手をパンと打つ。

「あっ、そうそう！　店の手伝いといえば、今度ウチの父さんが近くの村の広場にシーソーを設置しに行くのよ。片道で一日かかるから村で一泊するんだけど、良かったら一緒に行かない？　もちろんニコラもね。母さんとユーリが店番で父さんと二人だけだとヒマそうだから、話し相手が欲しいのよね。もちろん父さんには話は通してあるわよ」

「へえー村かあ。一度行ってみたいけど……。道中の護衛は雇っているの？」

「もう何度か行ったことあるけど、平原を馬車で行くだけだし魔物とかめったに見たことないわ。たまに見かけても父さんが角材を一振りして蹴散らしてるし」

デリカの親父さんはムキムキのマッチョである。

「そっか、それじゃあ行けたら行くよ」

「むっ……。なんだか行かないみたいな言い方ね」

デリカが口をへの字に曲げる。

「ああ、いや、ウチの母さんが反対する可能性もあるからね」

そう言うとデリカも納得し、詳しい説明を始めた。出発は三日後らしい。村でシーソーの設置を行い一泊。特に準備するものはないとのこと。

そっけない答え方になってしまったが、町の外に行ける機会は八歳の俺にはあまりない。こういう機会にいろいろと見て回りたいもんだ。

◇◇◇

その後、たわいもない話をしているうちに、いつの間にか教会に到着した。俺とニコラはデリカ姉弟と別れて裏庭へと向かって歩いていく。週に一回、教会学校のある日に俺はセジリア草を教会にお裾分けしている。

普段自分たちが採っている薬草で作るF級ポーションの方が負担が少ないらしいのでE級ポーションは作っていないようだが、軟膏にするだけなら子供たちでもできる。軟膏は結構売れているそうで、孤児院の運営が助かると大変好評なのだ。

シスターのリーナは裏庭で花壇の世話をしていた。最近はここでセジリア草を受け渡すのがおなじみになっている。なんだか秘密の逢瀬みたいで、悪いことをしているようなドキドキした気分になるね。横にニコラもいるけどさ。

リーナにセジリア草を手渡すと、リーナが微笑みながらそれを受け取る。

「マルクさん、いつもありがとうございます」

「教会では勉強を教えてもらっているし、外でもラングによくお世話になっているから気にしないでください」

リーナは笑みを深め、両手を組み合わせ祈りを捧げる。

「あなたに神のご加護があらんことを」

その祈りを捧げる姿はとても美しく、心が洗われるようだ。でも俺は神様のご加護をすでに貰っているんだよね。なんだか申し訳ない。

薬草を保管しに行くリーナと別れ、先に教室に入る。デリカの姿が見えないけれど、先程の話からすると書庫に参考書でも取りに行ったのかもしれない。

「あっ！　マルク兄ちゃんとニコラ姉ちゃんだ！」

何人かの子供が俺たちの周囲にやってきた。俺の後から入学してきた六歳と七歳の後輩たちだ。いつぞや軟膏の実験台になってくれたリッキーもいる。

「みんなおはよー」

俺とニコラが朝の挨拶をすると、子供たちは挨拶なんてどうでもいいとばかりに間髪をいれず口を開く。

「ねえねえ、今日はアレ持ってきてる⁉」

「アレ？　……ああ、あるよ」

俺が懐《ふところ》（と見せかけたアイテムボックス）からビー玉状の玉をいくつか取り出す。周囲がわあっと沸いた。

「遊んだ後はしっかり片付けてね。誰かが踏んづけて転んで怪我でもしたら、もうあげないよ？」

「うん、わかってる！」

そう言いながら手渡すと、子供たちはそれをぐっと握りしめ机の方に走っていった。これから机の上で転がして遊ぶのだろう。

ちなみにビー玉状と言っても原材料はビードロではなく石なので、正確には石玉？　ということになる。しかし丸さにかけては本家に勝るとも劣らないと自負している。

どうして石玉を子供たちにあげることになったのか。話は一ヶ月ほど前に遡《さかのぼ》る。

その日は土魔法のコントロールを磨くために授業の合間に石玉を作って練習していた。球体を綺麗に作るというのはなかなか難しく、練習のやりがいがあった。

するとその石玉を興味深げに見ていた子供たちがいたので、作っても特に使い道の無い石玉をいくつかあげたところ、それを使っていろんなビー玉遊びをするのが子供たちの間で流行ったのだ。

今は机の上で石玉を転がして弾き落とす遊びが流行っているらしい。俺も小学生の頃は机をバトルフィールドにして消しゴムとか定規を弾いていろいろと遊んだもんだったなあ。

そんなふうに温かい目で子供たちを見ていると、

『齢八歳にしておっさんくさい顔つきをしてますね』

とニコラから念話が届く。自分でもそう思ったよ！

俺も前世で八歳の頃ならみんなに混じってビー玉遊びしてたんだろうけど、さすがに中身が大人だと楽しめないので少しうらやましくもある。

この世界に転生してから趣味らしい趣味といえば魔力を鍛えることくらいだし、もう少し人生に彩りっていうんですかね、楽しみを見出したほうがいい気がしてきた。

そう考えるとデリカ家の仕事についていくというのは、今の俺でも楽しめるちょうどいい気晴らしになりそうな気がする。

これは是が非でも母さんに外泊の許可を貰わなければ。俺はそんなことを考えながら椅子に座り、授業が始まるのを待つことにした。

第五話　東門

「いいわよー。ニコラも行くのよね？」

「うん、行く！」

「えっ、いいの？」

デリカたちと村に同行する件を母さんに相談すると、ゴブリンの森に行く時と同様にすんなりと承諾された。あまりにあっさりすぎるので、思わず聞き返してしまう。

「あら、どうしたの？　駄目って言ってほしかったのかしら？」

「あ、いや、そういうわけじゃないんだけれど……」

俺がなんて言おうか考えていると、母さんはゆっくりとしゃがみ込み、俺とニコラに目線を合わせる。

「私はね、二人を信じてるのよ～。だってこーんなにかしこいし、こーんなにかわいいんだもの！」

そうキッパリと言い放つと、俺とニコラを同時にギューッと抱きしめた。

「だからね……二年前に黙って薬草を採りに行ったことだって、ち～～っとも心配してないし、ち～～っとも怒ってないんだからね……！」

えっ、薬草ってコボルトの森の？　うへっ、バレてた⁉　……って母さんの抱きしめがどんどん強く……痛い痛い！　どうやら今まで見逃されていたらしく、藪《やぶ》をつついて蛇《へび》を出してしまったようだ。痛い痛いイターイ！

そうしてしばらくの間、母さんのベアハッグを甘んじて受け入れていると、ふいに力を抜いて、俺たちの頭に手をポンと乗せ、

「だから、楽しんでらっしゃい」

と、にっこりと微笑んだ。

それを見て俺は、母さんの信頼に応えて思いっきり旅を楽しんで、そして無事に帰ってこよう。そう心に誓った。

◇◇◇

それからの三日間はまさに遠足前の心持ちで、なんともそわそわわくわくした気分で過ごした。

こういう高ぶる気持ちを感じたのは久しぶりかもしれない。

ギルに空き地の畑のことを任せたり、セリーヌに旅の準備に必要なものを聞いたり、それらを買い揃えたりとか、そういうことをしながら自分の中から生まれてくる熱をやり過ごしていた。

そして出発当日の朝、デリカとデリカパパでムキムキマッチョのゴーシュが家まで迎えに来た。

母さんがゴーシュと挨拶を交わす。

「それじゃあ子供たちをよろしくお願いしますね」

「任せてください。帰ってきた後はウチの娘をよろしくお願いします。厳しく仕込んでやってください」

ゴーシュはデリカを見ながらニヤリと笑い、デリカは「お願いします！」と頭を下げた。今回はデリカのバイトの事前挨拶も兼ねているのだ。

「それはもう。しっかり働いてもらいますから！」

母さんがにっこり笑って答えると、隣にいる父さんも同じように笑みを浮かべて頷く。そんなやり取りをした後、俺たちは家を後にした。

「いってらっしゃい〜」

ブンブンと手を振る母さんに手を振り返しながら家から離れる。ふと視線を感じて宿の二階を見上げると、セリーヌがこちらに向かって小さく手を振ってくれていた。

今回の旅に使う馬車はレンタルらしい。シーソー用の資材は既に馬車に積み込んでいるそうだ。町を出る門は実家から近い南門ではなく、貸し馬車屋から近い東門からになる。

町中をしばらく進むと東門が見えてきた。この辺はジャックの縄張りだったんだよなー。最近見ないけど元気なのかな。

「親分、ジャックってもう冒険者やってるんだよね？」

「お兄さんと組んでいろいろとやってるみたい。お兄さんのほうは最近D級に上がったって、教会学校でジャックの取り巻きが言ってたわ」

「へえ、D級ってすごいね」

F級は駆け出しでE級まではすんなり上がるらしいが、D級はそれなりに信用と実績を積み上げないとなれないらしく、冒険者には万年E級なんて掃《は》いて捨てるほどいるとセリーヌが言っていた。その後に「私はC級だけどね！」ってドヤ顔していたけど。

「親分お姉ちゃん、あの建物なあに？」

ニコラが四角張った三階建ての建物を指差す。

「ああ、あれは商人ギルドよ。それとニコラ、親分かお姉ちゃんどっちかにしない？」

「じゃあ親分で！」

「あ、そう……」

デリカは親分呼びが解消されずに肩を落とした。それにしてもあの建物が商人ギルドなのか。冒険者ギルドは町の中央寄りにあったけど、こっちはそうでもないんだな。

雑談をしているうちに貸し馬車屋に到着する。店頭には立派な馬の石像が立っており、やたらと存在感を放っていた。

この店舗は受付と事務仕事だけで、厩舎《きゅうしゃ》や牧場は町の外にあるらしい。町の外の土地は中の土地よりもかなり安く借りられるそうなので、それをうまく利用しているのだろう。

店の外で待っていると、すぐにゴーシュが店員と共に出てきた。積荷を預けた時に手続きは済ませているんだろう。

俺たちは揃って東門を通り、町の外へと歩く。東門を出てすぐの左手側には柵に囲まれた牧場があり、草を食《は》む馬の姿も見えた。あれが貸し馬車屋の牧場のようだ。

店員がここで待ってくれと言い残してその牧場へと向かうと、しばらくして馬と馬車を引き連れて戻ってきた。

馬が引っ張っている馬車には屋根はあるものの、飾りを取っ払った質素な外観はいかにも行商用の馬車であり、なんとなく前世の軽トラックを彷彿《ほうふつ》とさせた。

「それじゃ行くぞー。子供たちは馬車に乗り込めよー」

ゴーシュが御者台に座りながら声を上げる。馬車の踏み台は少し高かったが、先に乗り込んだデリカが俺とニコラを順番に引っ張り上げてくれた。

馬車の中にはシーソーの資材が積まれていたが、俺たち三人分が座るスペースは十分あった。もし邪魔なようならアイテムボックスに入れようかと思っていたけれど、どうやら大丈夫のようだ。

俺たちが乗り込んだのを確認すると、ゴーシュが手綱を軽く動かした。するとガタンと馬車が揺れ、次第に外の景色が動き始める。こうして馬車で行く一泊二日の旅が始まった。

第六話　旅路

蹄《ひづめ》と車輪の音をのどかに響かせながら、馬車が草の剥《は》げた街道を進む。このまま道なりに進めば昼過ぎには目的地の村に着くそうだ。

ちなみにファティアの町は領都に繋《つな》がる中継地点の一つだが、村は町を挟んで領都の反対側になる。

村の名前はセカード村。その村の中央にある広場にシーソーを取り付けるのが、今回ゴーシュ工務店で請け負った仕事となる。

馬車の座席に座りひとまず落ち着いた後、俺はアイテムボックスから無地のクッションを取り出した。

セリーヌやギルが口を揃えて言ったのは、馬車というのは慣れないうちは振動で尻が痛くなるということだ。そこでなるべく厚めのクッションを古着屋で購入しておいたのだ。

「お兄ちゃん、私にもちょうだい」

両手を差し出すニコラにも同じ物を手渡す。ニコラはクッションを尻に敷くとクルリと百八十度回転し、小窓から外を覗き始めた。

「はぁー。準備がいいのね、マルク」

デリカが頬に手を添えて若干呆れ顔で俺を見ている。最近は少し大人にはなったけれど、デリカはもともとガキ大将だ。人生初の馬車で尻が痛くなるのも試練の内――なんて考えていたのかもしれないな。

「一応、親分の分もあるよ。いる？」

「いる！」

即答かよ！　購入前にデリカの分は必要ないかもと悩んだのだが、杞憂《きゆう》に終わったようだ。デリカもまだそれほど馬車には慣れていないのかもしれない。

「おいおい、そんなものに頼っちまったら、いつまで経ってもクッションを手放せないぞ。旅の荷物はなるべく減らしたほうがいいんだからな」

御者台からこちらを見ていたゴーシュが声を上げる。

「マルクはアイテムボックス持ちだからいいの！」

「そりゃあマルクがいる間はそれでいいんだがな……。それじゃあマルク、ウチのデリカと結婚してくれるか？　ユーリと二人で工務店を盛り立ててくれると俺としてもありがたいしな」

「は!?　私はそういうことを言ってるんじゃないの！　父さんのバカ！」

「お前だって前に見込みのあるやつが仲間になったとか言ってたじゃないか。それなら婿《むこ》として申し分ないだろ？」

「それはあくまで仲間としての話よ！　それにそういうのはまだマルクには早いんだからね！」

ゴーシュがからかい、デリカが顔を真っ赤にして反論している。俺のことを意識しているとかそういうんじゃなくて、普段こういうことを言われ慣れてないんだろうな。微笑ましいね。

『お兄ちゃん、この世界じゃ十二歳から結婚できますからね。狙ってるなら早めに落としておかないと、お兄ちゃんが十二歳になった頃にはもう結婚してるかもしれませんよ』

ニコラが顔を小窓に向けたまま念話を飛ばしてきた。

『狙ってお前ね……。十二歳とか俺のストライクゾーンにかすりもしないよ』

『ええ……そうなんですか？　私としてはお兄ちゃんに早めに結婚してもらって、小姑《こじゅうと》として同居するのも悪くないって思うんです。お願いですから、ちょこっと性癖を歪ませてはもらえませんか？』

『お前のためにロリコンになるつもりはないよ！　……いや、でも俺が十二歳になる頃にはデリカは十六歳？　それならロリコンじゃないのかな？　そもそも俺のほうが歳下だし？　……っていやいや、止め止め！　俺はまだまだ若いんだから、そういうのはあまり考えないことにしてるんだよ！』

『えー、そんなー。早く結婚して生活を安定させて、私を養ってくださいよ』

『お前ね……』

相変わらずナチュラルに寄生する気のニコラとの会話を取りやめ、軽く息をつく。そして横ではデリカとゴーシュがまだ言い合っている。……なんだか早くも疲れてきたので、背もたれに深くもたれかけ小窓から外を見た。

「ふうー……」

窓に切り取られた青空には雲ひとつない。それをじっと眺めていると、鳥が連なって横切っていくのが見えた。距離があるのではっきりとはわからないが、なんだか普通の鳥よりも大きい気がする。

「ゴーシュおじさん、あの鳥ってなんの鳥？」

ずっとデリカがからかわれるのも不憫《ふびん》なので、ゴーシュに話を振ってみた。

「なんだ？　お義父さんでいいぞ？　……っと、アレか。アレはピアシングバードだな。普通の鳥じゃなくて魔物だ。嘴《くちばし》が長くて鋭くてな、それで体に穴が空くほど突いてくるそうだぞ」

デリカに睨《にら》まれながらゴーシュが教えてくれた。

「ええっ、怖いなあ。馬車を襲いに来たりはしない？」

「こちらから攻撃しない限りは大丈夫らしい。普段は山で獣《けもの》を狩りながら山から山へと移動する魔物なんだそうだ。嘴や羽毛が高く売れるから、逆に狩人や冒険者が山に入って狩っているくらいだな」

「魔物といっても好戦的なのばかりじゃないんだね」

ゴブリンやコボルトみたいなのばかりじゃないらしい。

「そりゃそうだ。魔物の大半は地上に漂うマナの影響を受けて獣が変質したものだって言われてるからな。全部が好戦的なら人間なんてもう絶滅してるんじゃないか」

言われてみればそれもそうだな。するとゴーシュが思い出したかのように声を上げた。

「おっ、そういえばセカード村じゃあ魔物の肉が食えるんだぞ。町だとめったに食えないもんだし、夕食は魔物の肉を食べるか！」

「えっ、父さん！　まさかアレを食べさせるつもりじゃないでしょうね？」

「ハハハハ！　もしかしたらマルクやニコラはいけるかもしれんだろ？」

「それは知らないけど私は絶対食べないからね！　あーもうっ、思い出しただけで鳥肌が立ってきた！」

デリカが腕をさすりながら声を上げる。俺たちはいったいなにを食べさせられるのだろう。とはいえ魔物肉に興味が無いこともないので、見ないうちから断る必要もないか。見て無理っぽかったらギブアップすることにしよう。

「お前なあ、マルクだって一緒にアレを食ってくれる女のほうがいいだろうよ」

「まだその話を続ける気⁉」

再び仲良く言い合うゴーシュとデリカ親子を眺めながら、俺は石玉を作って魔法の訓練をすることにした。

第七話　昼食タイム

しばらくしてゴーシュとデリカの言い合いも終わり、馬車の中は静寂に包まれた。デリカもしゃべり疲れたのか、口をへの字にしながらぼんやりと外を眺めている。

パカパカ、ゴトゴトと蹄と車輪の音だけが響く。その規則的なリズムはまるで子守唄のようだ。

パカパカゴトゴトパカパカゴトゴト……やばい、眠くなってきた。

寝てしまえばいいじゃないと思わなくもないが、前世での「車の助手席で寝るのはマナー違反かどうか？」なんて話がなんだか引っかかって眠るに眠れない。

パカパカゴトゴトパカパカゴトゴト。

パカパカゴトゴトパカパカゴトゴト……きゅるるうぅぅ〜。

「……ん？」

変な音に思わず眠気から覚めた。というかこれは腹の音だな。

ゴーシュがこちらを振り返りニヤニヤし、デリカがキョロキョロと辺りを見渡している。俺じゃない。

そんな中、ニコラがスッとまっすぐに手を挙げた。今の音は私です、ということだろうか。

しかしその平然とした顔には、お腹の音が鳴って恥ずかしいなんて気持ちは微塵《みじん》も感じられず、むしろその曇りなき眼《まなこ》は「私のお腹を鳴らしてしまったあなた方が悪いのでは？　ご飯はまだですか？」と雄弁に語っているように見えた。

「お、おう……。そういや朝も早かったしな。そろそろ昼メシでも食べるか」

その態度にからかう気も失せたゴーシュの一声で、馬車を停めての昼食タイムとなった。

馬車から地面に降り立ち、ぐるりと周辺を眺める。大変見晴らしの良い草原だ。ずっと馬車の中に籠《こ》もっていたからか、肌に直接当たる風が心地よい。

「お前のところで昼メシを用意してくれるって言うんでなにも持ってこなかったが、本当に大丈夫なのか？」

ゴーシュが少し心配そうに眉を寄せた。ゴーシュの前ではあまり魔法は見せていないので、仕方ないね。とりあえずやってみせよう。

「うん、大丈夫だよ。まずはテーブルと椅子を作るね」

土魔法で手早く丸テーブルを一台と椅子を四脚を作り、馬用の水飲み桶《おけ》に水魔法で水も入れた。

そしてテーブルの上に土魔法で作っておいた大鍋と四角い箱をアイテムボックスから取り出す。中には前日に用意してもらった昼食が入っている。アイテムボックス内は時間経過がないようなので未だにアツアツだ。その上これらの容器は石っぽい見た目はともかく、使った後は洗わずとも土に戻せばいいだけなのでラクチンなのだ。

取り出した料理を土魔法製の皿に盛り付ける。メニューはスープに白パン、キャベツとトマトのサラダ、そしてメインディッシュはハンバーグだ。

本来なら旅の道中で食べるようなものじゃないとは思うけれど、父さんが奮発して作ってくれた。せっかくアイテムボックスがあるのに携帯食を食べるのも味気ないし、俺としても大歓迎だ。

あまりアイテムボックスを見る機会のないゴーシュは、ホイホイと料理を出している俺に目を丸くして驚いている。デリカはなぜかドヤ顔、ニコラはすでに椅子に座ってナイフとフォークを手に持ち臨戦態勢だ。

「クッションの時も思ったが、アイテムボックスってのは本当に便利だな……。デリカの婿になる件、前向きに検討しておいてくれよ?」

ゴーシュが懲《こ》りずに言い放ち、デリカがキッと睨んでいるのを横目に土魔法製コップに水を注いだ。

「準備完了だよ。それじゃあ食べようね」

「そうだな!」

フォークとナイフを掴んだゴーシュの声を合図に、全員が一斉に食べ始めた。

「うまい!」

ハンバーグをひとかじりしたゴーシュが感嘆の声を上げ、言葉を続ける。

「お前らの母さんは美人だし料理もうまくていいなあ! ウチとは大違いだよ! まったく旦那さんがうらやましいぜ」

作ったのは父さんだし母さんの料理はアレだけれど、美しい幻想はそのままの形で残してあげたいと思う。

「父さん、そんなこと母さんが聞いたら一晩ご飯抜きよ!」

「お前がバラさなきゃ大丈夫だよ!」

「フン。それは父さんの今後の行い次第ね!」

「お、おまっ、俺を脅すとはいい度胸じゃねえか!」

デリカとゴーシュがまたわいわいとやり合っている。本当にこの親子は仲がいいね。もちろんウチも仲がいいとは思うけど、こういう仲良くケンカするタイプじゃないので、なんだかずっと見ていられるなあ。

二人の騒がしい様子を眺めながら食事の時間が過ぎていき、用意した食事は残すことなく完食となった。ニコラは一言も発しないまま俺の一・五倍は食べてたよ。

食べ終わった後は、土魔法製の食器をすべて土に戻してその場で均《なら》した。皿に残った汁なんかはそのままだけれど、きっとそのうち大自然が分解してくれることだろう。

片付けが終わった後、食べてすぐ馬車に乗るのも体に悪いだろうと、少し休憩することになった。

「あんまり遠くに行くなよー」

そう言うとゴーシュは草原でゴロンと横になり仮眠を始める。俺たち子供三人はゴーシュを起こさないように、少し離れた場所まで移動することにした。

「ニコラも一緒に昼寝したほうが良かったんじゃないの？」

「んーん。眠くないよ！」

『おっさんと添い寝はちょっと……』

声と念話による、建前と本音の二元放送が聞こえてきた。

しばらく草原を散歩してみる。この辺りに魔物はいないらしいのだが、仮眠中のゴーシュを完全に放っておくのもマズいだろう。ゴーシュが見える範囲でぐるっと周囲をまわってみた。

しかし散歩したところで遠くに山が見える以外はなにもなかった。これだけ見晴らしがいいと、歩いたところで新たな発見なんてないかも知れないな。

そう思うとなんだか歩くのも面倒になってきたので、歩くのを止めて地面に座り込んだ。デリカは怪訝《けげん》な表情をしつつもそれに倣《なら》って横に座る。ニコラはようやく座れると思ったのか、深く息をついているのが見えた。相変わらず運動不足だね。

しばらくなにもない景色を眺めながら暖かい日差しを浴びていると、ゆっくりと睡魔が訪れてきた。俺はそれに抵抗することなく草原に寝っ転がる。

「しばらく横になるね」

「じゃあニコラも寝る～」

俺の右隣にニコラが寝そべり、

「仕方ないわね。私も一人だとヒマだし！」

と若干顔を赤くしたデリカが左隣で横たわった。

恥ずかしいのならゴーシュのところで寝ればいいのに。そう思いながら俺は意識を睡魔に委ねた。

◇◇◇

「おーい、両手に花の色男。そろそろ起きな」

「ん……？」

耳元で聞こえた呆れ声に瞼《まぶた》を開くと、目の前に彫りの深いマッチョガイのドアップが映り込んだ。

「うわっ！　……ってゴーシュおじさんかあ。ビックリした」

俺の枕元にしゃがみ込んでいたゴーシュは笑いながら立ち上がる。

「ハハハ！　人の顔を見て驚くこたないだろ。それじゃあそろそろ行くぞー」

ゴーシュの声を聞きながら体を起こすと、その騒ぎに両隣の二人も目を覚ましたようだ。俺たちはのろのろと立ち上がり、ゴーシュの後ろをついて歩いた。

景色を見てもそれほど時間が経ってはいないように思えるが、頭は随分スッキリとしている。寝覚めは酷かったけど、やっぱり昼寝って大事だね。

そして俺たちは馬車に乗り込み、ゴーシュが御者台にドカリと腰を下ろす。

「それじゃあ出発するぞー」

ゴーシュの掛け声と共に、馬車は再び村に向けて進み始めた。

第八話　セカード村

移動を再開して一時間ほど経っただろうか。遠くの方に水辺らしきものが見えてきた。この近辺に海はないと聞いているので池か湖だろうか。

水面が日の光を反射してキラキラと輝いている。綺麗だなあ。観光用の手漕ぎボートなんかが置いてあるならぜひ乗ってみたいね。

そんなことを考えながら水辺を眺めていると、隣から声がかかった。

「あれがセカード湖よ。あの湖で狩れる魔物の肉がセカード村のゲテモノなのよ」

相変わらず嫌そうな顔をして魔物肉について語るデリカ。この湖に魔物が棲息しているのなら、ボートで楽しく観覧というわけにはいかなさそうだ。残念。

その後のデリカの説明によると、その魔物肉は見た目がとにかくグロいので、よそから来た人は購入したがらないそうだ。村の住人たちは好んで食べているものの、世間にはあまり出回っていないシロモノらしい。デリカが特別ではなく、世間一般的にもグロい魔物なのか……。食べるのに少し勇気がいりそうだなあ。


そのまましばらく進むと、丸太を打ち込んだ木の柵に囲まれている家並みが見えてきた。どうやらあそこがセカード村らしい。湖のほとりに作られた村のようだ。

木の柵はあるけれど門番はいないみたいなので、馬車のまますんなりと村の中へと入った。まずは村長さんのところへ挨拶に出向き、その後に仕事に取りかかるという段取りらしい。

馬車が村に入ってくるのがそれなりに珍しいのか、近くで農作業をしていた村人たちが手を止めてこちらを見ている。だがゴーシュが顔を向けて手を振ると、すぐに村人たちも手を振り返して農作業を再開した。どうやらゴーシュはここでそれなりに知られているようだ。

「この村には仕事で何度も来ているからね」

デリカが少し自慢げに教えてくれた。

「普段は村の補修で使うような材木を売ったり、家の補修を請け負ったり、注文された家具を運んだり、そういう商売をしているのよ。それでこの前、村長さんにシーソーの話をしてみたら、購入するからぜひとも村の広場に設置してくれって頼まれたんだって」

たびたびゴーシュが訪れる必要があるのなら、本格的な大工はいない村なのかな。それはともかくわざわざ子供の遊び道具を購入するなんて、子供を大事にしている村長のようだね。

そういった話をしているうちに、ほかの家よりも一回り大きい家の前で馬車は停まった。ここが村長の家なのだろう。

ゴーシュは勝手知ったるとばかりに村長宅に馬車を横付けし、馬を簡素な馬小屋の中に連れていった。中に他の馬は一頭もいないのに綺麗に片付けられていたあたり、今日使われることを見越して事前に掃除してくれていたのだろう。

「どうもー。ゴーシュ工務店です。シーソーをお届けに参りました」

ゴーシュが扉を叩くとドタドタと足音が聞こえ、すごい勢いで扉が開き、中からつるっぱげの爺《じい》さんが出てきた。

「おおっ！　ゴーシュさんいらっしゃい。今日はよろしく頼みますぞ！」

「ええ、任せてください。それと、今日はウチの子供の友達も連れてきてますんで、よろしくお願いします」

と、俺の肩をポンと叩いた。

「マルクです」

「ニコラです！」

「おおお！　めんこい子供たちじゃのう！　どうじゃ、飴《あめ》ちゃんいるか？」

「うん！」

俺が反応するよりも早くニコラが返事をすると、村長は家の奥に引っ込み、すぐに飴玉を持って戻ってきた。そして三つの飴玉をニコラに手渡す。

おそらく子供三人分だと思われるが、ニコラはすばやくポッケに入れてニッコリと笑った。きっと俺とデリカの手元に飴玉は届かないことだろう。

「ありがとー！」

「ええよええよ」

村長も釣られてデレデレとしまりのない顔をした後、ゴーシュに目線を戻す。

「それじゃあ、今日はこの子たちもここに泊まるんじゃな？」

「ええ、よろしく頼みます。マルク、ニコラ、俺とデリカはシーソーを設置してくるから村の中でも見学してきな。それで遅くても日が沈む前には村長さんのところに戻ってくるんだぞ。今日はこちらでお世話になるからな」

どうやら俺たちは村長宅に泊まるようだ。村長からすれば急に二人増えたことになるけど大丈夫なのかな。

懸念が顔に出ていたのか、村長は俺の頭を撫《な》でると、

「なーに遠慮しとるんじゃ。子供が二人くらい増えたって、どうってこともないわい！　ほれ、外で遊んできなさい！」

バンバンと俺たちの背中を押し出し外へ送り出した。ちょっと荒っぽいけど子供好きの爺さんなのは間違いなさそうだ。

村長が家に引っ込んだ後、ゴーシュが外の小屋から荷車を借りて、シーソーの資材を馬車から荷車へと積み直す。そして荷車をガラガラと引っ張るゴーシュと一緒に、まずは広場へ向かうことにした。


村の中央付近にある広場に到着した。近くで子供たちが走り回って追いかけっこをしているけれど、遊具のような物は特に無いみたいだ。これならシーソーは喜んでもらえそうだね。ゴーシュは近くにいた村人と、シーソーをどこに設置すればいいか相談しているようだ。

しばらく話し込んだ後、ゴーシュは広場のやや端の方に荷車を動かす。

「さて、ここに設置するぞー。デリカは手伝ってくれ。マルクとニコラはここで見ていても構わないが、せっかくだから村を見学してきたらどうだ？」

指南役ということで、ファティアの町で何度かシーソーの設置を見たことはある。今更それを眺めていても面白くもないだろうし、村の中を見学させてもらうことにしよう。

と、その前に。

「ゴーシュおじさん。ここに滑り台を作っていい？」

「ん？　ああ、いいんじゃないか？　真ん中は村の集会に使ったりするそうだから、端なら問題ないだろう」

ゴーシュからも許可が出た。俺たちを泊めてくれる村長に俺からもなにかお礼がしたいし、ファティアの町の公園創造主として腕を振るいたいとウズウズしていたのだ。

周辺のスペースを確認した後、土魔法を発動させる。デザインはゾウさん型の滑り台でいいだろう。この世界にゾウさんがいるかは知らないけど。

自らの魔力で生み出した土と元からある土を練り上げ土台を作り、滑り台の形を整えていく。ゾウさんの鼻を滑れる斜面に、しっぽを階段に作り上げる。足元はトンネルにして子供がくぐって遊べるようにしよう。

そして念入りに強度を高め、斜面を念入りにツルツルに仕上げる。——完成だ。

「おお……!」

周囲からざわめきが聞こえてきた。声の方を見ると、遠巻きにこちらを見ていたらしい村人たちが滑り台を指さしてなにやら話をしている。

ファティアの町の公園では、もうなにを作っていても奥様方は生暖かい目で俺を見ているだけだったが、この村ではまだまだ驚きと共に迎えられるようだ。正直ちょっとうれしい。

『お兄ちゃんのドヤ顔が若干気持ち悪い件について』

『うるさいよ』

ニコラからの念話のツッコミを受け流していると、周囲の村人の中から一人、デリカよりも歳上らしい日焼けした少女が駆け寄り声をかけてきた。

「ねえねえ少年、今のって魔法だよね!? すごいね! 君たちはファティアの町の子だよね!?」

お、おう……。たしかに少しドヤ顔をしていたのは否めないが、ここまで食いつかれるとは思っ

ていなかった。

「そ、そうだよ。お姉さんは村の人だよね？」

「もちろんそうだよ！　ねえねえ、よかったらもっと話を聞かせてよ！」

ゴーシュとデリカの方を見ると、行ってこいとばかりに手を振られた。

「いいけど、お姉さんも村のこと教えてね」

「もちろん！　それじゃあ案内がてら、いろいろ聞かせてもらおうかな！　こっちだよ！」

少女は手を振りながら俺たちに呼びかける。なんだか唐突だったけど、ちょうど良かったのかもしれない。現地の案内人にいろいろと見せてもらうことにしようか。

第九話　セカード村観光案内

まずは自己紹介だ。広場の中を歩きながら少女に話しかける。

「僕はファティアの町から来たマルクだよ。歳は八歳で、こっちが――」

「――双子の妹のニコラだよ！」

ニコラが愛くるしい笑顔を少女に振りまく。こんな顔をしているけれど、さっきから念話では『褐色娘《かっしょく》の逆ナンきたー！』とうるさい。ニコラの返事に少女がキョトンとした顔を浮かべる。

「えっ、双子なんだ……？　あんまり似てないね、少年ドンマイ！　私はサンミナ、十六歳。この村で漁師をやってるんだー」

さりげなく俺がディスられた気がするが、広い心で許そうと思う。

「へー、あの湖でお仕事をしてるの？」

「そうだよ。魔物がいるから、あんまり深いところまでは行けないんだけどね！　でも村で食べていく分にはそれで十分なんだー」

こんがりと日に焼けてるのは水辺で働いているからなんだな。よく見るとサンミナと同じくらいに日に焼けた村人はちらほらといるみたいだ。

「今ここにいるってことは、今日はお仕事お休みなんだね」

「今日は町の人が来るっていうんでサボ……自主的に休んだだけだよ！」

言い換えても意味はあんまり変わらないよね。俺が半目になってサンミナを見ていると、話をごまかすようにサンミナは片手を挙げてぐるっと一回転した。肩で切り揃えられた焦げ茶色の髪がふわりと傘のように広がる。

「えっと、はい！　それでは村の案内します！　まずはここ！　村広場でーす！　ここで村の集会をしたり、お祭りを開いたりします！」

「どんなお祭りをするの？」

ごまかされているとは思うけど、乗っかってみることにした。

「大漁祭や収穫祭なんかだね。この村では春は漁獲物、秋は収穫物を神様にお供えをして、今年の漁獲・収穫への感謝と来年の大漁・豊作をお願いするの。それでみんなで食べたり踊ったりするんだ。ほかには結婚式なんかもここでお披露目するねー」

ファティアの町でも季節のイベントはいろいろとあるけれど、漁獲はもちろん収穫を祝う名目のものは無かった。この村では漁業や農業が生命線だということで、感謝の度合いが違うのだろうか。

ファティアは領都に繋がる宿場町として栄えているので、町の繁栄に対してなにに感謝するかっていうと、領都に感謝することになりそうだしなあ。領都祭！　……うん、ないな。

そして案内は続く。次にサンミナは民家にしては玄関口が広い建物の前に立ち止まった。

「ここは村に一軒しかない宿屋！　ファティアの町まで行く前に力尽きた旅人や冒険者が仕方なしに泊まったりするよ。宿で出される魔物肉がヤバイと評判で、事情通の人はほかの村を経由するから、あまり繁盛はしてないみたいだけどね！」

「それなら魔物肉を出すのを止めればいいんじゃない？」

「宿の女将さんに確固たる信念があるんだよ。『あの肉の味がわからないやつは客じゃない！』ってね。私もそう思うよ！」

よくわからないけれど、魔物肉が村人に愛されているのだけはわかった。

「あっ、でも十人に一人のお客さんは逆に病みつきになってお得意さんになるから、宿が潰れるほどじゃあないので安心してね！」

なんか変なものでも入ってるんじゃないだろうな。全然安心できない。

「魔物肉は見た目がとても悪いんだっけ？」

「そう言われてるね。私はアレはアレでかわいいと思うんだけどな！　それじゃあ次は、その愛すべき魔物が棲息している湖に行ってみようか！」

　サンミナについて歩いていくとやがて目前に林が現れた。その先に湖があるようだ。林の中の道は広めに整備されており木々も間引かれているようで、町の近くにある森のような圧迫感はない。涼しげで歩いていて気持ちがいい。

　湖に着くまではサンミナに魔法のことで質問攻めにあった。どんな魔法を使えるのか、魔法でどういうことをするのか、次はどんな魔法を使いたいのか。当たり障りのない範囲で答えた。

　どうやらセカード村には魔法を使える人が一人もいないらしい。サンミナが生まれる前に一人いたらしいが、十五歳で村を出たきりなんだそうな。基本的に魔法を使える人材は高収入を夢見て村を出ていってしまうものらしい。

「私もねー。魔法が使えればねー」

「村から出ていきたいの？」

「ううん、そんなことないよ！　私は村が好きだし。でも魔法が使えれば便利じゃない？」

　たしかに魔法は便利だ。俺だってもう魔法がない生活は考えられないしな。魔法が使えなくても魔道具なんてものもあるけれど、高価だったり機能が限定的だったり、やっぱり魔法の汎用性には敵わない。

「だから今日は魔法が見られて嬉しいんだー。遊具を一瞬で作るなんて、あんなにすごいのは初めて見たよ！　サボった甲斐があったね！」

サボりと言い切りよった。でも魔法が褒められるのは素直に嬉しいね。サービスで俺ができる魔法を後でなにか見せてあげたい。そんなことを考えている間に目前の視界が急に広がり、目の前には大きな湖が見えた。どうやらセカード湖に着いたようだ。

湖は思っていた以上に大きく、こちらからでは対岸は見ることができないほどだ。そして沿岸付近にはいくつかの船が浮かんでおり、船の上では日焼けした男たちが網を投げかけたり引き上げたりと作業をしている。

しかし岸から遠く離れた沖合には一隻の船もなかった。湖のど真ん中で魔物に襲われれば逃げ場はどこにもなさそうだし、安全を考えればサンミナの言ったとおりに沖合での漁業は自重したほうがいいのだろう。

「今は魔物じゃなくて普通の魚を獲っているんだ。魔物は夜に獲るんだよ」

「夜の方が危険な気がするんだけど……」

「フッフー。それにはいろいろと仕掛けがあってねー」

「そうなんだ。どんな魔物か見たかったんだけどなあ」

「あっ、それなら小さくて食べるのに適さないのは潰して肥料にするから、あっちに溜めてるんだ。見てみる？」

「見る！」

見ないという選択肢はない。とはいえグロいらしいから心臓を叩いて挑まねばな。サンミナは桟橋の近くの小屋を指差した。

「ほら、小屋の傍に大きな壺《つぼ》があるでしょ？　あの中に入れてるの。見るのはいいけど気をつけてね。素人さんには刺激が強いらしいから」

俺たちは小屋へと歩き、ニコラと目を合わせるとコクリと頷き合ってそろそろと壺に近づく。俺の背丈よりは小さいので覗き込むことは容易そうだ。おそるおそる壺の中を覗き込んだ。

壺の中には何体かの魔物が打ち捨てられていた。小さいものが溜められているという話だったが、大きさは二十センチに満たないくらいだろうか。十分な大きさのように思えるが、大きいものはもっと大きいのだろう。

そしてその魔物の白いフォルムを見て、俺がまず思ったのは――

――これイカじゃん？　湖にイカ？

第十話　イカたべたかい？

「イカだ」

思わず呟く。これはどう見てもイカにしか見えないぞ。

「イカダ？　これはテンタクルスって魔物だよ。ていうか初見で怯《おび》えないのはさすがだねー。やっぱり魔法が使える子はすごいや！」

魔法が使えるのは関係ないと思う。ちらっとニコラの方を見ると念話を送ってきた。

『たしかに魔物ですね。しかしどう見てもイカです』

つまり偶然イカに似た魔物なのか。まぁイカなら淡水には生息しないはずだしな。その辺は深く考えても仕方ない。だけどそんなことよりも問題はアレだよアレ。俺は少し緊張しながらサンミナに問いかけた。

「……ちなみにこれはどんな味なの？」

「んー、コリコリ？　もちもち？　そういう独特の歯ごたえがあるね。焼いて塩をかけて食べたりするんだけど、ほんとに美味しいんだよ？」

食レポを聞いてもイカにしか思えない。これはぜひとも試食しなくては。

「お姉ちゃん、これってどこで食べられるのかな？」

「今日は爺ちゃんのところで食べられるんじゃないかな。ゴーシュさんはこの魔物肉が好きみたいだしね」

「爺ちゃん？」

「あれ？　言ってなかったっけ。私、村長の孫だよ」

「初耳だよ。それじゃあ、あの家にお姉ちゃんも住んでるの？」

「いやー、さすがに三世帯となると手狭だからね。私と旦那と子供は別に暮らしてるよ」

「えっ？　お姉ちゃんって結婚してて、もう子供もいるの!?」

「うん、そうだよ。……お？　ほのかに恋心でも抱いちゃってたかな？　いやー、ごめんね！　私ってば人妻なんだー」

サンミナが身をよじりながらニヤニヤとしている。

「いや、言動が幼いから意外だなと思っただけで、別にそういうのはないから」

「そ、そう。なかなかハッキリ言ってくれるね……。それにしても町じゃ晩婚化が進んでるってのは本当みたいだね。この村だと私くらいの歳で結婚して子供もいるって普通だよ？　ほかにやることもないしねアハハ！」

なにをやるんですかね。僕は子供だからわからないな。

そんな話をしていると後ろから怒鳴り声が聞こえてきた。

「こらっ、サンミナ！　そんなところで油を売ってないで仕事しな！　というか今日は昼から見なかったけど、もしかしてサボってたんじゃないだろうね！」

こんがりと日焼けしたおばさんがサンミナに向かって怒鳴っている。サンミナのサボりがとうとうバレたようだ。

「あっ、やばっ。それじゃあ案内はここまでだね。今日の夜に魔物漁をするから良かったら見にきなよ。それじゃあねー！」

サンミナは俺たちに手を振りながら、おばさんの方へ走っていった。

「ったく、あんたは結婚して子供ができても変わんないね！」

「サーセンサーセン」

ここまで届いてくる説教の声を聞きながら、湖に放置された俺とニコラはしばらく漁業の様子を眺めて時間を過ごすことにした。

◇◇◇

「さて、そろそろ戻るか」

「異議なーし」

十分に湖を堪能した俺たちは、広場の方へ戻ることにした。ひんやりした林の中を歩いていると

ニコラが口を開く。

「お兄ちゃん。あのイカの魔物、もしイカの味ならお好み焼きのイカ玉が完成しますね」

「そうだなあ。見た目のグロさも切り身にしてお好み焼きに入れてしまえばわからないだろうし、

実際に食べてみて美味しければ世間にも広まると思うんだよね」

「お兄ちゃん。あのイカの魔物、

見た目で食べないと言うなら、豚さんだって牛さんだって生きているところを想像すると食べる気が失せると思う。結局イカの場合だって、全身のインパクトがそれより少し強いだけなんだろう。

「まぁ別に無理に世間に広げる必要もないけどね。俺が食べて美味ければそれでいいよ」

「えぇ……。チェーン店を立ち上げて、大きなイカを前に置いて両腕を広げながら『いかざんまい！』とかやってる恰幅の良くなったお兄ちゃんまで既に想像していたんですけど……」

「俺はイカを何億もかけて競り落としたりしないからな？」

そんなアホな話をしながら林を通り過ぎ、広場へと戻ってきた。

広場で別れた時と同じ場所にゴーシュとデリカはいた。見たところシーソー設置もそろそろ終わりそうだ。滑り台の方には早くも子供たちが集まり、滑る順番待ちまでできている。好評のようで

大変満足だ。尻が焼き切れない程度に楽しく遊んでほしいね。

「あっ、マルク、ニコラ戻ってきたのね。村はどうだった？」

資材の片付けをしていたデリカが俺たちに気づいて顔を上げた。

「湖がすごく綺麗だった！　魔物も美味しそうだったし、いい村だね」

「えっ、あれが美味しそう……？　ま、まあそれはともかくいい村なのは同意するわ。それじゃこっちもそろそろ終わるし、少し待っててくれる？　一緒に村長さんのお家に行きましょ」


それからシーソーの設置を終わらせて、四人で村長さん宅へと歩く。広場から離れると辺り一面畑だらけだ。もう畑仕事が終わったのか、農作業中の村人はほとんどいなくなっていた。ふいにゴーシュが俺に話しかけた。

「シーソーを設置しながら滑り台を見ていたんだが、あっちもずいぶんな人気だったな。一度様子を見に来た村長さんも喜んでいたし、今日の晩飯は期待できそうだなへへへ」

「そういえば晩ごはんに魔物肉が出るんだよね？」

「ああ、お前らも食べるって言ったら、腕によりをかけてごちそうするって張り切ってたぞ」

「うへ、あれが食卓に並びまくるのね……」

デリカが凝りもせず嫌な顔をする。イカだと思えば俺は見た目はなんとも思わないんだけれど、よっぽどこの世界では気持ちの悪い外見に見えるのだろうか。

「親分も見た目で判断せずに食べてみればいいのに」

「いやでもあの見た目でしょ？　見た目が無理すぎて……」

いつも元気で度胸もあるデリカとは思えない言い草だ。とはいえ無理強いすることもないか。実際に食べてみてイカの味じゃなければ、俺も特に食べたいとも思わないかもしれないし。

「お前も酒を飲むようになればわかるかもな。アレは酒に合うんだよなー！　よーし今日は目一杯ごちそうになるぞ！」

酒に合うとか、もうイカにしか思えない。

「美味しかったら僕のお小遣いで買って帰ろうかなー」

「おおっ、それなら俺の分も頼む！　あの魔物肉は冷蔵の魔道具で持ち運ばないとすぐ傷んでしまうんだけどよ、アイテムボックスに入れてもらえれば、町に持って帰ってからウチの魔道具で保存できるしな！」

ゴーシュがウキウキと荷車を押しながら話を続ける。

「行商人がファティアの町に魔物肉を売りに行ったこともあるそうなんだけどな。わざわざ魔道具で冷やして運んでもまったく売れなくて邪魔にしかならないんだそうだ。ほかの魚と一緒に保管すると客にすげえ嫌がられるらしいし、ほんと罪な肉だぜ」

世間に出回らないのはそういう理由だったのか。それじゃあ見た目の嫌悪感をなんとかして、後は味さえよければ町でも買えるようになるかもなあ。

とはいえ実食するまではいろいろ考えても仕方ない。俺は期待に胸を膨《ふく》らませつつ、夕暮れの迫る村のあぜ道を歩いた。

第十一話　イカのダンスはすんだのかい？

「どうもー。ただいま戻りました」

ゴーシュが玄関の扉をノックすると、すぐさま扉が開き村長が飛び出してきた。

「おお、ご苦労さん！　もうすぐ晩飯の準備が整うので、しばし待っていてくだされ。ささ、中へ！」

村長に促され、ゴーシュに続いて家の中に入る。家の中は物が少なくガランとしており家の外見以上に広く感じた。奥の部屋から物音がするが、どうやら厨房で村長の家族が料理を作っている最中のようだ。

村長は俺たちを家の中に引き入れながら俺の方を見つめる。

「マルクと言ったかの？　滑り台を見せてもらったぞ！　魔法であんなものまで作れるもんなんじゃなあ。ウチの村で大事に使わせてもらうからの！」

そう言うと俺の手を握り、ブンブンと振り続ける。これだけ喜んでもらえるなら作った甲斐があったというものだ。でも少し手加減してくれないと俺の腕が抜けちゃいそうです。

「お義父さん、その子が困ってますよ」

料理が一段落ついたのか、奥から四十歳前後の女性が出てきた。顔にサンミナの面影がある。サンミナのお母さんかな？　村長は俺からパッと手を離した。

「お？　おお、すまん！　ついつい力が入りすぎたわい！　それでどうじゃ？　料理の方は」

「もうすぐできますよ。それじゃあみなさん、そちらにお掛けになって待ってくださいね」

女性は隣の部屋を手のひらで示す。そこには大きなテーブルとたくさんの椅子が設けられていた。

言われたとおり俺たちが椅子に座り待っていると、女性が続々と料理をテーブルに並べていく。

しばらくすると女性だけではなく、ガッシリした体格の男性も皿を持ってやってきた。その横には小さな子供がついてきている。男性は皿を並べると、俺とニコラに軽く自己紹介をしてくれた。

男性は村長の末の息子でサンミナの父親のサンタナ。彼は農業を営んでいるらしい。それとさっきの女性はやはりサンミナの母親で、今この家には村長とサンタナ夫妻だけが住んでいるそうだ。

村長の残りの子供やサンタナの子供はそれぞれ独立して家庭を持っているとのことだ。

そして小さな子供の方はなんとサンミナの三歳になる娘で、仕事の間はこの実家に預けられているそうだ。

サンミナは十六歳って言っていたけど、もう三歳の娘がいるのか。とんでもない世界だよ。

俺がサンミナの娘を見ていると、村長がデレ～っとした顔で説明する。

「かわいいじゃろ？　ワシとしても久々のひ孫なもんでな。なにかしてあげたいと思っておったところにゴーシュさんからシーソーの話を聞いてな。それで依頼したんじゃわい。オマケで滑り台まで作ってもらえたし、ほんとによかったの～」

村長がデレデレ顔でサンミナの娘の頭を撫で回す。その後もひ孫の話を聞きながら料理が出揃うのを待っていると、サンミナが息を切らせながら家に飛び込んできた。

「間に合ったー！　今日は私も一緒に食べるね！　まだ魔法のこと聞き足りないし！」

どうやら魔法の話を聞きたいからと押しかけたらしい。

「もう、落ち着きなさい。あなた旦那さんはどうしたの？」

「カイなら夜の魔物漁に備えて軽く食べてすぐに出ていったよ！　ただいまメルミナ～」

サンミナが娘を抱き上げながら答えた。

「それならいいけど。というかもうお客さんとはお知り合いなのね」

「昼過ぎに村を案内して回ったんだ！　ってヤバ……」

サンミナママがため息をつく。

「あなたまたサボったのね……。旦那さんに愛想をつかされても知らないわよ」

「カイは私にベタ惚《ぼ》れだから大丈夫だよ！　ゴーシュさんデリカちゃん、さっきは挨拶できなくてごめんね！　魔法を見てすっかり夢中になっちゃってさ～」

サンミナがデリカの横に腰掛け声をかけた。

「デリカちゃーん！　ちょっと見ない間に大人っぽくなったねー。そろそろ好きな男の一人や二人、できたんじゃないの？」

「もう！　今日はそういうことばっかり聞かれるんだから！　私にはまだ早いわよ！」

ゴーシュに散々いじられたのでご立腹の様子だ。

「早くなんてないよー。私がデリカちゃんの年の頃には、もうカイと結婚が決まってたし、そりゃもう岩陰に隠れてちゅっちゅちゅちゅっちゅと――」

それを聞いたデリカの顔がみるみるうちに真っ赤になり、サンミナママがサンミナの頭をペシッとはたく。

「小さい子供もいるんだから止めなさい。それより料理が揃いましたよ」

テーブルには数々の料理が並んでいる。その匂いからしてもうイカなのは間違いなさそうだ。イカの姿焼き、イカリングのフライ、イカのトマト煮、イカのマリネとイカフェスティバル状態だ。

「おお、それじゃあ始めるとしようかの！」

テーブルに全員が揃い、代表して村長が口上を述べる。

「今日は本当にご苦労さんじゃった。ゴーシュさんたちが作ってくれたシーソーと滑り台で、村の子供たちはきっと元気にすくすくと育ってくれることじゃろう。それで今日はささやかながら感謝の宴を用意した。どうか心ゆくまで食べて飲んで楽しんでくだされい！」

村長の口上が終わるとみんなが一斉に食べ始めた。

「うまい！」

イカリングをひとかじりしたゴーシュが声を上げる。そして幸せそうにエールをゴクゴクと飲み始めた。

それじゃあ俺もいただくとするか。ゴーシュと同じくイカリングから口に運ぶ。もぐもぐ……ゴクン。

——ウマーイ！　そしてこの歯ごたえと味！　これはイカだ！　間違いない！

やっぱりこちらで言うところのテンタクルスはイカだった。むしろイカよりも若干味が濃いようでこっちの方が美味しいくらいだ。

ちなみにテーブルには刺し身は無かった。イカを愛するあまり踊り食いでもやりそうな人たちだと思っていたが、さすがに魔物の肉を生食する剛の者はいなかったらしい。

隣の席を見るとニコラも一心不乱でイカ料理を食べている。『やっぱりイカだったね』と念話を送ると『そうですね。今は忙しいのでこれで』と会話をぶった切られた。好物を食うことにかけては真剣である。

逆の席を見ると、デリカは目の前に置かれている料理をもくもくと食べていた。デリカがイカが苦手なのはさすがに周知の事実のようで、別の料理も用意されていたようだ。

こうして楽しい食事が続いた。サンミナから魔法のことを聞かれ、俺が逆に村での生活を聞く。やはり町とはいろいろと違う習慣があり、聞いているだけでも楽しかった。

話の流れで魔物漁の見学についてもお願いしたところ、食後にサンミナが連れていってくれることになった。

こうして食事は終了した。久しぶりのイカ料理、大変美味しゅうございました。

「それじゃあそろそろ行こうか！」

ゆっくりと食休みを取った後、サンミナが俺たちに声をかける。

ニコラもテンタクルス漁に興味があるようで同行することになり、デリカも誘おうと思ったんだけれど、目前のイカ料理にＳＡＮ値が削られたらしく、早くも寝室に引っ込んでいた。

「おじさんたち、それじゃちょっと行ってくるね」

まだ飲み足りないらしく、男三人はテーブルを囲んでチビチビと飲んでいた。

「おお、気をつけてな！」

「サンミナ、子供たちが危なくないように気を配るんじゃぞ」

「うん、任せてよー！」

サンミナはランタンを片手に玄関の扉を開け、俺たちもそれに続いた。

◇◇◇

家の外に出ると辺りはすっかり暗くなっていた。民家の窓から漏れる薄明かりと空に浮かぶ月の光だけが周囲を照らす。

昼と同じように林の中を歩いていく。林の中は月明かりが遮られ、かなり暗い。サンミナの持つランタン一つだけでは心許ないと思い、俺が光魔法の光球《ライト》で明かりを灯そうとしたところでニコラにクイッと袖を引かれた。

「ねー、サンミナお姉ちゃん。ニコラ暗くてこわーい。もっとくっついていーい？」

ニコラがサンミナへの接触を試みる。どうやら明かりはつけるなということらしい。サンミナが「うん、いいよー」と答えると、ニコラはすぐさま彼女の腰にしがみついた。

ニコラからは『褐色娘のすべすべお肌……くぅ〜っ、最高です！』と念話が聞こえるけれど、そうとは知らないサンミナがこちらに顔を向ける。

「少年はどうする？」

「僕は大丈夫」

「ふっふー、照れちゃって。そういうお年頃かな？　まっ、そういうところも男の子はかわいいんだよね～。それじゃあ足元に気をつけてね」

サンミナはニヤニヤと笑みを浮かべながらゆっくりと歩き始め、俺たちはランタンの明かりだけを頼りに林の中を進んだ。


林を抜けると昼に来た時と同じように広大な湖が目前に広がった。しかし月明かりに照らされた湖には船の姿は見当たらない。

沿岸から十数メートルほど離れた陸地側の高台で人が動いているのが見えた。どうやら男たちが火をつけていないかがり火の台を立てているようだ。数メートル横には同じようなかがり火が立てられ、それは均等な間隔で横並びに続いている。

そして高台の周辺では十人以上の男たちが三メートルほどの長い槍《やり》を持ち、かがり火の準備を見守っていた。

準備が終わり、見学の特等席らしいかがり火の近くにサンミナが俺たちを案内する。背後のかがり火を守るように高台の下に集まっている男たちは、俺たちを一瞥したもののすぐに前へと向き直り、無言で湖を見つめ続けていた。

「そろそろ始まるよ」

サンミナがそう言葉を発した直後、一人の男が拍子木だろうか木片のようなものを打ち鳴らし、カーンカーンカーン！　と甲高い音が湖に鳴り響いた。それを合図にひとり高台にいた男が次々とかがり火に火を灯していく。

横並びのかがり火から一斉に火が揺らめく。かがり火が灯された後も拍子木の音は鳴り止まない。

カーンカーンカーン！

かがり火の周辺では槍を持った男たちが湖を見据えながら深く腰を落とし、なにかを待ち構えているように見えた。

いったいなにが始まるんです？

第十二話　イカたたくたたかい！

カーンカーンカーン！

かがり火が赤々と揺らめき拍子木が鳴り響く中、男たちは静かな湖面をじっと見つめる。

異様な緊張感が高まる中ようやく状況が動く。それまで静かに月明かりを映していた湖面が不自然に波打ったのだ。

「ギュピエエエエエ！」

奇声が聞こえた瞬間、湖面からミサイルが発射されたかのようになにかが打ち出された。触手を前方に突き出しドリルのようにした回転したイカ――ではなくテンタクルスだ。

テンタクルスはかがり火を目がけて飛んできたように見えた。だがかがり火に届く前に勢いをなくし砂浜に落下する。

テンタクルスの体長は一メートル、触手も同じくらいだろうか、合わせると二メートルほどの長さになる。地上に落ちたテンタクルスはその長い触手をビタンビタンと振り回して暴れている。

「きたぞおおおおお！」

男たちが一斉にそれに群がる。持っていた槍で突いたり叩いたりとやりたい放題だ。

「死ねやああああああああ！」

「おらああああああああ！」

怒声が飛び交う中、テンタクルスは群がった男たちにボコボコにされた。やがて動かなくなったテンタクルスは一人の男が湖岸から離れ、かがり火のある高台の近くまで引っ張っていく。

「次が来るぞ！　備えろ！」

男たちは隊列を整え、再び湖面を睨みつける。湖面が大きく揺らぎ二匹のテンタクルスがかがり火に向かって飛ぶ。

「ピギュウアアアアアア！」

「二匹だ！　気をつけろよ！」

「おうよっ！」

素早く二手に別れた男たちが地面で暴れるテンタクルスを突く！　叩く！　突く！　突く！

テンタクルスも黙ってやられはしない。触手を振り回して攻撃する。男たちは長い槍で間合いをとっているのでそうそう当たりはしないが、一人の男が槍を突き出した際に触手がカウンター気味に胴にブチ当たった。

「ぐはっ！」

「ダレンが負傷した！　下がらせろ！」

「くそっ！　次は三匹同時に来たぞ！」

「おちつけっ！　距離を取れば当たらねえからな！」

拍子木の音と怒号が響く夜の湖畔《こはん》で男たちの戦いはなおも続いた。

「……これが魔物漁かぁー」

汗まみれで槍を振るう男たちの迫力に気圧されながら俺が呟く。ニコラは『私の趣味じゃないですね』と若干引き気味に伝えてきた。

「見てのとおり、あいつら音とかがり火の光に釣られて飛びかかってくるんだ。水の中なら恐ろしいけど、陸の上じゃあんなもんだね。……とはいえ、数で押されることもあるし、個体によって強いのもあるからね。気をつけてないと大怪我することもあるんだよ」

「対処できないくらいに一斉に現れたらどうするの？」

「そういうときは逃げれば大丈夫。あいつらはまずはかがり火のところに行こうとするからね。それ以上は追ってこないし、かがり火を倒して火が消えたら湖に戻るんだ」

安全もそれなりに確保できているらしい。習性を利用した良い漁法？　だと思う。

「あっ、ほら見てあそこ！　私の旦那だよ！」

サンミナが指し示す方を見ると、ほかの男たちに比べるとひょろっとした少年が槍を手に持ちテンタクルスに一撃を入れている。正直ちょっと危なっかしい。

「あーもう、その位置取りじゃほかの人の邪魔しちゃうじゃん！　……ああっ、そろそろ下がって次に備えないと！」

サンミナの実況を聞くに、どうやら男衆の中にあってサンミナの旦那はまだまだ力不足のようだ。

ふいにニコラに袖を引かれた。

「お兄ちゃん、あっち誰も気づいてないよ」

指を差す方を確認すると、サンミナの旦那からほど近い湖面が揺らめいている。テンタクルスが飛び出す予兆のように見えるが、たしかに誰も気づいていないみたいだ。

「石弾《ストーンバレット》」

俺は湖面に向かって手を向け、石弾《ストーンバレット》を三発同時に打ち込んだ。とっさの割には狙いどおりに命中したようで、地上に姿を表そうとしていたテンタクルスが腹を見せながら浮かんできた。どうやら仕留められたみたいだ。

視線を感じて上を見ると、サンミナがこちらをじっと見ていた。

「少年ありがと！　気づいたのはニコラちゃんかな？　ニコラちゃんもかわいいだけじゃないんだね！」

そう言ってサンミナが突然しゃがみ込むと、俺とニコラを同時に抱きしめた。ぎゅっと抱きしめるサンミナからは旦那を守ったことへの感謝の気持ちが伝わってくるようだ。俺は誇らしいような照れるような気持ちで隣を見ると、ニコラのだらしないにやけ顔が目に入った。台無しだよ。

その後もしばらく見学していると、ずっと続いていた拍子木の音が止まった。

男たちはかがり火をすべて消すと、月明かりの中で狩ったばかりのテンタクルスを仕分けしていた。大きいのは村に運んで、小さいのは例の壺に入れておいて処理するらしい。

これで今夜の魔物漁が終了したようだ。林の手前で立っていると男たちがテンタクルスを積み込んだ荷車を引きながらやってきた。先頭を歩く上半身裸の壮年マッチョがこちらに気づいて声をかける。

「よっ、サンミナちゃん。今夜は旦那の応援に来てたのか？　まだまだお熱いようだな！」

「残念ながら違うよ！　村に来てる子たちに魔物漁を見せてあげようと思ってね！」

「おお、ゴーシュさんと一緒に来たという子たちか。どうだ、魔物漁、すごかったろう？」

「うん、すごかった！」

お世辞抜きに答えた。男たちとイカのぶつかり合いには今まで見たことのない迫力があった。始まる前の神秘的というか謎の雰囲気も含めて観光資源にもなりそうな気もする。後でサンミナに言ってみるか。

「フフン、そうだろう。良かったら明日テンタクルスを買って帰ってくれよな！」

そう言うと壮年マッチョはほかの男たちを引き連れて歩いていった。

その後も男たちの行列がぞろぞろと続き、列の最後尾にはサンミナの旦那がいた。やはり遠目で見たとおりほかの連中よりも線が細いな。

「やっほーカイ。今日はボチボチだったね」

「サンミナ！　僕を迎えに来てくれたの⁉　ありがとう！」

「違うよー。この子たちの見学の付き添いだよ」

「ああ……、そういえば言ってたね」

サンミナが俺とニコラの頭にポンと手を置くと、カイはガックリと肩を落とした。

「まあまあ。ちょっと危ないところがあったけど、怪我も無く終わってよかったよね！　んふふ、今夜はサービスしてあげるね？」

するとカイは顔をカーッと真っ赤にして俯《うつむ》いた。乙女か。

サンミナはカイが私にベタ惚れとか言っていたけれど、実際に見るとどっちもどっちだね。そうして次第にイチャイチャしながら歩く二人を半目で眺めながら、俺とニコラは二人の後に続いた。

第十三話　自主規制

サンミナ夫婦に送ってもらい村長の家に戻ってきた。そしてサンミナは玄関先でサンミナママから娘を受け取ると、旦那と体を寄せ合いながら自宅に帰っていった。第二子誕生も近いだろう。

村長宅の中に入ると、赤ら顔のおっさんたちに出迎えられた。

「おおっ、マルク、ニコラ帰ってきたか。魔物漁すごかったろう⁉　俺は参加したことがあるんだが、力任せに槍を振り回してたら槍をいくつもオシャカにしちまって、それから出禁になってしまったんだよな！　ワハハ！」

「そういうこともあったのう！　お前さんには槍よりも丸太の方がお似合いじゃったな！」

「違いねえ！」

ドッ！　ワハハ！　とテーブルが賑《にぎ》わう。楽しそうでなによりですね。

そんな酔っぱらいたちを見ていると、ゴーシュが片肘をテーブルにつけながら木のコップを片手に俺に問いかける。

「それでどうする？　お前らはもう寝るのか？　デリカはとっくに寝ちまってるけど」

「あー、寝る前にお風呂に入っとこうかな。村長さん、外でちょっとお風呂作らせてね」

「ん？　よくわからんが許可しよう！」

村長がやたらと大声で答える。村長も結構酔っ払ってるな。サンタナはシラフに近いようだけど。

「どんなものか見てみたいから私もついていくわね」

俺とニコラが外に出ようとすると、おっさん三人の世話も飽きたんだろう。サンミナママが急いで駆けつけてきた。

三人で家から少し離れた場所に移動する。周囲に建物はなにもない。さて、どういうお風呂を作ろうか。

一人分の浴槽の方が楽に作れるけれど、ニコラと不毛な順番争いをするのも面倒くさい。ここは二人が十分に入れるくらいの大きさにしよう。

ということで土魔法で大きめの浴槽を作り、お湯を張る。さらに浴槽を隠せるように全体を塀で囲った。高い建物はこの辺に無いので屋根はいらないだろう。お月さんを見ながらの風呂ってのも乙かもしれない。

「ええ……。なにコレェ……」

一部始終を見ていたサンミナママが驚いているが、今は説明するよりも先に湯船に浸かりたい。

「それじゃ入ってくるねー」とサンミナママを置いてきぼりに、ニコラと二人で屋根なしの小屋の中へと入った。

「混浴とかいやらしいですね」

「イヤなら後から入ったらいいよ」

「イヤとは言ってません」

そして二人同時にスポポポーンと服を脱ぐ。そしてかけ湯をしようと土魔法製の風呂桶を取ったところで、チョンチョンと肩を突かれた。

ん？　と見てみると、そこには一糸まとわぬ姿でツルペターン！　という擬音が似合いそうなニコラが仁王立ちしている……のだけれど。

「フフン、どうですか？」

大事なところが光で見えなくなっていた。

「私の光魔法『BDでは消えます《ミステリアスライト》』です。これのすごいところは、どの角度から見ても絶対に見れないことなんですよ」

ニコラがドヤ顔でさまざまなポージングをする。たしかにどう動いても光に隠れて大事なところはいっさい見えないようだ。

俺は感心すればいいのか呆れればいいのかわからず、とりあえずため息をつく。

「俺は見えても見えなくてもどっちでもいいと思うけど」

少なくとも俺にとって妹の裸はどうでもよいのだ。今更見ても見られても照れるものではない。

「隠すことによって希少価値が生まれるのです。それがわからないようではまだまだですね」

ニコラがやれやれと言った顔で肩をすくめた。

「でもBDでは消えちゃうんでしょ？　この場合BDがなんなのかわからないけど」

「幼女では規制の突破は難しいのです。つまり絶対消えません」

「名前詐欺じゃん⁉」

「それでも紳士たちはわずかな希望に縋《すが》り、そして涙するのです……」

そう言うとニコラは月に向かって静かに敬礼をした。ひょっとしてアホなのかな？

ニコラからアホな魔法の解説を聞いている間に体を流し終わったので、いよいよ湯船に入る。同じようにニコラも入ってきた。

「はふー」

二人同時に大きく息を吐く。

「お兄ちゃん、旅の疲れを癒やしましょうよ。E級ポーションで」

「そうだねー。やろうやろう」

俺はアイテムボックスからE級ポーションを取り出して浴槽に入れる。大盤振る舞いで普段の倍の十個分だ。見た目はなにも変わらないが、明らかにお湯の質が変わったのを感じた。体の中に水分が浸透するような、自分がスポンジにでもなったような気分だ。

「はふううう〜」

再び大きく息を吐き、頭上に浮かぶ月を見上げる。前世とはどこか違って見える月なのだが、その美しさだけは何も変わらなかった。


風呂を存分に楽しんだ後、今夜は長風呂のニコラを残してお先に風呂から出ることにした。体を拭いて寝間着に着替え、アイテムボックスからニコラの分の寝巻きとタオルも出しておく。

小屋から出ると、先程からチラチラと中を窺っていたサンミナママが声をかけてきた。

「ねえねえ！　私も入っていい？」

好奇心に目がキラキラと瞬いている。どっかで見た顔だと思ったらサンミナを思い出した。やっぱり親子だね。

中まで聞こえてきたんだろう、入浴中のニコラから『熟れた人妻とのお風呂もいいものですね。バッチコイです』と穢れた念話が届いた。

「うん、いいよ。中に入ったらニコラが入り方を教えてくれるからね」

「やった！　それじゃあさっそく行ってくるわね！」

サンミナママが喜び勇んで風呂小屋の中へと入っていくのを見届け、俺は村長宅に戻った。

家の中では酔っぱらいが相変わらずテーブルで顔を突き合わせて飲んでいたが、放置して先に寝ることにする。

用意された部屋に入るとベッドが二つあり、一つはデリカが使用中。そしてもう一つ、少し大きめのベッドが残っていた。どうやら俺とニコラは二人で一つのベッドのようだ。少し窮屈になるけれど飛び入りだったし、これでも十分ありがたい。

ベッドに腰を下ろすと、途端に眠くなってきた。おそらく初めての遠出に体の方はとっくに疲れ果てていたのだろう。俺はベッドに横たわりふかふかの布団に包まると、そのまま睡魔に意識を委ねたのだった。

第十四話　二日酔い

翌朝、目が覚めるとニコラが横で寝ていた。なんとなく顔をじっと見つめてみる。目鼻の整った顔立ちに長い睫毛、艶《つや》やかで美しい髪。寝顔だけを見るとまさしく天使といった様相だね——中身の方はともかく。

なんとはなしにため息をつきながら、ニコラを起こさないようにベッドから抜け出る。隣を見るとデリカの方のベッドはもぬけの殻。既に起きているらしい。

何かが焼けるいい匂いに釣られて厨房に出向くとサンミナママが朝食を作っている最中で、デリカもその隣で手伝いをしていた。朝食のメニューは目玉焼きとハムのようだ。

「おはようマルク君」

「おはようマルク！」

「おはようー」

サンタナと村長はとっくに農作業に出かけ、ゴーシュはまだ寝ているらしい。結構飲んでいたし、もう少し寝かすつもりとのことだった。

「それより昨日のお風呂、すごかったわ！」

一通りの会話を終えると、昨日よりもツヤツヤのテカテカになっていたサンミナママが喜びの声を上げた。

「見て、こんなにお肌がつるつるしてるのよ！　手のカサカサも治ってるし！　はぁ～、お風呂ってあんなに良い物だったのね。私も習慣にしようかしら」

手のひらを俺に見せながらサンミナママが小躍りしている。お風呂信者が増えるのはいいことだけど、誤解は解いておかねばなるまい。

「お湯を浴槽に入れるだけなら魔道具でできると思うけど、昨日のお湯はちょっと特殊なのを使っていたから、同じ効果は無理かもしれないよ」

さすがに金貨十枚分のポーションが入っていたことは内緒にしておこう。

「あら、そうなのね。残念だわ。……うーん、それじゃあ、またウチに泊まりに来た時にでも、ご相伴にあずかるのは構わないかしら？」

サンミナママがにっこりと、それでいて目だけは有無を言わさぬ雰囲気を纏《まと》いながら俺に尋ねる。

「そ、それはもちろん。次に来た時も同じ物を用意するね」

その迫力に思わず次の訪問を約束してしまった。とはいえきっとテンタクルスを定期的に買いに来る必要があるだろうし、むしろその時に泊めてくれるのならありがたいことなのかもしれない。

「あー私も入りたかったなー。起きて待ってれば良かったわ」

話を聞いていたデリカが残念そうに呟く。

「親分は自分の家に僕が作ってあげた浴槽があるじゃない」

いつ頃だったか浴槽のことを話したら、親分命令で浴槽作成をお願いされたのだ。そういやあの頃から少しずつ女の子らしくなってきた気がする。

「だって昨日はあのお風呂だったんでしょ？」

ポーション風呂の効能を確かめようとデリカにモニターをしてもらったことはある。俺とサンミナママとの会話ですぐに気づいたのだろう。

「それじゃ今度また体験会でもやろうか。今育てている新しい薬草が量産できたらそっちも試してみたかったんだ」

そう言うとデリカが俺の手を握り満面の笑みを浮かべた。

「本当!?　ありがとうマルク！」

よっぽど嬉しかったらしい。その喜びっぷりに苦笑を浮かべていると、サンミナママがこちらを見て微笑んでいるのが視界に映った。こっちにもおすそ分けをしたほうがいいかな。

「え、ええと、おばさんにも昨日のお風呂と同じようになるお薬をいくつかあげるね」

「ううん、いいわ。きっと何度も入りたくなっちゃうもの。はしゃいでるデリカちゃんがかわいくてついつい見ていただけ。ウチの末っ子も、もう少し親元に置いておきたかったんだけど、さっさと結婚しちゃったから懐かしくてね」

　それを聞いて照れてしまったらしいデリカは俺の手をパッと離すと、

「と、とりあえず昨日のお風呂そのままにしているみたいだから、帰る前に片付けておかないと駄目だからね！」

　などと急に親分風を吹かせ始めた。こういうときは逆らわないに限るね。俺は「はぁい」と返事をすると、そのまま玄関扉を通って外へと逃げ出すことにした。

　俺は家の外に出ると、まずは朝の空気を思いっ切り肺の中に吸い込んだ。

　前世に比べると今住んでいるファティアの町の空気は十分心地よく思えたが、ここはさらに別格だ。湖が近く風通しがいいのも関係しているんだろうか。

　それから水魔法で作り出した水で顔を洗い、昨日の風呂の場所へと向かう。

　ニコラが後片付けなんかをするはずもなく、風呂小屋は昨日のままの姿でそこにあった。まずは残り湯をアイテムボックスに収納する。そのままにしたらこの辺が泥だらけになるからね。

収納すると、ふと脳内に残り湯のラベルが浮かんだ。

《幼児と熟女の残り湯》……なんだよこのラベリング。

自分の能力に少し呆れながら、残りの浴槽や小屋をすべてを砂に分解する。このマナを含んだ砂を畑に撒けば多少は農作物の育成の助けになると思われるので、あとでサンミナママに伝えておこう。

風呂の後片付けが終わり玄関の方に戻ると、ゴーシュがデリカに付き添われながらフラフラと外に出てきたところだった。

「ううっ……、頭が痛てぇ……」

「もうっ！　父さん、今日帰るのにそんな調子で大丈夫なの？」

やはりというか二日酔いのようだ。俺も前世ではよく飲んでいたので辛さはわかる。

「ゴーシュおじさん、これあげるよ」

瓶入りのE級ポーションをゴーシュに差し出した。

「……ん？　ポーションなんて持ってたのか。すまねえな帰ったら返すからな」

そう言いながらゴーシュが一気にポーションを飲み込むと、呆れ顔でデリカがボヤいた。

「二日酔いでE級ポーションを飲んだなんて、母さんが聞いたら怒るわよ」

「ぶっ……、ゲホッゴホッ！　……E級⁉　F級じゃないのかコレ？」

あやうく吹き出すのをこらえたゴーシュが、咳き込みながらポーションを指差す。

「家の庭に生えてる薬草で作ったものだし、余ってるから気にしないで」

「薬草って家の庭で生えるもんだっけ……？　ま、まあいいか。それじゃあありがたくもらっておくけど、お前のウチの宿屋でなにか壊れでもしたら俺に声かけてくれよ。この時の礼をするからな？」

魔法の訓練の副産物みたいなもんだから気にしなくていいのに、気を使わせてしまったのかもしれないな。簡単に作れるのに金貨一枚で売られているのが悪いのだ、たぶん。

そんなことを考えている間に効果が出てきたらしい。ゴーシュの顔色がみるみる良くなっていく。

「お、おお……、もう治ってきた！　E級ポーションは初めて飲んだけどすごいな！」

前世の二日酔い対策ドリンクなんかよりずっと良く効くんだろう。これが前世にあったなら、俺は二日酔いで外回り中にゲロを吐くこともなかったんだろうな……。

俺が悲しき思い出に蓋《ふた》をして、その場で背伸びや屈伸をやりだしたゴーシュを生暖かく見守っていると、玄関からようやく起きたらしいニコラがやってきた。

「お兄ちゃん。朝食の準備ができたよー！」

それじゃあ朝食をいただこうか。朝食の後はいよいよテンタクルスの買い出しだ。

第十五話　生け簀？

サンミナママお手製の朝食を食べ終わった。起きた時からいい匂いを漂わせていた目玉焼きとハムだけではなく、焼き立てのパンが出てきたのにはびっくりした。聞けば村長宅のご自慢の一品のようだ。ちなみに朝食にテンタクルスはさすがに出なかったよ。

みんなでテーブルを囲んで腹ごなしの雑談をしていると玄関の扉が開き、娘を連れたサンミナがやってきた。ポーション風呂に入ったわけではないのに、昨日よりなんだかツヤテカしているように見えるね？

「おはよー！　ゴーシュさんたちって、お昼には帰っちゃうんだよね？　今日は帰るまで案内させてよ！」

サンミナには漁の仕事があるはずだ。当然の如くサンミナママからツッコミが入る。

「サンミナ、漁の方はどうするのよ」

「いいのいいの、昼からは倍働くから！　たしか魔物肉を買いに行くんだよね？　私が連れていってあげるよ！」

「あー、売り場は俺も知っているんだが……」

ゴーシュが口ごもりながらサンミナママの方をちらりと窺うと、サンミナママは諦め顔で頷いた。

「……それじゃあお願いするか」

「やった！　お任せあれー！」

許可を貰ったサンミナは娘を抱きあげて喜び、大人二人は子供のわがままをしぶしぶ承諾するような顔でそれを見ている。知らぬは子供《サンミナ》ばかりなりってね。こんなお子さんでも結婚しているっていうのに俺は……って俺はまだ八歳だったわ。

話が決まったところで、さっそく村長宅を出ることにした。テンタクルスが嫌いなデリカは留守番で、メンバーはゴーシュ、俺、ニコラ、サンミナと娘のメルミナだ。

ちなみにメルミナはサンミナの娘と思えないほど物静かだ。顔つきや耳が隠れるくらいの艶々の焦げ茶色の髪はサンミナに似ているが、性格は線が細くて大人しそうだった旦那の方に似ているのかもしれない。今も黙ってサンミナに手を引かれて歩いている。ところで――

『ニコラ、出不精なのに珍しいね。てっきりデリカと一緒に家にいるのかと思ったよ』

俺の隣を歩くニコラに念話を送ると、ニコラはなんとも言えない微妙な顔をした。

『テンタクルスのことをなにも知らなかったですからねー。サポート役としてはなんとなくやらかした気がしないでもないので、とりあえずお兄ちゃんに同行してこのモヤモヤをスッキリさせようかと思いまして』

出勤しただけじゃ仕事してることにはならんのだぞ。とブラック企業に勤めていた時の上司の口癖を思い出したけれど、まあ本人がそれで気が晴れるのなら別にいいだろうと思う。

俺は軽く相槌《あいづち》だけを返すと、なんだか自信満々に胸を張りながら歩いて仕事をやってる感を出しているニコラに、珍しく微笑ましいものを感じたのだった。


これまで何度も通った林からそう遠くない場所に、小さな小屋が建っていた。ここでテンタクルスが売られているらしい。

小屋の横には大きな木製の水槽がいくつも並んでおり、傍らでは一人の爺さんがテンタクルスを捌いて切り身にしているのが見えた。

水槽の中を覗くと、昨日ボコボコにしたであろうテンタクルスがプカプカと浮かんでいる。どうやらこれは生け簀になっているみたいだ。いや、死んでいるから「生け」簀とは言わないのかな？　死に簀？　デリカがいたらどんな顔をしただろうか、ちょっと見てみたくなった。

「ここで魔物肉が売られているよ！」

元気なサンミナの声に作業中の爺さんが顔を上げる。

「おう、サンミナにゴーシュと……昨日来た子供たちか。なにか用事かい」

「やあ爺さん。今日は客として来たぜ」

ゴーシュが片手を挙げて挨拶をする。

「お前さんは毎回ここにやってきては、持って帰れないのが惜しいと愚痴って帰るだけじゃないか。それとも今回は魔道冷蔵庫でも持ち込んできたのか？」

「あんな高い魔道具を魔物肉のためだけに買うなんて、ウチの嫁が許してくれねえよ。でも今回は大丈夫だ」

ゴーシュがニヤリと笑うと、俺の肩をポンと叩く。

「……ほう、珍しいのう」

爺さんはそれだけを口にすると小屋の方に歩き、すぐに大きな箱を台車に乗せて戻ってきた。そして俺たちの前に台車を停めて一言。

「さあ、どのくらい買って帰るんだ？」

その言葉にさっそく箱の中を覗いてみると、下処理が済んだばかりのテンタクルスが丸ごと一匹、折り畳まれたような状態で入っていた。魔道具で作られたであろう氷も中に詰められている。やはり冷やしておかないとすぐに傷んでしまうのだろう。

成体なら本体が一メートル、触手一メートルで全長二メートルにもなる魔物だが、一匹あたり銀貨五枚で売っているとのことだ。一匹で賄《まかな》える食事量を考えるとずいぶん安い気がする。思ったことをそのまま爺さんに質問してみると、爺さんはあっさりと答えた。

「売るほど余ってるってことだな」

セカード村の人々はこの魔物肉を愛してやまないが、漁に熱が入り少々獲りすぎてしまうのだという。そこで余った分は外貨獲得のために捨て値で売りに出しているらしい。

稀に村にやってくる物好きが買ってくれることもあるそうだが、やはりほとんどが売れ残るので、結局は村人が少々無理にでも食べて消費しているとのことだった。

俺が買い出しに来るようになれば、多少は値段が上がるかもしれないな。そんなことを考えながらテンタクルスを購入することにした。

ゴーシュは大量に買っても家の魔道冷蔵庫に入りきらないそうなので、切り身で数個購入。俺も切り身をいくつかと、小屋からさらに持ち出してもらい、下処理のされた丸ごとを三匹購入した。これだけあればいろいろと父さんに試してもらえるだろう。

「それで……坊主はどうやって持っていくんだ？」

爺さんは察している風に、こちらを向いて目を細めた。

「もちろんアイテムボックスだよ」

俺はそう言い放ち、すぐさま買った分すべてをアイテムボックスに詰め込んでみせる。それを見たサンミナが大声を上げた。

「うわー！　聞いてはいたけど初めて見たよ！　少年は魔法のビックリ箱だね！」

「ワシは見たことあるぞい！」

爺さんは腕を組んでドヤ顔だ。やっぱり見たことがあったんだね。

すると、これまで静かだったメルミナまでもが急に騒ぎ出した。

「メルも！　メルも！」

メルミナはサンミナとつないだ手を振りつつ、もう片方の手はテンタクルスの切り身を指さしている。どうやらテンタクルスに興味津々のようだ。

それを見たニコラが、近くにあった切り身入りの木皿をメルミナに手渡した。木皿を持ったメルミナはニッコリと笑い——

——木皿から切り身がフッと消えた。

「おおおおっ!?」

誰とはなく驚きの声が上がる。

『どうやらアイテムボックスのギフトを持っていたようですね。おそらくお兄ちゃんのアイテムボックスを見たことによって、初めて自らのギフトを認識できたということでしょう、ヌフフ』

なんだか仕事をした感のあふれるドヤ声と共にニコラの念話が届いた。まあドヤ声はこの際どうでもいいんだけれど、自分以外のアイテムボックス持ちを見るのは俺も初めてなので驚いた。ニコラに言われたままのことをサンミナに説明する。

「うひゃーーー！　メルミナすごーい！」

サンミナがメルミナを抱き上げてクルクルと回り、メルミナがキャッキャと笑っている。魔法好きのサンミナとしては自分の娘がギフトを持って生まれたことは喜ばしいことだろう。さっそくみんなに自慢するなんて言っている。

「お姉ちゃん、アイテムボックス持ちは悪い人に狙われやすいから、気をつけてあげてね」

一応釘《くぎ》を刺しておくが、自分で言ってて耳が痛いね。でも便利だから使わざるを得ないんだよなあ。自衛の手段を鍛え上げる方向で対処したい。

「ウチの村はいい人ばっかりだから大丈夫だよ！　……でも気をつけるね、大事な娘だもん」

サンミナはメルミナを抱えながら、少しだけ母親っぽい顔をした。

こうして、最後は予想外の出来事が起こったけれど、買い物は無事に終了した。そろそろ帰ろうということで、みんなで爺さんに別れの挨拶をして売り場に背を向ける。

「──待てい」

爺さんの静かな、それでいて威厳のある声に全員がその場で立ち止まった。

「メルミナの切り身の代金を貰っておらんぞ。銅貨一枚じゃ」

ごめんなさい。すっかり忘れていたね。

第十六話　帰り道

メルミナがアイテムボックスから取り出した切り身を返品し、今度こそ売り場を離れた。後は馬車に乗って帰るだけである。途中で村長の畑に寄り、村長とサンタナに別れの挨拶をすることにした。サンミナの案内で村長の畑に到着。ここら一帯の畑はほとんど村長の一族のものらしい。ということは周辺に見える農作業中の人々はサンミナの叔父やら兄やらなんだろうな。サンミナが声をかけると、農作業の手を止めて村長とサンタナがやってきた。

「ゴーシュさん、今回も世話になったのう。シーソーとすべり台は大事に使わせてもらいますぞ」

「いえいえ、こちらこそ。また来ますんで、その時はよろしくお願いします」

ゴーシュは村長とサンタナ、二人と固い握手を交わす。村長がこちらを見る。そしてなにかを言いかけた時サンミナが声を上げた。

「爺ちゃん、これ見てコレ！　ほらメルミナ！　ひい爺ちゃんに見せたげて！」

サンミナが手渡した石ころを、メルミナがアイテムボックスに仕舞う。そして再び取り出し、覚えたての手品を見せつけるような得意げな顔で村長の方を見た。

「おお……、アイテムボックスか！」

「そうなんだ！　すごいでしょ！　少年がアイテムボックスを見せてニコラちゃんが魔物肉を渡し

たらシュッ！　とね、消えたんだよ！　シュッっと！」

サンミナが俺とニコラの肩を抱きながら興奮気味に答える。

「お、おう……。よくわからんがひ孫が世話になったようじゃの。マルクにニコラ、いつでも遊びに来るんじゃぞ。皆で歓迎するぞい」

「うん！」

村長がこちらを見てニコリと笑い、俺たちは兄妹揃って返事をした。テンタクルスを買いに、きっとまた近いうちに来ることがあると思う。その時は遠慮せずに頼らせてもらうことにしよう。

そして村長宅に戻りデリカと合流し、サンミナママとも別れの挨拶をした。ちなみにこの時に次のお風呂を楽しみにしていると念入りに言われた。

ゴーシュが御者台に腰掛け、俺たち子供組は馬車に乗り込む。サンミナともここでお別れだ。

「それじゃーねー。また来てねー！」

「兄ちゃ、またきてね！」

サンミナがぶんぶんと手を振り、メルミナも俺に向かって小さく手を振った。自分と同じギフトを持っていることが嬉しくて帰る途中に何度か話しかけたので、少しは仲良くなれたのかもしれない。

『光源氏計画の第一段階は成功ですか？』

『興味ないよ』

「テンタクルス、また買いに来るからねー」

ニコラの念話を受け流し、馬車の中から手を振って答える。こうして俺たちはセカード村を後にしたのだった。

◇◇◇

セカード村を発って数時間が経過した。草原以外はなにもない街道をガタゴトと車輪を鳴らしながら馬車が進む。

「よし、そろそろ昼食にするぞー」

ゴーシュが馬を停めて俺たちに声をかける。今日はニコラの腹時計が鳴る前に昼食になったようだ。

すぐさま馬車を降りると昨日と同じようにテーブルと椅子を作り、馬にも水桶を用意した。

今日の昼食は実家から持ってきたお好み焼きだ。それに村長宅でおすそ分けされた自家製パンも添えた。

前世ではお好み焼きと白米の炭水化物セットについての論争なんてのもあったけれど、こちらでは今のところは平和なものだね。いっそ主食にしかならないくらい大きなお好み焼きを、父さんに提案してみてもいいかもしれない。

「お好み焼きか！　これもエールに合うんだよな」

ゴーシュがアイテムボックスから出した、まだ湯気が立っているお好み焼きを見ながら口を綻《ほころ》ばせると、デリカが眉を吊り上げた。

「家に帰るまでお酒は駄目だからね！」

「さすがに持ってきてないから心配するな」

ゴーシュが肩をすくめながら言い返す。持ってきていたら飲みそうで怖い。飲酒運転ダメ絶対。

「しかしまぁ何度言ったかわからんが、アイテムボックスは便利なもんだな。ホラ見てみろ、一昨日作ってもらったっていうお好み焼きがまだ熱々だ。メルミナちゃんがうらやましいぜ」

ゴーシュがお好み焼きにフォークをぶっ刺して口に運びながらボヤく。

「うらやましがっても仕方ないわ。ギフトは生まれつき神様からいただく物なんだもの」

「ギフトなー。デリカ、お前もそろそろ教会学校卒業だろ？　その時にシスターに見てもらうんだよな？」

「うん、なにか衛兵になるのに役立ちそうなギフトを持っていたらいいんだけどね……」

教会学校では卒業するときに所持しているギフトを任意で見てもらえる。本来は結構高いお布施を支払わないと見てもらえないのだけれど、教会学校を卒業する時だけは無料なのだ。

メルミナのようになにかのきっかけでギフトに気づくこともあるけれど、ギフトは多種多様を極め、持っていることに気づかないケースが数多く存在する。教会でのギフト鑑定はそういった人々の助けになる役割を担っているのである。

ただし、『神から贈られしもの』などと言われているのも伊達ではなく、ギフトを持っている人はめったにいないみたいなんだけどね。

「楽しみだわ！　マルクとニコラも待ち遠しいわね！」

デリカが屈託のない笑顔で笑いかけるが、俺は事前に聞いているので必要なかったりする。

持っているのは『アイテムボックス』と『異世界言語翻訳』。異世界言語翻訳のほうはもうこちらの言葉に慣れたので、あんまり意味がないけど。

だから別にギフトの鑑定を受けなくてもいいと思う。でもそれはそれで変に思われそうなので、その時になったら鑑定を受けるつもりだ。一応本人にしかわからない形で教えられるそうなので、プライバシーは大丈夫みたいだし。

そんな話をしながら食事を終え、少し草原で休んでから再出発となった。またしばらく馬車に揺られながら時間を過ごす。

「そういえばここまで魔物が襲ってくることって全然無かったね」

旅に出る前はいろいろと心配していたんだが、ここまで遠くで鳥の魔物が飛んでいるのを見た以外はまったく目に付かない。俺の呟きに御者台のゴーシュが答えてくれた。

「この辺は特に見通しがいいからなあ。もともと街道っていうのは魔物が少ない道を通っていくうちに出来ていくもんだしな」

言われてみればそういうものなのかもしれない。よっぽどの遠回り以外なら魔物のいない場所を通っていくものなんだろう。

「それに人っ子ひとり見かけないね?」

「セカード村とファティアの町の街道なんて利用する連中はほとんどいないからな。領都とファティアの町ならそれなりに人が行き交うし、盗賊だって出没するらしいぞ」

「逆に言えばこの辺には盗賊はいないんだね」

「こんな街道を張り込むよりは領都付近の方が儲けがいいだろうよ。こんなところで行商を襲うような連中は、それこそ盗賊になりたての新米だろうな」

そうして何事もなく時が流れた。代わり映えのない外の景色も見飽きてきたので、家に帰ってきてからのことを考える。

帰ったらまずは父さんにテンタクルスを見せよう。さすがに料理人ともなればテンタクルスに苦手意識も持たないだろうし、新しい食材を父さんがどう料理してくれるのか今から楽しみだ。母さんには――


『――お兄ちゃん』

ふいにニコラから硬い声の念話が届いた。さらにニコラが続ける。

『何者かがこの馬車に近づいてきています。おそらく野盗です』

第十七話　野盗

すぐさま以前セリーヌに教えてもらった方法で周辺の索敵をする。体内から放出したマナを薄く広く伸ばす。薄く薄く広く広く――

――見つけた！

左右と背後、こちらの馬車を取り囲むように追走している存在をぼんやりと捉えた。これを即座に発見したニコラの感知能力はやはり段違いと言わざるを得ない。

急いで馬車の小窓から覗いてみると、遠くにこちらと並走している馬とそれに乗っている人が俺の目からもうっすらと見えた。徐々に近づいてきているようだ。

「おじさん！　馬に乗った連中がこの馬車を囲んでるのが見えるよ！　たぶん三人組！」

「なっ……！　クソッ、マジかよ！」

ゴーシュは御者席から身を乗り出して野盗の一人を確認すると、悪態をつきながら手綱を激しくしごき、馬車のスピードを上げた。

「ちょっと、父さん!?」

いきなり激しく揺れる馬車にデリカが声を上げる。

「厄介事の臭いしかしない。とりあえず飛ばすぞ！」

小窓から覗いていると、スピードを上げて動き出した馬車に反応するかのように、野盗の馬もスピードを上げてじわじわと近づいてくるのが見えた。目標がこの馬車なのはもう間違いないだろう。なにより、抜き身の剣を構えたそいつらが野盗でないはずがなかった。

「剣を構えている。野盗だよ！」

「チッ！」

ゴーシュの舌打ちと共に再びさらに手綱をしごくがスピードは変わらない。追いつかれるのは時間の問題に見えた。

「マルク！　追いつかれたら俺がオトリになる。お前らは馬車を切り離して馬で逃げろ。デリカは馬が使える。子供三人ならなんとか乗れるだろ。あいつらもまずは馬車の中身を狙うだろうからよ」

「父さん！　そんなのイヤッ！」

デリカが泣き声で叫んだ。

「なぁに、角材を振り回せば野盗なんざ余裕よ。念のためだ」

馬車の隅に置いてある角材をチラリと見て、ゴーシュが笑った。

……なんとも悲壮な空気が漂うけれど、いや、ちょっと待ってほしい。

「おじさん、ちょっと待って。たぶんそういうことにはならないよ」

俺はなるべく場の空気を落ち着かせるように気軽に答える。内心では若干ビビってはいるが、今は顔には出さない。

野盗、ああ、野盗ね。たしかに見た時は動揺したけれど、よく考えると話が通じないまま人間たちを襲うゴブリンやコボルトとなにが違うのだろうか。きっと違わないはずだ。

野盗共の技量は気になるところではある。だけどゴーシュが言っていることが正しいなら盗賊の中でもビギナーの部類のはず。

とにかく、慌てず対処すれば大丈夫だと思うのだ。

問題はどのように対処をするかだ。こちらに襲いかかってくる悪党とはいえ、人間を殺す覚悟が今の俺にあるかどうかは微妙なところだ。魔物相手に散々慣らしたというのに、不思議なものだと思う。

しかしそれと同時に、正当防衛の結果で相手が死んでしまう分には仕方ないくらいには考えることができた。前世では持ち得なかったこの価値観は、魔物で慣らした結果なのか、それとも異世界に馴染んできた結果なのかはわからない。けれども悪くないことだと思う。

俺は一度だけ深呼吸をして――

「――それじゃあ、ちょっとやってみるね」

できるだけ気軽に聞こえるように声を出した。


……さて、大見得を切ったのはいいけれど、どう対処するのがいいのだろうか。

土魔法で地面を砂にして追走する馬を転倒させるのが一番手っ取り早いと思うけれど、激しく走行する馬車の上から地面に変化を加えるのは難しい。

そうなると、馬を石弾《ストーンバレット》で狙うのが一番確実に思えた。もしかしたら盗賊に流れ弾が当たるかもしれないし、そうでもなくとも馬が派手に転ぶのでやはり大怪我するかもしれない。しかしそこまでは面倒を見きれない。それが俺の小さな覚悟なのだ。

軽く唾を飲み込み、馬車の小窓から外を覗いてみる。馬車が急に速度を上げて慌てた様子だったが、馬車を繋げている馬と盗賊の馬では元から速さが違う。獲物を締め上げるようにじわじわと近づきながら追走しているようだ。距離はまだ離れているが、ここからでも野盗の顔はよく見えた。

三十前後のヒゲ面のおっさんが、ニヤニヤと笑いながら片手で抜き身の剣をぶら下げている。自分を絶対的強者だと信じ込み、弱者をいたぶることしか頭に無い、見ていてとても不快になる顔だ。

顔を見た瞬間、少しはあった同情の気持ちはいっさい無くなった。

「石弾《ストーンバレット》！」

俺の声と共に、縦横三列の九個の弾丸が馬に向かってまっすぐ突き進む。

ドドドドッ！

動く足場に動く的《まと》、さすがに全弾命中とまではいかなかったが、いくつかの石弾《ストーンバレット》が命中し、馬の胸と脚が爆発したように抉《えぐ》られた。野盗は急にバランスを崩した馬から吹き飛びそのまま落っこちると、派手な音を鳴らしながら地面を転げ回る。

野盗の末路まで見ている暇はない。次は馬車の後ろに控える野盗だ。馬車後部の垂れ幕を小さく開いて様子を窺う。

突然横の野盗が転がり落ちたので、それに気を取られてこちらを見てすらいなかった。同じように馬に石弾《ストーンバレット》を撃ち込むと、馬もろとも野盗は豪快に顔から地面にダイブした。

残りは一人。俺は馬車の前に乗り出し、ゴーシュの真後ろにつく。

二人の野盗の足止めをしている間に、最後の一人はずいぶん近づいてきたようだ。仲間の異変には気づいたようだが、まずは馬車を停めることを優先したらしい。

こちらの馬車と並走する形で、残り五メートルのあたりまで接近してきた。

「オラッ！　止まれ！」

剣を振り回しつつ野盗が叫ぶが、ゴーシュはそれを無視して馬に活を入れる。

もちろん俺も聞くつもりはない。すぐさま野盗の馬の横っ腹に石弾《ストーンバレット》をブチ当てると、野盗は一瞬ポカンとした顔をした後、ほかの二人と同じように地面に体を激しく打ちつけた。

馬車から流れる景色の中で、地面に伏した野盗の姿がどんどん小さくなっていく。

ひとまず周囲を探索してみるが、ほかにこちらに向かってくる存在は見当たらない。どうやらこれで終わりで間違いなさそうだ。

「……はぁ～」

大きく息を吐く。とたんに自分の心臓の音がやたら大きく響いてきた。やはり緊張していたらしい。

「終わったよ」

短くそう告げるとゴーシュは額の汗を拭い、

「そうか、助かった。念のためもう少しこのまま馬を走らせるからな」

そう言って、チラリとデリカの方を見た。

俺も釣られてデリカの方を見ると、馬車の座席に座りニコラと手をつないでいたデリカは少し震えてるように見えた。野盗と遭遇したことで怖い思いをしたんだろう。

『ニコラもありがとう、早く気づいてくれたお陰で助かったよ』

気づくのが遅れてもっと接近を許していたら、ここまで簡単にはいかなかっただろう。

『どういたしまして。それよりもデリカが少し心配ですね』

デリカはニコラの手をつないだまま、顔を俯かせている。

まずはデリカを慰めて気分を落ち着かせたほうがよさそうだ。そう思いデリカの方に一歩近寄ると、ふいにデリカが顔を上げ、俺の方を見て胸を張った。

「さ、さすが私の子分ね！　よ、よくやったわ！」

その顔は強張り声は震えていたけれど、それを指摘するような野暮なマネはしない。心配をかけまいとする健気な女の子に答えよう。

「親分の顔に泥は塗れないからね」

そう笑いかけるとデリカはぎこちなく、しかし満足げに頷いた。

第十八話　帰宅

しばらくしてゴーシュが馬車の速度を落とした。そして緩めた顔で後ろの俺たちに振り返る。

「……いやー、ビックリしたな！」

今後も町と村を行き交うことになるゴーシュとしては、あまり深刻に受け取らないほうがいいと判断したんだろう。軽い口調で切り出した。

「もうっ！　父さん野盗なんて出ないって言ったばかりだったじゃないの」

どうやらデリカもそれに賛成のようだ。多少わざとらしく見えるが、流れに乗っかった。

「ガハハ！　すまんすまん。人数が少なかったし、どこからか逃げてきた残党なのかもしれんな。

それにしてもマルク、野盗を見つけてブチのめすなんてやるじゃないか」

「やっつけたのは僕だけど、先に野盗を見つけたのはニコラだよ」

ニコラも可愛さ以外でたまには褒めてもらっておかないとな。多少は労働意欲が湧くかもしれない。

「ほう～、そうだったのか。ニコラもよくやったな」

ゴーシュが目を丸くしてニコラを称《たた》えると、ニコラがいつものよそ行きの天使の笑顔で答えた。

「ドヤァ……」

『うん！　えへへ！』

ニコラさん、会話と念話が逆になってますよ……。

「お、おう？　……っと、そろそろ到着だな」

ゴーシュの呟きに前の景色へ目を向けると、次第にファティアの町が見えてきた。町の外壁を夕暮れ前の陰り始めた日差しが照らしている。

「それじゃあマルクとニコラは南門でお別れだな。俺たちは東門で馬車を返して、そのまま衛兵に盗賊団のことを報告しておくからよ。まだ街道付近で転がってるかもしれんからな」

石弾《ストーンバレット》が直接は当たっていなかったように見えたけど、結構な速度で落馬していたからなあ。気絶していたり、どこかが折れて未だに転げまわっていたり、打ち所が悪ければもっと酷い事態も十分あり得る。なんにせよ同情の余地はない。悪党に使われた結果、俺が殺すことになった馬には同情するけどね。

ニコラと二人、南門で馬車から降りると、馬上のゴーシュ親子から声がかかった。

「俺が買った魔物肉は明日お前の家に挨拶がてら貰いに行くから、今日は預かっておいてくれ。それじゃあまた明日な」

「最後はちょっとビックリしたけど、一緒に旅ができて楽しかったわ！　それと……、ありがとね」

デリカが少し照れたように感謝の言葉を口にした。野盗撃退の件だろう。

「どういたしまして。僕らも楽しかったよ。また誘ってね！」

そう答えるとデリカは表情を緩め白い歯を見せた。そうして馬車は方向を変え、東門に向けて進んでいった。


南門ではいつもの門番ブライアンが立っていた。軽く挨拶して門を通り過ぎる。特になにも言わなかったあたり、母さんから今回の一泊二日の旅のことを聞いていたのかもしれない。

そして実家である「旅路のやすらぎ亭」の裏庭へ回り、裏口から中に入る。とたんに厨房から慣れ親しんだ料理の匂いが漂ってきた。

「ただいまー」

「あら、おかえり～！」

ニコラと二人で声をかけると、すぐさま母さんの声が聞こえた。料理中で手が離せないんだろう。

二人で厨房へと向かった。

厨房では母さんがフライパンを片手に出迎えてくれた。父さんは大鍋でスープを煮込んでいる。

「二人ともおかえりなさい～。……んー、楽しかった？」

母さんは俺の顔を見るなり片眉を下げて首を傾ける。

ふと、心配させるだけだから野盗に遭遇したことは黙ったほうがいいのではと思ったけれど、よくよく考えてみれば、どうせ明日ゴーシュ経由でバレる話だった。なにより何かがあったことに気づいているフシがあるよねコレ。さすがは母さんだ。

結局バレるなら先に言っておいたほうがよさそうだ。俺は大したことではなかったかのように、母さんと父さんに野盗とのことを語ってみせた。

一通り語り終えると、母さんは軽く息をつき魔道コンロの火を止めた。そして俺に近づいてしゃがみ込むと全身を柔らかく抱きしめる。

「それでそんな顔してたの？　大丈夫よ、あなたは立派にみんなを守ったんだからね。……だーかーらー、胸を張りなさい！」

そう言って母さんは気合を入れるように俺の背中をバシンと叩いた。肩越しにはニコラがニヤニヤしながらこちらを眺めているのが見える。……どうやら自分では気がつかなかったけれど、俺は随分と情けない顔をしていたらしい。

まぁアレだ。前世でも殴り合いの喧嘩なんてしたことなかったんだ。多少引きずって顔が強ばるくらいは大目に見てほしい。

父さんも俺の傍に近づくと、頭をぐりぐりと力強く撫で始める。うーん、なんとも照れくさくなってきたぞ。ここは話を変えることにしよう。

「そ、それでね、お土産があるんだ。父さんに見てもらいたいんだけど……」

「お土産〜？　私にはあるのかしらん？」

突然セリーヌがひょっこりと厨房に顔を出してきた。常連客とはいえ、なかなかフリーダムだなオイ。しかし客の視点からの忌憚《きたん》のない意見も聞きたいので都合がいい。

「セカード村で魔物肉を買ってきたんだ。村の人は好んで食べているんだけど、見た目が良くなくてほかの地域の人にはウケは良くないみたい。でもとにかく美味しいから味見してほしいんだ。セリーヌもね」

「味見～？　やるやる！」

入り口から顔だけ出していたセリーヌがウキウキしながら厨房に入ってきた。

まずは中央にある大きい調理台から余計なものを片付ける。テンタクルスは大きいからね。

「それじゃあ取り出すよー」

みんなが注目する調理台の上に、アイテムボックスから取り出したテンタクルスをドカンと載せた。

「ウワアアアアアーーーーー!!!!」

その瞬間、誰とも知れない絶叫がキッチンに響き渡った。

第十九話　試食会

――突然の絶叫。しかしそれはすぐに収まった。

シンと静まり返ったキッチンで辺りを見渡す。誰も口を開いている者はいなかった。

全員が父さんの方を見ているけれど、父さんが両手で口を塞いでいるだけだ。きっと急に唇が痒《かゆ》くでもなったんだろうな。よし、続けるか。

「……えーと、これはテンタクルスっていう、セカード湖に棲息する魔物なんだ。下処理済だから、一応どこでも食べられるみたい。魔物だし生食は止めたほうがいいとは思うけどね」

「……へ、へー、テンタクルスねえ。セカード村には行ったことなかったけど、変わったもの食べてるのね。それでどうやって食べるの？」

謎の絶叫の件なんて無かったということで全員の思惑が一致したらしい。セリーヌが相槌を打ってきた。

どうやらセリーヌはテンタクルスに対して忌避感は無いようだ。母さんもテンタクルスをつんつん突いて感触を確かめているくらいだし、大丈夫だろう。父さんの顔色がデス○ー総統みたいに真っ青になっているけれど、きっと部屋の明かりの加減だな、うんうん。

「食べ方はいろいろあるけど、とりあえずは一番単純なのがいいかな。焼いてみようか」

俺はテンタクルスの触手の端っこのあたりを、厨房の包丁で短冊状に切った。そしてフライパンで中に火が通るまでしっかり焼いていく。

しばらくすると、とても香ばしい匂いが辺り一面に漂ってきた。

「あら～、この匂い、食欲をそそるわねえ！　ねえねえ、もう食べていいんじゃない？」

「ちょっと待って、塩を振りかけるからね」

セリーヌをステイさせ、厨房の棚に置いてある小壺から塩を摘むと、テンタクルス焼きに少量を振りかける。

「なんであんた、塩をそんな高所からパラパラ振りかけてるの？」

「あ、いやえーと、なんとなく？　できたよ。はいどうぞ」

うっかりM〇C〇ってしまったのをごまかしつつ、フライパンを調理台の上に置いた。

みんながフライパンの上のテンタクルス焼きを一斉に指で摘む。そしてアチアチと言いながら口に運んだ。

「ん〜〜〜〜！　おいしい！」

セリーヌが頬に手を当てて満面の笑みだ。母さんも同じ顔でセリーヌとキャッキャキャッキャと感想を言い合ってる。この二人は年齢も近いみたいで仲がいい。

ニコラはなにも言わずにモッキュモッキュと噛み続けている。だがその顔はなんとも幸せそうだ。

そして父さんは……。まだフライパンのテンタクルス焼きを掴めずに、手を伸ばしたまま青い顔で固まっていた。

しかし俺と目が合ったや否や、素早くテンタクルス焼きを掴み取り、その勢いで口に入れる
……！

その瞬間、父さんの顔に衝撃が走った。

まるで憑き物が落ちたように澄んだ目をした父さんが、テンタクルス焼きをゆっくりと咀嚼《そしゃく》し、飲み込む。ゴクリという音がこちらまで聞こえてきた。

そして俺の方を見ると、少し照れたような顔をしてコクリと頷いて見せた。どうやら父さんからもお墨付きを頂いたようだ。

「ねえマルク、とても美味しいのはわかったけど、お値段は幾らくらいなの？　あんまり高いとウ

チじゃあ出せないと思うわよ」

「これね、丸ごと一匹で銀貨五枚だよ」

「はっ⁉」

驚嘆の声を上げたのはセリーヌ。あんぐりと口を開けている。

「なんでそんなに安いの？　魔物を狩るのは手間がかかるし、これだけの大きさでこの味なら普通はもっと高いと思うんだけど」

「村の人はテンタクルスを狩るの大好きで獲りすぎるくらいだし、痛みやすくて見た目も悪いから外では売れないんだってさ」

「まぁたしかに、私みたいに冒険者でもやってればこういうのは慣れるけど、慣れない人にはこの見た目はキツいかもしれないわね」

「そうねー。私はたまたま、たまたま大丈夫だったけど、生理的に無理な人もいそうね」

「ニコラもテンタクルス気持ち悪いと思う！」

三人がそれぞれテンタクルスの外見の悪さに理解を示した。言葉の裏になにかしらの意図を感じるが、気のせいだろう。

その後は調理方法や売り出し方について、家族とついでにセリーヌも交えて話し合った。

とりあえずお客さんに要求でもされない限り、テンタクルスの本体は見せないことにした。先に見てしまうと敬遠する人もいそうだけど、食べて慣れてしまえば気にならなくなるだろうと思われるからだ。

それでもクレーム回避のために、魔物肉だと告知した上で料理のメニューに出すことにした。まあ大丈夫だと思うけど念の為にね。

そして商売する上で一番大事な要素である販売価格だが、テンタクルスを含んだ料理は少し高めに設定することに決まった。この味と食感は多少高くても病みつきになるだろうし、売れ続ければきっとセカード村の卸値も上がると予想されるので、後から卸値に沿って値上げするより、最初から高めのほうがいいだろうとの強気の判断である。

どうやら誰一人、この食材がお客さんにウケないとは思っていないみたいだ。もともと自分のために買ってきたものだけど、ここまで高い評価を得るとやっぱり嬉しいもんだね。

夕食では待望だったお好み焼きのイカ玉を父さんに作ってもらった。正確にはテンタクルス玉だけど。それはもう大変美味しゅうございました。

セリーヌには食堂でテンタクルス焼きを提供した。セリーヌからはエールにとても合うわと好評で、それを見たほかの客からもさっそく注文が入り、掴みはオッケーといったところだ。

夕食後は薬草の手入れをしてから風呂に入り、その後は疲れていたのか部屋に戻ってベッドに潜ると一瞬で眠りに落ちた。

そして翌朝ゴーシュが訪ねてくるまで、野盗のことはすっかり頭から消えていたのだった。

第二十話　野盗のその後

一泊二日の旅行が終わり、今日からはいつもどおりの日常である。

いつものように早めに目覚め、いつものようにニコラを起こさないように子供部屋から出て、厨房で両親に挨拶をしてから用意された白パンを食べ、それから箒を手に持ち店前の掃除だ。

すると表通りからこちらに向かってマッチョなおっさんがやってきた。昨日別れたばかりのデリカパパ、ゴーシュだ。

「ゴーシュおじさん、おはよう」

「おう、おはよう」

「昨日預かったテンタクルスだね。待ってね、すぐに出すから」

「あー、それは後でいい。まずはお前の両親を呼んでくれないか?」

そういえば昨日の別れ際、挨拶に来るとか言っていたな。デリカのバイトの件だろう。厨房で朝食の仕込みを終えた父さんと母さんにゴーシュが来ている旨を告げ、食堂に呼んだ。

そして食堂のテーブルには父さんと母さん、それと厨房で朝食を食べていたニコラ。なんだかんだで家族全員が集まった。そしてゴーシュは椅子に腰掛けると――

「任せてもらったにもかかわらず、お子さん二人を危険に巻き込んでしまい本当に申し訳ありませんでした！」

テーブルに頭をぶつけるんじゃないかという勢いで、ゴーシュが頭を下げた。

これには家族全員が固まった。どうやらゴーシュは謝罪するためにやってきたようだ。しかしそこまで気にしなくてもと思わなくもない。

野盗に襲われるなんて予想もつかないし、そういうのをいちいち気にしていたら町から出られなくなってしまう。

……まぁ無事だったからこそ、そう言えるのかもしれないけどさあ。でもそんなに責任を背負い込まなくても、ねえ？

「……まあまあ、頭を上げてくださいな！　そんなの気にしなくていいんですよ？　ウチの子たちはそんなヤワじゃないですしね」

いち早くフリーズから復帰した母さんがゴーシュをなだめ、父さんも隣で何度も頷いている。父さん、ゴーシュは頭を下げているから何回首を振ったところでわからないよ。

「いやしかし！　大事なお子さんを預かっておきながら野盗に襲われ、その上お子さんに尻拭いしてもらうなんて、俺はなんて情けない大人なんだと――」

ゴーシュが頭を下げたまま謝罪の言葉を続けるが、母さんがそれを遮る。

「大丈夫ですよ。むしろこんな世の中ですもの、ちょっと良い社会勉強になったんじゃないかくらいに思ってますよ？　ね？」

母さんがこちらを見てニコリと笑い、俺とニコラはうんうんと答える。

最近思ったんだけど、ウチの母さんって「我が子を千尋の谷に落とす」まではいかないけど「我が子が勝手に千尋の谷に落ちそうになっているのをニコニコしながら見守る」くらいの教育方針だよね。


そんなこんなで数分間の説得の後、ようやくゴーシュは頭を上げ、母さんがパンッと両手を叩いた。

「はいっ！　ということで、この話はもうおしまいです！　わかりましたね!?」

「は、はぁ、わかりました。……あー、それで、その野盗なんですけど——」

俺たちを襲撃した野盗の結末に話題が変わった。ゴーシュは俺たちを送った後にすぐに町の衛兵に連絡し、デリカを自宅に帰らせるとそのまま衛兵と共に襲撃現場まで戻ったらしい。

現場に到着すると野盗三名のうち二人は気絶、もう一人は現場から逃げようとしたものの片足が骨折しており、あっさり捕縛されたらしい。

どうやらあの野盗たちは、領都とこの町の間の街道を縄張りにする野盗集団の一味だったそうだ。

しかしこの地域の領主主導による野盗狩りで大部分は捕縛され、その時になんとか逃げおおせた残党だったことが自白と体に彫り込まれた入れ墨から明らかになったらしい。

そして少ない人数で再び活動を再開するために、町と村々との間というローリスク・ローリターンのルートで獲物を物色していたところ、俺たちを発見し襲撃を仕掛けるも返り討ちにあったということだ。

捕まったのは喜ばしいことだけれど、一つ気になることがある。

「おじさん、捕まった野盗ってどうなるの？」

「そりゃお前、縛り首だろ。領主様から逃げおおせた上に再び略奪に手を染めたんだからな。犯罪奴隷落ちすらないだろうよ」

事もなげにゴーシュが答える。殺さないように少しは努力をしたけれど、結局は死んでしまうということらしい。自分が手を下したわけではないからか、それとも気持ちの整理ができていたからか、思ったよりも俺の心は揺るがなかった。

ゴーシュが母さんに向き直り話を続ける。

「それで野盗の残党は領主様から指名手配がなされていたので、報酬金が出るんです。俺が昨日のうちに代わりに受け取っても良かったんですけど、これはマルクとニコラの手柄ですから二人が受け取りに行ったほうがいいと思ってですね、これを貰ってきました」

ゴーシュが懐から二つに折られた手紙を取り出し、ニヤっと笑いながら俺の方に差し出した。

「これを冒険者ギルドに持っていけば報酬が貰えるからな。後で冒険者ギルドに行ってくるといい」

手紙を開くと、俺とニコラの名前と風貌、俺が野盗三人を討伐した状況の詳細、俺とニコラには報酬を受け取る資格があることが記載されていた。

それとなにやら複雑な紋様の判子が押されていたのだが、かすかにマナを感じるので、おそらく偽造防止の魔法なんだろう。

別にゴーシュが貰ってきてくれればいいのに、なんて思ったりもしたけれど、ゴーシュのいい笑顔を見るからに、世間一般の子供からすると冒険者ギルドで報酬を受け取るなんていうのは憧れのイベントの一つなんだろうと思う。

おそらくゴーシュなりのサービスなんだろうな。好意はありがたく頂戴しよう。

「ありがとう！　後でニコラと一緒に行ってくるね」

そう答えるとゴーシュが満足げに頷いた。

どうやらこれでゴーシュの用事が終わったらしい。俺は席を立とうとするゴーシュを引き止め、アイテムボックスから取り出した包みを二つ差し出した。

一つは預かっていたテンタクルスの切り身、もう一つは昨日父さんにお願いして余分に作ってもらったイカ玉お好み焼きだ。酒好きのゴーシュにもぜひ食べてもらいたかったのだ。

「これは新メニューのテンタクルス入りのお好み焼きなんだ。気に入ったらウチに食べに来てね」

「おお、うまそうだな！　女将さん、ご馳走になります！」

ゴーシュが母さんに頭を下げる。作ったのは父さんなんだけどね。父さんはひとつ頷き、母さんはなにも言わずにニコニコしている。

そしてゴーシュは足取り軽く自宅へと帰っていった。それと入れ替わるように宿泊客も朝食を食べに食堂にやってきたので、俺たちもそれぞれの仕事に戻ったのだった。

この後もしばらく家の仕事が残っているけれど、仕事が終わり次第、ニコラを連れて冒険者ギルドに行ってみよう。

冒険者ギルドに行くのは、セリーヌに連れられてゴブリン討伐をして以来となる。あの時の黒髪美人の受付嬢さんはまだいるのかな？

第二章 ファティアの町でお仕事体験

第一話　はじめてのおつかい

昼前には割り当てられた仕事が終わった。忙しくなるお昼にはパートタイムおばさんのアデーレがやってくるので、今から俺とニコラは自由時間となる。

「それじゃあ行ってくるね」

ニコラと一緒に家を出る。これからムサいおっさんがたくさんいそうな冒険者ギルドへ報酬金を貰いに行くのだ。

変なのに絡まれないようにセリーヌについてきてもらおうかなとチラッと考えはしたけれど、昨日セリーヌはオフだから昼まで寝ると言っていたので、さすがに起こしてまでお願いするのは気が引けた。

「いってらっしゃ〜い」

母さんが宿の入り口で手を振りながら俺たちを見送る。気分ははじめてのおつかいである。しばらく歩いてから後ろから誰かがついてきていないか、ついつい確かめてしまった。ニコラが呆れたようにこちらを見る。

「誰もついてきていませんよ。それより貰ったお金は自由にしていいってママも言ってましたし、たまにはギルのお店でたくさんお菓子でも買いませんか」

「そうだな、大人買いするか。子供だけどな」

そんな話をしながら大通りを歩く。二年ほど前のゴブリン退治以来の冒険者ギルドだが、大通りに沿って進むだけなので迷いようもなく、あっさりウエスタンドアの建物に到着した。

中に入ると結構な人だかりだ。向かって右側の飲食スペースのテーブル席はほとんど埋まっていて、もう酒を飲んでる連中をチラホラと見かけた。そろそろ昼食時とはいえ、今日の仕事はもう終わったのだろうか。

俺たちはなるべく目立たないようにそそくさと受付カウンターの順番待ちに並んだ。冒険者ギルドといえば、トラブル発生というのが物語のお約束だ。子供相手に因縁をふっかけるようなヤツはさすがにいないとは思うけど——と、俺たちの後ろに並んだ男から声をかけられた。

いきなりトラブル発生か！　慌てて背後を見上げると、何度かウチにも宿泊したこともある顔なじみの冒険者だった。壁から取り外したらしい依頼書を手に持っている。

「宿屋の坊主じゃないか。こんなところでどうしたんだ、お使いか？」

「う、うん、そんなところだよ。前にも来たことがあるんだけど、前に比べて今日は人が多いね」

顔なじみの登場に少しホッとしながら、話を続けることにした。ビビっていたことがバレたらしくニコラが俺を見てニヤニヤしていることは気にしない。

「あー、これな。今日は特別だよ」

「え？　なにかあったの？」

「おおありさ。以前領主様が主導した大規模な野盗狩りがあってな。その時に運良く逃げおおせた残党が冒険者ギルドで指名手配されていたんだが」

どっかで聞いた話ですね。それでそれで？

「そいつらはとにかく逃げるのが得意な連中でなあ。なかなか捕まらないことに業を煮やした領主様が報酬金の値段を吊り上げたんだ。ファティアの町の周辺に潜んでいるんじゃないかって噂が有力視されていたのもあって、この町には残党狙いの冒険者が増えてきていたんだが――」

オイシイ賞金首だったわけだ。はぐれメタルを狙うみたいなもんかな？

「それが昨日ついに捕縛されたらしくてよ。先を越された連中が、今日は仕事をやる気なくしたみたいでダべってるんだよ」

「ふ、ふーん、そうなんだ。……僕ちょっと用事を思い出したから、また後で来るね」

俺は回れ右をする。しかし一歩踏み出す前に、顔なじみ冒険者がガシッと俺の肩を掴んだ。

「なに言ってるんだ。もうお前の番じゃないか。今おつかいを終わらせたほうが早いだろ？　ほらほら、さっさと終わらせせな」

俺は肩を掴まれたまま、半ば無理やりにカウンター席に座らされた。もう逃げられない。

「こんにちは、冒険者ギルドへようこそ。あら、あなたたちは……。そうだわ、セリーヌさんと一緒にギルドに来た子たちよね？」

以前と同じ、背中まで黒髪を伸ばした美人受付嬢がニコラの方を見ながら問いかけた。

「うん！　ニコラはニコラだよ。こっちはマルクお兄ちゃん！」

「そうだったわね。こんなカワイイ女の子、今まで見たことなかったから、よおく覚えてるわ」

受付嬢が微笑み、それを聞いてニコラもにっこりと笑う。あれおかしいな、俺だって結構かわいいはずなんだけどな。一緒に覚えててくれてもよかったんだよ？

「それで今日はどうしたの？」

俺は今朝ゴーシュから受け取った手紙をおそるおそる受付嬢に手渡した。受付嬢はさっと目を通すと眉を上げる。

「『蛇狼《じゃろう》』の残党三人の討伐証明書？　えっ？　あなたたちが倒したことになってるけど」

受付嬢の声が周囲に響くと、ギルド内が一瞬で静まり返った。

——ざわざわざわ……。

そして周囲からざわめきが起こり始めた。テーブルで飲んだくれていた連中からの視線も感じる。

俺は人に魔法を見せて驚かれたり注目を浴びたりするのは正直結構好きだ。しかし予感したとおり、強面のおっさん共の注目を浴びるってのはかなりキツいものがあるな！

「う、うん。昨日町に帰る途中に襲われて成り行きで？　そうなったんだよ」

「セカード村との街道で捕縛って書かれてるわね」

受付嬢が証明書に目を通しながら答えた。

「あーそっちはノーマークだったわ！」「あんなところ張り込まねえよ～」等々、周辺から悔しがる声が聞こえる。

めっちゃ聞き耳を立てられているけれど、ここに俺のプライバシーは無いのか。できれば黙って報酬金だけ受け取りたかった。

「証明書にはたしかにあなたたちが倒したと記載されてるし、魔法印も押されてるし……。うん、特に問題はないわね。――それでは報酬金の金貨九十枚をご用意いたしますので、お席でしばらくお待ちください」

綺麗なお姉さんからギルドの職員モードに切り替わった受付嬢は、ペコリと会釈するとカウンターの後ろの奥へと歩いていった。え？　今、金貨九十枚って言った？

第二話　物理ヒール

受付嬢が奥に下がった後、後ろの顔なじみの冒険者が俺の頭を擦るようにガシガシと撫でた。やめてくださいはげてしまいます。

「おーい坊主、すごいじゃないか。どうやったんだ？」

顔なじみが興味深げに聞いてきた。周囲の連中もこちらに聞き耳を立てているのは間違いない。

うーん、内緒にすると余計に興味持たれそうだな。

「えーとね、馬車に乗ってたら野盗が馬に乗って襲ってきたんだけど、石弾《ストーンバレット》を馬の顔に当てたらね、馬が驚いてすっ転んじゃって、乗っていた野盗が落っこちて大怪我したんだ」

その瞬間、ギルド中からドッ！　と笑い声が起きた。

「マヌケな奴らだな！」「まったくだぜ！」「あー、カモだったのに惜しいな」「あの歳で石弾《ストーンバレット》を撃てるのは将来有望だぜ」「それよりもあの坊や、ワタシの好みだわ～」

全員野太い男の声だったが、最後のは聞きたくなかった。

本当は馬を石弾《ストーンバレット》で撃ち抜いたんだけど、馬が目潰しを食らって振り落とされたマヌケな野盗たちと思ってもらえたようだ。まあ元々逃げ足に定評があっただけで、実力はそれほどでもなかったみたいだしね。

そんな話をしている間に受付嬢が戻ってきた。手に持っていた金貨袋をカウンターの上にドンと置くと、テーブル席の方からは口笛や囃《はや》し立てる声が聞こえた。

「こちらが報酬金、金貨九十枚になります。お確かめください」

袋から金貨を取り出してカウンターの上に十枚ずつ並べる。うん、九列ある。

「確かめたよ。こんなに貰えるとは思わなかったなあ」

金貨九十枚と言えば、長期滞在には適さない値段のウチの宿屋で晩飯付きでも四か月くらいは何もせずに暮らしていける額だ。結構な大金である。

「一人金貨三十枚で、それが三人ですからね。領主様の肝煎りということで、報酬金はかなり高騰しました。最初は一人金貨十枚だったんですよ」

三倍はすごいな。よっぽどイラっときたんだなあ、その領主様。

「それで本来なら、受領の証としてギルドカードを使って魔法印を証明書に押してもらうんですけど……。うーん、無いなら仕方ないわね。ちょっとチクっとするけど我慢してね？」

受付嬢はお堅い口調を止めると俺の手を取り、あっと言う間もなく押しピンみたいなもので親指の腹を突いた。

そして血玉がプクッと膨らんだのを確認すると、俺の親指を証明書に押し付ける。まるで熟練医師の注射みたいな早業だった。

直後に受付嬢がなにやら唱える。すると証明書に押された血印が薄く輝いた。これが魔法印の代わりになるのだろう。

「よし、問題なさそうね。指の方は傷薬を持ってくるからちょっと待っててね」

「はーい」

これくらいなら回復魔法で瞬時に治るが、これまでないくらいに注目を浴びているし今は自重しよう。

すぐに受付嬢が小瓶を手に持ちながら戻ってきた。

そして俺の親指を掴み、思ったよりも流れている血を見て心配そうに眉に皺《しわ》を寄せると、……俺の指をパクっと口に含んだあああああああ⁉

え？　なに？　なんで口に含むの？　血が出ているから？　でも逆に口内の雑菌とか問題ないの？　あっ、指に舌の感触が……いやこんな美人に雑菌とかあるわけないいんですけどね？

「――これでよし、と」

俺が一瞬で混乱状態に陥っている間に処置が終わったようで、いつの間にか血を拭われた親指に軟膏が塗られていた。

「ん？　大丈夫よ、この軟膏はすごく効くんだから。最近教会で作られているんだって」

俺が親指を凝視しているのを、傷口を心配していると思ったらしい。

『ぶふふふ、お兄ちゃん顔真っ赤』

ニコラが念話でからかう。いや、だってねえ。急にこんな美人さんに指を舐められて動揺しない男がいますか？　って話ですよ。

とはいえ、こんな人目の多いところで狼狽《うろた》えるのも格好悪い。少しほかのことを考えて落ち着こう。えーと、そうだ、軟膏だ。

さっきと違う意味で親指を見る。この軟膏、どっかで見たことのある色だな。教会で作られたって言っていたし、俺が持ち込んだセジリア草っぽい。

軟膏を見ながら、癒やし系シスターのリーナの顔を思い浮かべると、なんだか落ち着いてきた気がする。よーしよし、俺は大丈夫、大丈夫だ。

「お姉ちゃん、ありがとう！」

俺は屈託のない笑顔を浮かべて受付嬢に感謝の言葉を述べ……られたはず。それを見た受付嬢は満足げに頷くと、

「それじゃあ気をつけて帰るのよ。寄り道しないで帰ること。いいわね？」

人差し指を立てながら俺たちに注意を促した。

それに返事をした俺は肩に下げていた鞄に金貨袋を詰め込む。そして受付嬢にペコリとお辞儀をし、この場を去ろうとしたんだが――

「うーん、ちょっと待って……」

受付嬢はむむむと唸りながら、立てていた人差し指を自分のおでこに当ててなにやら考え事をしている。そしてパッと顔を上げた。

「私、昼休憩がまだだから、あなたたちのお店で食べさせてもらおうかな。一緒に出るからちょっと待ってね」

そう言うと俺たちの返事を待たず、奥の部屋へと小走りで駆けていった。きっと子供が大金を持って移動するのを心配したんだろうな。美人で子供にやさしいとかもう欠点が無いじゃん。

第三話　尾行

しばらくギルドの中で待っていると受付嬢がやってきた。服装は冒険者ギルドのグレーの制服のままで同行するようだ。なんだか昼休み中のＯＬ感がありますね。

「おまたせ。それじゃ行きましょうか。離れちゃ駄目よ？」

受付嬢が俺とニコラに両手を差し出す。おててをつないでいくらしい。先程の事件を思い出して少し照れそうになるが、なんてこともないように手を握る。ニコラがこちらを見てニヤニヤしているけれど、気づかない振りをした。

手をつないで歩き始めると、周囲のおっさん共が囃し立てる。

「リザちゃんが一気に子持ちになっちまったよ」「まさか彼氏を作るより先になるとはな」「おおおおれが彼氏に立候補する」「バカ、おめーじゃ釣り合わねーよ！」「俺もリザ嬢に指舐められたい」「ワタシもあの坊やをペロペロした～い」

随分と冒険者から人気があるみたいだね、このリザお姉ちゃんは。俺も一部から人気が、いやなんでもない。

冒険者ギルドから外に出ると、昼食時ということもあって周辺の飲食店はどこも盛況のようだった。リザも普段ならこの辺りで昼食を取るのだろうな。それをわざわざ中央から南門まで来てくれるのだから、ありがたいことである。

「ええと、南門の近くのお店なのよね？」

「うん。こっちだよ」

南門の方角を指差す。証明書には俺とニコラの住所や両親の仕事まで書かれていたので、それで知ったのだろう。

それじゃあ行きましょうかとリザが歩き始めると、大通り沿いの飲食店の店前を掃除していた若い男がリザを見かけて声をかけてきた。

どうやらリザの馴染みの店のようだが、リザが会釈してそのまま通り過ぎるとガックリと肩を落とす。お客を逃したこと以上に落ち込んでいるように見えるけど、ドンマイ青年。

そうして馴染みの店を通り過ぎ、南門方面に向かって三人並んで歩いていく。お菓子の大人買いは中止になったけれど、ニコラは満足げに受付嬢の手を握ってスキップ、たまにバランスを崩した風に装ってリザの尻に顔をダイレクトアタックしている。

『この受付嬢さん胸はいまいちですけど、お尻がすごいですね。十年に一人の逸材です。こんなの大人になったらお金払わないとやってもらえませんよ。お兄ちゃんも今のうちにやっておいたらどうですか？』

えぇ、なんなの、このおっさん……。ニコラが以前、俺の魂と混ざりあった結果、女性を愛《め》でる趣味に目覚めたかもと言ってはいたが、俺はここまでヤベー奴ではなかったはずだ。

「もう、じっとしてないとダメよ？」

「えへへ、はーい」

尻にまとわりつくニコラをリザが窘《たしな》める。内心は欲望渦巻く酷い状況ではあるが、外から見れば幼い兄妹と年の離れたお姉さんが仲良く歩いているように見えることだろう。とてもいい雰囲気なんだが。

なんだが、……うーん。

『ニコラ、後ろに誰かついてきているよねえ？』

『はい、三人いますね』

さすがに大金を持っていることだし警戒しておこうとマナを広げて周囲を探索していたんだが、冒険者ギルドからずっとついてきている連中がいた。

『ギルドから出る時も雰囲気は良かったし、そんな悪い人はいなかったと信じたいんだけど』

『高額報酬金目当てで他所からも結構な数の冒険者が流れてきたみたいですし、ちょっとカツアゲしてやるかくらいに思ってる輩がいても不思議ではないですよ』

『ギルドの職員が一緒にいるのにやっちゃうの？』

『世の中には自分の理解が及ばない人がたくさんいるんですよ。前世でもコンビニの冷蔵庫に入る人や、寿司屋の醤油差しを鼻に突っ込む人を理解できましたか？』

『な、なるほど』

そう言われて納得できてしまったのは非常に残念なことだが、とにかく今は後ろの連中をどうするかだ。実家までついてこられたくはないので、途中で撒くのが一番いいだろう。前を見るとちょうどいい感じの路地があった。

「お姉ちゃん、ちょっと路地の方に行くよ。こっちのが近道なんだ」

「え、マルク君？」

リザの手を少し強めに引っ張る。そしてすぐ近くの路地に入った。薄暗くて細い、おあつらえ向きの通路だ。

その中を小走りである程度進んだところで土魔法を発動。来た道を遮る形で数メートルの高さの石壁を作った。

路地は薄暗いし壁面もある程度ボロく見えるように作成したので、これで尾行している連中からは行き止まりに見えるだろう。これで俺たちが脇道に行ったと思ってくれればいいんだが。あとは感知するような技術やギフトを持っていないことを祈るばかりだ。

「土魔法で一瞬で壁を⁉」

「お姉ちゃん、しーーっ」

驚くリザに口元に指を立てて見せると、リザは両手を口に当てて黙ってくれた。

異世界でもこのジェスチャーが通じるんだなと感心していると、石壁の向こうで足音がした。

「なんだ、どこにもいねえぞ？」

「見失ったのか？　チッ、お前がチンタラしてるからだぞ」

どうやら尾行していた連中のようだ。リザも状況を察して顔を強張らせている。ニコラは怯えてリザの腰にしがみつく……風に装って、尻に顔を埋めて深呼吸をしていた。おい、もう少し緊張感を持ってくれませんかね？

とにかく立ち去るまで待とう。もし勘付かれたら……、人気《ひとけ》のない路地に入ったのは逆に良くなかったのかもしれない。

辺りを歩き回っているのだろう乱雑な足音が聞こえる。

「どうだ？　そっちにいたか？」

「わからねえ。どこの脇道に入ったんだか……」

「ったくよー。こんなことならさっさと声をかければよかったんだろうが」

「バカ野郎。こういうのは遠くからさりげなく見守るのが格好いいんだよ」

んん？

「まぁ俺たちより前にも後ろにも尾行している連中はいなかったようだし、もう心配ないだろ」

「そうだな。それじゃあ帰るか。ったく、締まらねえなあ」

「ギルドに戻ったらさ、リザさんたちを見失ったじゃ格好つかねえから、家まで見届けたって口裏を合わせておこうぜ」

「それがよさそうだな」

足音が小さくなっていく。ああ、そういうことだったのね……。

俺とリザは同時に大きく息を吐く。そして顔を見合わせると声を出して笑った。

そんな中、ニコラは今なお恍惚とした表情で尻に顔を埋めていた。リザの方からはニコラの顔は見えていない。怯えていると思ったんだろう、リザはやさしくニコラの頭を撫でた。

「怖かった？　もう大丈夫だからね」

「……うん」

ニコラが尻から顔を離しリザを見上げると、その目には涙を浮かべていた。それを見てリザがしゃがみ込んでよしよしと背中を撫で続ける。

この短時間に嘘泣きをするのは大したもんだが、よだれを拭き忘れているのはいただけない。というかこの余裕。コイツ最初から尾行の連中の正体、わかってたんじゃないの？

第四話　憤怒

ニコラを半目で見ながら石壁を分解して砂をアイテムボックスに収納する。砂をそのまま放置するとご近所迷惑だからね。

その様子を見ていたリザが感心したように口を開く。

「さっきはそれどころじゃなかったけれど、マルク君って相当魔法が得意なのね。尾行の気配も感知したみたいだし、土魔法、それにアイテムボックスまで……」

ほかはわからないけれど、感知はニコラの方がずっとすごいけどね。敵味方の判別までできているんじゃないかと思えるくらいだもんな。

詳しく聞いてみたいところだが、以前ギフトについて聞いた時は頼られると面倒だからと教えてくれなかったし、まあ聞くだけ無駄だろう。

でも余計なことを言わないほうが、背負い込む面倒が減るという考えはわからんでもない。俺はリザの呟きを曖昧に笑ってごまかし、実家を目指して再び歩きだした。

◇◇◇

実家の宿屋「旅路のやすらぎ亭」に戻ってきた。店の入り口から中に入ると、受付カウンターから母さんが顔を出す。

「あら？　マルクにニコラ、早かったのね。遊んでこなかったの？」

「冒険者ギルドでお客さんを連れてきたんだ」

母さんにリザを紹介する。

「あらあら、いらっしゃいませ。お食事でいいのかしら？」

「はい、食事でお願いします」

「は～い。それじゃあマルク、お席に案内してくれる？」

食堂を見渡し空いている席を探す。するとセリーヌが一人で食事中で、こちらに向かって手を振っていた。リザとも知り合いだし、ここは相席の方がいいかな。

「珍しい組み合わせね。どうしたの？」

今日はオフだと言っていたセリーヌは、いつもの黒いドレスではなく白いワンピース姿。冒険者の姿の時以外は白っぽいものを好んで着ている。なんでこうも極端なのか。

「昨日の盗賊の報酬金を冒険者ギルドで貰ってきたんだけど、それが大金だったから、お姉ちゃんがここまで送ってくれたんだ」

「そういえば詳しく聞かなかったけど、野盗に襲撃されたって言ってたわね。大金って幾らくらい貰ったの？」

「セリーヌさん、蛇狼の三人組でしたよ。金貨九十枚です」

「えっ、あいつらだったの？　マルクぅ、襲撃されて得したわね！」

こっちはそれなりに必死だったのに、襲撃されて得したとか気楽なもんである。

「セリーヌさんがお気に入りの理由がわかりました。さっきも石壁を一瞬で作ったり、なんだかんだとすごかったんですよ？」

「そうでしょう～？　将来有望なんだから」

セリーヌが俺の頭をぽんぽん撫でるとリザに着席を促す。

「それじゃあ一緒に食べましょう？　私のおすすめは新メニューのお好み焼きのテンタクルス入りね」

「テンタクルスって湖の魔物のですか？　あれって食べられるんですか？」

席に腰掛けながらリザは怪訝な顔をする。さすがに冒険者ギルドの職員だけあって、テンタクルスは知っているらしい。

「うふふ、一度食べてみるといいわ。冒険者ギルドの職員なんだから、魔物の情報はどんなことであれ知っていて困ることはないわよ」

「そうですね……。見た目が変でも美味しい獣や魔物はたしかに存在しますし、食べてみることにします。マルク君、お好み焼きテンタクルス入りを一つお願いね」

「わかった。それじゃあ注文してくるね」

そう言って席を離れる。ニコラはこのままなし崩し的に仕事を手伝わされると思ったのか、既にリザの隣の席に座って動こうとしなかった。俺とニコラの分の昼飯も頼んでおくか。

「母さん、お好み焼きテンタクルス入り、ひとつ注文入ったよ。僕とニコラも一緒に食べるから同じのをお願い」

カウンターまで歩いて母さんに注文を伝える。

「は～いわかったわ。あっ、マルク、このお皿をあちらのテーブルまで持っていって～」

「はーい」

やっぱりこうなった。

しばらく食堂を手伝った後、注文したお好み焼きが出来あがったのでテーブルに運ぶ。そのまま俺も同じテーブル席に座り、一緒に昼食をいただくことにした。

「お好み焼きは最近屋台で見かけますけど、お店の中で食べるのは初めてです」

お好み焼きを見たリザの感想である。この店が発祥なのに屋台でしか見たことないのは残念だと少し思ったけれど、俺だって前世にあったものをパクっただけだしな。むしろ広まっていることを喜ぼう。

「お好み焼きに切ったテンタクルスを入れてるんだ。食べてみて」

リザは頷くとお好み焼きを大きめにナイフで切り取ると、整った顔からは想像つかないくらいに大きく口を開けて一口でパクリといった。そして――

「～～～～～ッ！」

目を見開き、言葉にならない声を上げたかと思うと、すごい勢いで食べ始めた。

ガツガツパクパクムグムグ……ゴックン。

ガツガツパクパクムグムグ……ゴックン。

皿の上にドカンと載っていたお好み焼きは、あっと言う間に消え去ってしまった。昨日父さんに言ったら早速採用された、主食級の大きさなんだけどな……。そしてリザが恍惚とした表情でふうと息を吐くと、こちらに向き直り俺の手を握った。

「生地、肉、ソース、すべてが屋台とはまったく別の食べ物だわ……。仮にテンタクルス抜きでも別格の美味しさだけれど、テンタクルスとの相性が最高ね。この歯ざわり噛みごたえ、そして味。

すべてがお好み焼きに深みを与え、相乗効果でさらなる味の高みへと導いている。……私は今日のこの出会いに感謝の気持ちで一杯よ。マルク君ありがとう」

お、おう……。なんだか予想以上に気に入ってもらえたようだ。

「そういえばリザって食べ歩きが趣味だったわね。それなのにこの店がノーマークだったというのは意外だわ」

セリーヌが呆れたように口を挟む。やっぱりこの世界にも、食い道楽は存在するんだな。

「失礼ながらここは宿屋としてしか見てませんでした……。今後はすべての食堂付きの宿屋を洗い直さなければ……」

リザがなにやら新たな決意に燃えている。さて、なんだか呆気にとられてまったく自分のを食べていなかったな。そろそろ俺も食べよう。

だが、妙に視線を感じたので隣を見てみると、リザが俺を——いや俺の皿のお好み焼きをじっと見つめていた。もしかして一枚じゃ物足りなかったかな？

「お姉ちゃん、もう少しお好み焼き食べたくない？」

「そうね、食べたいかな。でも今から注文すると昼休憩の時間がね……」

リザが心底残念そうに眉を下げる。

「よかったら僕の少し食べない？」

「気持ちは嬉しいけれど、それはマルク君の昼食でしょ？」

「僕のは子供用の大きさだけど、それでもちょっと量が多すぎるんだ。だからお姉ちゃんが食べてれると嬉しいなー」

「そ、そういうことなら……」

俺はお好み焼きを四分の一ほどに切り分けて、リザのお皿に載せてやった。

リザは少し顔を赤くしながら「ありがとう」と言うと、今度は先ほどと違い、ゆっくりと口へと運び――

「美味しい」

にっこりと微笑んだ。良かった、これでリザがここの常連になってくれると嬉しいね。

その瞬間、なにやら怒りの波動を帯びた念話が届いた。

『お、お兄ちゃん！　なんてことを……！』

『え？　なに？　分けたら駄目だった？』

『違いますよ！　今のは百パー、あーんしていたら成功だったケースじゃないですか！　なにやってんですか！』

『いや別にあーんとかしなくてもいいじゃない？　俺だって恥ずかしいし』

ニコラはやれやれといった顔をすると、

『食欲と羞恥の間に揺れ動き、その結果食欲の軍門に降り顔を赤めながら、お兄ちゃんの差し出したフォークを前にして恥ずかしげに、そして無防備に口をあーんと開く。そんなリザの顔はもう二度と見れないんですよ？　それがどれほどの損失なのかわかりますか？』

『ええっ、それほどのものだったの!?』

『それほどのものでしたよ。はー、まったくお兄ちゃんはまだまだですね。私が本格的に教育を施したほうがいいんでしょうか』

それは勘弁してほしいところだけど。と、リザが俺の肩をつんつんと突いた。

「ニコラちゃんと見つめ合ってどうしたの？　早く食べないと冷めちゃうわよ」

おっとそうだった、お好み焼きを食べないとな。俺はさらに続くニコラの愚痴をスルーして、お好み焼きを食べることにした。うん、おいしい。

第五話　元手ゼロだからカロリーゼロ

もぐもぐとお好み焼きを食べる。美味しいのはある意味当然とも言えるが、自分が作ったキャベツに自分が探して購入した魔物肉と手間もかかっている分、単なる一つの料理という以上に食べているだけで喜びが沸き上がってくるね。

俺がお好み焼きを食べていると、リザが木のコップに入った水を飲みながらセリーヌに話しかけた。

「セリーヌさん、このお好み焼きに使われてるキャベツって、普通のキャベツじゃないですよね？」

「ふふん、そのとおり。魔法キャベツを使ってるのよ」

なぜかセリーヌがドヤ顔で答えた。

「えっ、魔法キャベツを使ってこの値段なんですか？　魔法キャベツなら普通はもっと単価があがるんじゃ……」

屋台で売っているようなお好み焼きは銅貨四枚程度。ウチのブタ玉は銅貨八枚　テンタクルス入りは銅貨十二枚なので十分高価だと思うんだけどな。

「マルクが魔法の練習で畑を耕してるのよね。マルクが言うには、練習の副産物だから実質タダなんだってさ」

「これで無料なワケないじゃないですか。これだけの技術を使って無料だなんて、ほかの農家の方々が絶句しますよ！」

「でも魔法の練習になるし、お金にもなるんだよ？　逆にどうしてみんな野菜を育てないか不思議なくらいだけどな」

俺が口を挟むとリザがため息をついてこちらに向き直った。

「マルク君、普通はそんな簡単にできるものじゃないのよ？　一般の魔法使いなら畑一面にマナをバラ撒くだけで、しばらく動けないほど魔力を使い果たすんだから」

「私がマルクに初めて会った時は、五歳でもう魔法トマトを作ってたわよ」

「五歳ですって⁉」

絶句するリザにセリーヌが笑いながら頷くと、リザはじっとりとした目で俺を見た。

「……なんていうか、規格外ね」

いや待ってほしい。もともと魔法の畑を作れと言ったのはギルだったし、俺が実際に作ってみせてもギルはそこまで驚いた様子はなかったんだけど。

……もしかしてギルは魔法が使えないから、魔法ってのはこういうものだと納得していたのかな。

しかしなんだ、こうして褒めてくれるのはすごく嬉しいけれど、逆にプレッシャーも感じるね。

「二十過ぎればただの人」にならないようにもっと精進しないとな。農地はそろそろ空き地の限界を迎えそうだし、新しい魔法の特訓法を考えたほうがいいかもしれない。

俺が決意を新たにしていると、リザがガックリと肩を落とした。

「こんな……、こんな店がこの町にあったのを知らなかったのは本当に不覚です」

「フフフン、しかも宿にはお風呂まであるんだからね」

またしてもセリーヌがドヤ顔をする。

「お風呂もあるんですか？　私が住んでる借家にはシャワー部屋があるんですけど、それでも随分と家賃を奮発してるんですけど……。うーん、私もここに住もうかしら」

結構稼いでいるらしいC級冒険者のセリーヌはともかく、冒険者ギルド職員ってどれくらい給料を貰っているんだろう。

「リザお姉ちゃん、この宿は一泊銀貨五枚で朝食付き、お風呂は銀貨二枚だけど大丈夫？」

「うぐっ……、一泊ならともかく毎日泊まるとなると、さすがに家計に響くわね……」

リザはテーブルに肘をつけて息を漏らす。

「仕方ない、諦めることにするわ。でもたまにお風呂に入りに来るし、昼食は少なくとも全品制覇するまで毎日通うから、今後ともよろしくね」

そう言うとパチリとウィンクをした。美人さんはこういうのもサマになりますなあ。眼福眼福。

『お風呂！』

スルーしていたが、さっきまで延々と愚痴っていたニコラが目を輝かせる。リザの入浴シーンでも想像しているのだろうか。とにかくこれでようやく説教モードから解放されたみたいだ。正直助かった。

「さて、それじゃあそろそろ仕事に戻ります。マルク君、ニコラちゃん、また明日ね」

「うん、今日は送ってくれてありがとう」

「リザお姉ちゃんまたね！　今度一緒にお風呂入ろうね！」

リザは俺たちに手を振り返しカウンターで料金を支払い店から出ていくと、セリーヌがボソッと呟いた。

「明日から冒険者ギルド周辺のレストランで、男共が悲しみに暮れることになるのね」

そういや俺もそういうのを一人見かけたな。すまんな皆の衆。

第六話　報酬金の分配

冒険者ギルドで報酬金を貰ってから数週間が過ぎた。

さすがに金貨九十枚は大金だと思ったので、使い道を両親に委ねようと思ったんだけど、両親は俺たちに任せると言ったきり頑として譲らなかった。

それじゃあ好きにやらせてもらおうということで、金貨三十枚ずつの三分割にすることにした。

そしてまず三十枚をゴーシュに分配することに決めた。ゴーシュはなかなか受け取ってはくれなかったが、本来なら野盗を撃退してそのまま放置していたのをゴーシュが衛兵に同行して捕縛してくれたお陰で貰えた報酬金だからと説得し、なんとか受け取ってもらえた。

次の三十枚は両親に贈った。両親は俺たちがそれで構わないのならと、こちらはすんなり受け取ってもらえた。

残りの三十枚は俺とニコラで十五枚ずつ折半した。

九十枚の金貨で手元に残ったのは十五枚。これでも大金ではあるのだけれど、こうした金貨の配分にニコラから文句が出なかったのが意外といえば意外だった。普段は俺のおやつを横取りする程度にはがめついのにな。

そして俺は今、裏庭の花壇の手入れをしている。風呂小屋の平屋根の上にあるセジリア草＋1の種を植えた花壇だ。

鑑定した結果、すべてセジリア草＋1に成長しているのを確認した。ということは、これからはD級ポーションを量産可能ということになる。

どうやら普通のセジリア草よりも成長速度は遅いみたいだけれど、それでもひと月足らずで一個あたり売値は金貨十枚、卸値は金貨七枚のD級ポーションができるのは大きい。相場を崩さない程度に売っていけば、この間の報酬金の金貨九十枚とはなんだったのかというレベルで稼げることになるだろう。

とはいえ、八歳の俺は商人ギルドに卸しに行くことはできないし、セリーヌに売るとしても、セリーヌが高価なD級ポーションを大量に買うようなことはないだろう。

まぁ大金を使うようなアテは特に無いのだ。E級ポーションと同じくアイテムボックスに溜め込みながら、ゆっくりと別の使い道を模索しようと思う。

とりあえずセジリア草+1はノーマルよりもマナをたくさん吸ってくれるので魔力の器を鍛えるついでにやるにはちょうどいい。花壇に向けて思いっきりマナを放出していると、後ろから声が聞こえた。

「マルク、また花壇の世話?」

平屋根に登っている俺を腰に手を当て見上げているのは、赤毛のポニーテールに黒いロングワンピース、白いフリルエプロンを身につけたメイド……ではなくデリカである。

「やぁ親分」

「親分禁止って言ったでしょ! 私はこの宿屋で雇われているんだから親分はおかしいじゃない。それどころか本来なら私がマルク坊っちゃんに敬語を使ったほうがいいと思うんですけど?」

「うへっ、わかったから敬語はやめてよ。……デリカ」

そうだった。デリカはここでアルバイトとして働くことになり、それで大義名分を得たぞとばかりに、ついに親分呼びが禁止されてしまったのだ。

ちなみに最初はデリカお姉ちゃんと呼ぼうと思ったんだけれど、本人はデリカと呼び捨てでいいとのことだった。歳上ぶることも多いし、お姉ちゃんと呼ばせたいのだとばかり思ったんだけどな。

そしてデリカのメイド服なんだけれど、あれはニコラが金貨十五枚を握りしめ、服飾店でオーダーメイドしたものだ。手持ちのお金はほとんど吹っ飛んだそうだが、いい仕事をしたと本人は満足げだった。

「それでどうしたの。なにか用事かな？」

「魔道冷蔵庫のテンタクルスがもう無くなりそうなんだって。アイテムボックスから新しいのを取り出してほしいそうよ」

セカード村では丸ごとを三匹購入したけれど、ついに二匹目に突入するらしい。まだ当分は大丈夫だと思うけど、そのうち仕入れに行ったほうがいいのかもしれない。まぁ三匹目に突入したら考えようか。

「わかった。行ってくる」

梯子《はしご》を使って平屋根から降りると、デリカと一緒に厨房へ向かった。

厨房に入ると、調理台でニコラが少し危なっかしい手付きで野菜を切り、その様子を父さんと母さんがハラハラしながら見守っている様子が目に入ってきた。

最近母さんは父さんに頼んでニコラにいろいろと料理の練習をさせているのだ。自分は料理を覚えるのが遅くて苦労したからという親心らしい。

将来は俺に寄生すると言って憚《はばか》らないニコラだけれど、さすがにそれを両親にぶっちゃけることはできないらしく、渋々ながら練習していた。

ちなみにニコラが今練習している程度のことは、俺は既に手伝いついでに仕込まれている。ニコラは今までサボったツケだと思って受け入れるしかないだろう。

「来たよ母さん。テンタクルスが無くなりそうなんだって？」

「ええ、そうなの。冷蔵庫に入れてもらえる？」

「丸ごとじゃ入りきれないから、ちょっと調理台を借りるね」

調理台の上にアイテムボックスから丸ごとテンタクルスを取り出す。ちらっと隣を見るとデリカの顔が引きつっていた。最近この宿の料理にテンタクルスは欠かせないものになりつつあるので、なるべく早く慣れてほしいもんだね。

俺は調理台に置いてある包丁を手に取ると、包丁に風属性のマナを纏《まと》わせた。

そして調理台を切らないように注意しながら、そっとテンタクルスに包丁を当てる。するとまるで最初から切れていたかのように、テンタクルスはスッパリと切断された。これが最近練習中の風魔法だ。

風属性のマナを纏わせた状態で切ると包丁の切れ味に関係なく軽い力でも、魚も骨ごとスッパスパ！　鮮やかでしょ？　となるのだ。関の職人が仕上げた逸品でもなく、刃にはチタンコーティングも施していないのにこの切れ味である。魔法ってすごいね。

切り身をいくつか作った後は、魔道冷蔵庫にしまい込み、残りの大半は再びアイテムボックスに戻した。そこで母さんがなにかに気づいたように手をポンと叩いた。

「あっ、そういえばマルクにテンタクルスのお金を支払ってないわ！」

「もともと僕が食べたくて買ってきたものだし、別に構わないよ」

「駄目駄目、こういうのはしっかりやらないとね。ほんとごめんね？」

母さんがキッチンから食堂に向かう。受付からお金を取ってくるんだろう。すぐに戻ってきた。

「はい。待たせちゃってごめんね」

手の平には金貨二枚が乗せられていた。テンタクルスは一匹銀貨五枚だ。三匹分でも少し多い。

俺が疑問を顔に浮かべて見上げると、

「お駄賃込み。ニコラにも分けてあげるのよ」

母さんの声に続いてニコラの念話が聞こえた。

『私はお駄賃よりも今のこの状況から逃げだしたいです』

そんなニコラはキャベツを刻みながら、恨みがましい目でこちらを見ている。

「母さんありがとう。それじゃあ遊びに行ってくるねー」

ニコラの逆恨みに巻き込まれたらたまらない。俺はニコラに気づかないフリをして厨房から逃げ出した。

第七話　三年目の空き地

ニコラを見捨て、日課となっている畑の世話をやりに空き地へと向かった。

空き地の畑はウチの店で美味しい料理を作るためには欠かせないものになっている。特に最近はお好み焼きでキャベツ需要が大きい。

空き地に到着すると、いつものように近所の子供たちがお気に入りの遊具で遊んでいる。そして周囲では若奥様方が子供たちを見ながら雑談に花を咲かせていた。

そこからさらに奥へと進み畑に到着すると、六十歳前後で頭に白髪が見えるもののガッシリとした体つきの男が畑の魔法トマトをもいでいた。野菜泥棒ではなく、この空き地の所有者のギルである。

「ギルおじさん、こんにちは」

「おう、マルク坊か。今日は妹はいないんだな」

ギルにはずっと坊主と言われていたが、空き地が子供の憩いの場所となりあちこち坊主だらけになったせいなのか、いつの間にかマルク坊と呼ばれるようになった。

「ニコラは父さんに料理を教わってる最中だよ」

「あの嬢ちゃん、食う方は得意そうだったが今度は作る方に回るのか。……ああ、そういえば聞いたぞ。最近お前の家の宿屋、新しいメニューが評判じゃないか。魔物肉を使った料理なんだって？」

「うん。テンタクルスって魔物を使ってるんだ。見た目はちょっと気持ち悪いんだけど、それさえ気にしなければ病みつきになるよ。お酒にも合うみたいだし、よかったらギルおじさんも食べにきてよ」

「ワシは行商であちこちと移動して生活していた頃、食えるものはなんでも食ったからな。見た目の悪さは気にせんよ。というか……テンタクルスといえばセカード村か？」

「そうだよ。行ったことあるの？」

「ああ、あるとも。若い頃に数回だけな。銛を手に持ち湖に潜ってテンタクルスを仕留めることがこの村の一人前の証だとか言って、年に数人は死んでたような気がするが、今でもあんな漁をやっとるのか？」

なにそれこわい。

「そんなことやってたんだ……。今ではかがり火で陸地におびき出して、複数人でボコボコにしてるよ。それでも怪我人は出てたけどね」

「なるほど、考えたもんだ。さすがにあのままじゃあ村が保たんかったんだろうな……」

「そうだろうね……」

「ま、まあなんだ、それなら今度食べに寄らせてもらおうか」

「うん、歓迎するよ。あっ、そうだ。これ見てよ」

家を出る前に作ったD級ポーションをギルに見せた。するとギルは以前E級ポーションを見せた時のようにいろいろと調べてみるものの、最後は首を傾げ俺に尋ねる。

「セジリア草みたいだが、少し違うようにも見えるな……。なんなんだこれは？」

「うーん、高品質なセジリア草？　かな。たぶんD級ポーションくらいにはなってると思うよ」

「ふむ……。効果の程は薬品や魔道具で調べないとわからないが、E級に収まらない効果があるのは間違いないだろう。これもマルク坊が作ったのか？」

「そうだよ。これからは量産できそうなんだ」

少し自慢げにそう答えると、ギルが頭を掻きながら呆れたような声を出す。

「なんというか、もうこれだけで十分食っていけそうだな。マルク坊は将来はポーション作りで生計を立てるつもりなのか？」

「ううん。いま育ててる薬草だって、いつまでも生えているって保証はないし。まだわからないよ」

とはいえ、仮に無限に生えるよと神様あたりに保証されたとしても、一生そればっかりというのは味気ないとは思う。

「前も言ったと思うけど、今は魔法でやれることをなんでも試してみたいかな。それにこないだ行ったセカード村も楽しかったし、今は旅にも興味があるよ」

「そうだな。それがいいだろうな。それでたとえ失敗することがあったとしても、それが糧《かて》になることもあるだろうよ」

そう言うとギルが俺の頭をグリグリと撫でた。そして会話が一段落つくと、ギルの収穫を手伝うことにした。

「それにしても今日はたくさん野菜を持って帰るんだね。運ぶの手伝おうか？」

魔法トマトをもぎながら聞いてみた。この土地はギルのものだし、ギルが野菜をいくら持っていったとしても文句はない。ただ今までは自分の家で食べる分くらいだったのに、今日は背負いカゴまで持ってきているのだ。なにか特別な理由があるのだろうか。

「おお、すまんな。そうしてくれると助かる」

そう言うとギルは背負いカゴを見ながら話し始めた。

「実は今度領主様がこの町を視察に訪れるんだがな。そういう時は道中の護衛の兵隊なんかが宿泊施設の近くの店で食ったり飲んだりと繁盛するものなんだ。それでワシの行きつけの飲食店に、少しばかり差し入れをしようと思ってな」

この町や周辺を治める領主さんが来るのか。もしかすると野盗討伐の報酬金を吊り上げたのは、視察に来る前の露払い目的だったのかもしれないな。

野菜を背負いカゴに入れ、それごとアイテムボックスに収めると、俺はギルと一緒に行きつけの店に向かうことにした。

まずは大通りに向かい、大通りに出てからは町の中央に向かって歩く。そこから東門の方に進んだところに目的の建物があった。

しっかりとした石造りの平屋建ての建物。外観は黒めの色調で統一されており、なんともシックな装いだ。ギルは飲食店と言っていたけれど、なんだかこの店って……。

「邪魔するぞ」

もう昼だというのに閉店中の吊り下げ看板が下がった扉を開け、ギルが中に入る。

俺がギルに続いて中に入ると妙齢のしっとりとした女性の声が聞こえてきた。

「まだ開いてないわよ。……ってギルさんじゃない。どうしたのかしら?」

薄暗い店内から出てきたのは、なんだか色っぽいお姉さんだ。もしかしてここってたしかに飲食はするけれど、接待を伴う夜のお店ってやつじゃね?

第八話　夜のお店

店の中は開店前ということで少し薄暗いが、店内は思っていたよりも広い。その大部分はソファー席だ。テーブルを囲むようにソファーがきれいに並べられ、ゆったりと飲食のできるスペースになっている。

側面にはカウンター席もあった。カウンターの向こう側には大きな棚が備え付けられ、棚の中にはたくさんの酒類が並べられている。入り口付近の壁に掛かった木の札には入場料銀貨二枚と書かれていた。

前世で言うところのチャージ料金みたいなもんなんだろうか。まぁこういったお店は前世では上司や先輩の奢《おご》りで何度か行ったことあるくらいだし、前世の料金システムと比べたところで意味がないので、深く考えるのは早々に止めておいた。

そして店内にいる青みがかかった髪をふわりと肩まで伸ばしたお姉さんだが、年齢は正直よくわからない。

美人だし若く見えるんだけれど、店の外観と同じくシックな装いと落ち着いた雰囲気から大人びても見えるんだよね。なんともミステリアスな女性である。

俺がお姉さんを観察していると、ギルが女性に話しかけた。

「今度領主様が来るだろう？　いろいろと入り用だと思って差し入れを持ってきた」

「あら、ありがとう……ってなにも持っていないじゃない。なにかの謎掛けかしら？」

お姉さんが首を傾げ腕を組む。腕に押し上げられた胸がむにゅんと形を変えている。いいものをお持ちのようですね。

「おお、すまんすまん！　マルク坊頼む」

ギルの声に頷き、アイテムボックスからカゴに入ったままの野菜をどっさりと床の上に並べると、お姉さんが目を丸くして俺の方を見つめる。

「アイテムボックスとは珍しいわね。この子はギルさんのお店の見習いさんかしら？」

「いや違うぞ。……そうだな、歳の離れた友人と言ったところか」

そう言ってポンと俺の肩を叩かれた。世話をしている子供ではなく、友人と言ってくれたのがなんだか照れくさいね。

「こんにちは。僕はマルクといいます」

「あらまあ、礼儀正しい坊やね。私はカミラ。このお店の店主をやっているわ」

カミラはしゃがみこむと俺に目線を合わせながら自己紹介をした。途端にふんわりと甘い香水の匂いが鼻を掠《かす》めた。

「でもアイテムボックスなんて、あんまり知らない人に見せちゃ駄目よ？　悪い人が寄ってきちゃうんだから。ギルさんももう少し気をつけてあげて？」

そう言いながら俺の頭を撫でた。するとギルが笑いながら、

「ワシも昔はそう言ったんだがな、マルク坊ならたぶん大丈夫じゃないか？　なにせこの間は町の周辺にうろついてた野盗を退治したくらいだからな！」

あれ？　その話は言ってなかったよね？　俺が驚いて見上げると、ギルがニヤっと笑った。

わざわざ言うことでもないと思って伝えてはいなかったんだけれど、どうやらギルは野盗退治の件を知っていたようだ。いろいろと顔が広いだけのことはある。

「あら、そうなの。まだ小さいのにすごいのね」

カミラが興味深げに俺の頭や頬をさわさわと撫で回す。無防備に屈んで近づいてきているので、ゆるい服装からは豊かな胸の谷間が大変よく見えた。、まだ性に目覚めていなくてもおっぱいは良いものなのだと思うので大歓迎です。

「ウォッホン！　それでどうなんだ。店の方は」

俺へのおさわりが終わらないカミラに、ギルが咳払いをして尋ねる。

「そうねえ。準備は順調なんだけど、この場所がね」

「場所がどうかしたのか？」

「前回の視察の時はね、繁盛したのは良かったんだけど、とにかく店に入りきれないほどお客さんがいっぱいになっちゃって大変だったのよ」

ちなみに前回の視察とは五年前。領主は領都にある町々を五年に一度の割合で町まで視察に来るそうだ。そして町長と会談、宿泊して翌日に帰るのが恒例となっているそうだ。

前回は俺は三歳だったので、家の中で普通に過ごしている間に終わった。後から視察があったと知って、そういえば普段より町が騒がしかったかなと思った程度だ。

「今回もお客さんでごったがえすとなると、今から気が重いわね。もちろん繁盛するのはいいことなんだけど……」

「それなら人数で入場制限したらいいんじゃないか？」

「兵士さんはある程度の団体でまとめて来るから、途中で切るわけにはいかなくてねえ。……でも、ある程度お断りしたほうが無難なのかしら」

カミラが頬に手をあて、ほうと息をつく。せっかくの稼ぎ時にお客さんを逃したくない気持ちもあるんだろう。

「それじゃあ屋上を使えば？」

少し思いついたので口を挟んでみた。

「屋上？」

相変わらずしゃがんだままのカミラが俺に向き直る。

「屋上をきれいに装飾して、屋上でも飲んでもらうの」

「せっかく店に来てもらっているのに外に出るのかしら？」

「うん。夜空を見ながら風に当たって飲むのも楽しそうだと思うよ」

酒を飲みながら外の風に当たる開放感を、前世の俺はよく知っていた。今はさすがに経験談として語るわけにはいかないけどね。屋上ビアガーデンってヤツだ。

第九話　屋上ビアガーデン

「屋上ねえ……」

ギルとカミラが同時に口を開く。

カミラは近くのソファーに座り込むと、なにも言わずに俺の手を引っぱり懐に収める。そして俺を後ろから抱きしめたまま後頭部に顎《あご》を乗せて考え込み始めた。

向こうからすると抱きまくらみたいなものかもしれないが、柔らかかったりいい匂いがしたり、こちらもとても気持ちいいですありがとうございます。

頭上ではカミラが「安全面が……」「料理の種類が……」「接客人数を……」と上の空で呟いている。どうやら頭の中では既に試算が始まっているようだ。

――前世で言うところの屋上ビアガーデン。

日本での始まりは貸し切りにした予約客がビアホールに入りきれず、屋上を解放してビールを振る舞ったという出来事からなんだそうだ。屋上ビアガーデンに一緒に飲みに行った先輩がそういうウンチクを語っていたことを思い出す。

今回のケースと多少は繋がるところもあるとは思うが、ここは夜のお店なのでワイワイとビール片手にというわけにもいかないだろうし、どうなるかはわからない。所詮は子供の戯言《ざれごと》なので、あとは戯言を聞いた大人が好きに判断すればいいと思う。

「ふー……マルク君ありがとね。こうしていると考えがよくまとまるのよ。ねえギルさん、ちょっと屋上を見てもらえる？」

しばらく考え込んでいたカミラは俺の両脇に手を添え持ち上げ、自分の懐からソファーの傍らに立たせた。名残惜しいが仕方ない。カミラは俺たちを店の奥へと案内した。

カミラが最奥にある扉を開けると、そこはさほど大きくない広さの庭だった。薄暗い店内から昼の明るさの急激な変化に眩しさを感じ、俺は手を目の上にかざしながら庭を眺める。

庭の左右を壁に囲まれ、壁際には物置らしきものが一つ設置されていた。庭の奥の方には小さな花壇と民家が見える。あの家にカミラが住んでいるのだろうか。

しばらく庭を眺めていると、カミラが店の扉の横に備え付けられた石造りの階段を登っていくのに気づき、慌てて追いかけたのだった。

そうしてカミラ、ギル、俺の順番で階段を登っていると、妙にカミラとギルの間隔が空いているのが気になって、前を歩くギルの横顔を覗いてみた。すると案の定、ギルはニヤけた顔でプリプリと左右に揺れるカミラの尻を見上げていたよ。まだまだ現役なんだね、ギル。

そういえばこの二人の関係ってなんなのだろう？　単なる店主と常連客？　それとも愛人関係？……まあどっちでもいいか。

ギルの幸せな時間もすぐ終わり、屋上に到着した。

屋上の周りを見渡してみると、店前の大通りに面した側にはなにも置かれていないけれど、裏庭に面した側には大通りからは見えないように物干し竿と竿受けが置かれていた。生活感をなるべく見せないための配慮だろうな。夢を売る商売だろうしね。

そして屋上から眺める景色の方は、元々平屋建ての建物なので高さはそれほどでもなかったが、大通りに面している分、思ったよりは見栄えがよかった。

それに両隣の店舗がここの屋上よりも高くないのもいい。仮に周囲が二階建て三階建ての建物に囲まれていたら、なんとも言えない圧迫感を感じていたことだろうしね。

とりあえず俺の見立てでは、屋上ビアガーデンとして及第点の立地条件と思えた。

ギルは周囲を見渡すように歩きながら腕を組む。

「ふーむ、まぁ景色は案外悪くないのかもしれんな。しかし屋上を囲む塀の高さが少し不安だな」

この屋上はもともと洗濯物を干すくらいしか利用することもなく、安全性はさほど考慮されていないんだろう。屋上の縁《ふち》を囲む塀の高さは一メートルも無かった。

「塀が低いようだな……」

塀の周りをうろうろと歩いていたギルがこちらに歩み寄りながら呟く。俺もギルを見つめた。

「このままだと、ふとした拍子で客が落っこちるかもしれんよな……」

ギルは呟きを続ける。俺は人差し指を顎にあて、かわいく首を傾げた。しばらく見つめ合っていると……。

「マルク坊、頼む！」

ギルが俺を拝むように両手をパンと叩いた。

正直なところ魔法でいろいろとやってみたくてうずうずとしていたんだけれど、俺に頼み事をするギルが珍しくて少しからかってしまった。

「うん、もちろんいいよ！」

俺はギルにそう答えるとカミラに向き直る。

「カミラお姉さん。魔法でちょっと屋上を改装してみたいんだけど、構わないかな？」

第十話　屋上ビフォーアフター

「ふふっ、私はお姉さんなんて柄でもないし、カミラさんかカミラママとでも呼んでくれればいいわよ。それでなにをするの？」

カミラが興味深げに問いかけると、俺の代わりにギルが答える。

「とりあえずマルク坊に任せてみてくれないか」

「まぁギルさんがそう言うなら……」

よくわかってなさそうだが、説明するよりも見てもらったほうがわかりやすいだろう。

俺は屋上を見渡して少し考える。

「先に床の補強をするね」

屋上を囲む塀のことを頼まれたが、まずは床から土魔法で整えることにした。屋上に人が集まるのなら、天井の崩落事故は勘弁してほしいところだ。

まあ魔法のある世界だし、思っているよりも頑丈なのかもしれないけど、先にこれをやっておかないと気が気でない。屋上ビアガーデンにするのならいろいろと資材を運び込むことにもなるだろうし、どこかの物置のように百人乗っても大丈夫くらいではまだ足りない。

これは地味だけど念入りに行う必要がある。俺は床にしゃがみこむと、立膝でハイハイするように歩きながら床の石材を土属性のマナで凝縮させて固めながら歩いた。

十分ほどかけてまんべんなく床にマナを放出して回った。これで床の強化は完成したと思う。見た目は多少床にツヤが出来た程度なので、カミラも首を傾げながら見守るだけだ。

次は柵の作成にとりかかる。

夜のお店ならそれほど騒いだりすることもないとは思うが、それでもお酒を飲むことを考えると、ギルの言ったとおり今の高さの塀では危ないだろう。できれば百五十センチは欲しいところだけど、べったりとした塀だと少し格好が付かないと思う。

そこで塀に面したところに直径十センチ高さ百五十センチほどの円柱を土魔法で作成した。それを塀に沿って二十センチの等間隔で並べる。そして並んだ円柱の頂点に、同じく土魔法で作った手すりを渡して繋いだ。

これで土魔法の柵が完成だ。塀にするよりは少しはマシだろうと思う。柵を作りながら屋上をぐるっと一回りして一息ついていると、カミラが不安気にギルに問いかける。

「ギルさん……。私、建築で土魔法を使うのを見たことあるけど、もっと時間をかけてゆっくりと造っていたわ。その……こんなに早くて大丈夫なの？」

むむ、俺の土魔法の強度が疑われているようだ。ようし、それなら。

「ギルおじさん、この柵を思いっきり蹴っ飛ばしてみてよ」

「おう、いいぞ！」

そう言うや否や、ギルは屋上の端まで歩くと、そこから向こうの端まで全力ダッシュ！　走った勢いそのままに柵に向かって前蹴りを放った。

同時にドンッと衝撃音が屋上に響くが、柵はビクともしない。

「どうだ？」

「どう？」

俺とギルがカミラに向かってニヤリと笑うと、カミラは両手を挙げて降参のポーズだ。

「疑ってごめんなさいね。マルク君すごいわ」

俺は満足げに頷いたが、正直なところギルがダッシュ蹴りするとまでは思わなかったので、内心ヒヤッとしたのは内緒だ。ギルがそれだけ俺の魔法を信用してくれているということは嬉しいけれどね。

「それじゃあテーブルはどうしようかな？　作ったほうがいい？　それとも店のを持ってくる？」

「そうだな……。とりあえず一つ作ってカミラママに見せてやってくれんか？」

ギルの言葉に頷き、とりあえずテーブルを作ることにした。

店の中にあったテーブルを思い出しながら、土魔法で造形を作り上げていくと、あっという間にカミラの目の前には、少し角に丸みを帯びたデザインの灰色のテーブルが出来上がった。

「これでどうかな？　ソファーはさすがに作れないから持ってきてね」

「え、ええ。そうするわ……」

口をポカンと開けたカミラがテーブルを見つめながら答える。そして頭を数回振ると、腕を組みながら真剣な表情を浮かべた。どうやら屋上ビアガーデンについて本気で検討を始めたようだ。


それからしばらくの間、カミラとギルが屋上ビアガーデンについて相談を始めた。持ち込むソファーをどこから調達するかとか、屋上の装飾をどのようにするかとか具体的な話をしているようだ。

俺はそれを黙って眺めていたんだが、カミラがハッと気づいたようにこちらを見た。

「あら、ごめんなさい。マルク君ヒマだったわよね。……そうだわ！　話し相手を呼んでくるから少し待っててちょうだいね」

さすがお店のママさんである。少しヒマかなと思った俺の心情を敏感に察したらしい。カミラはすぐさま階段を降りて庭に隣接した民家に入ると、子供を連れて戻ってきた。

年の頃は俺と同じくらいかな？　いや、俺より少しだけ背が高いし歳上かもしれない。カミラとよく似た顔立ちで同じ青みがかった髪色の女の子だ。

「私の娘のパメラよ。ちょっと人見知りなんだけど、よろしくね」

俺と目が合うとパメラは恥ずかしそうに俯いた。

第十一話　パメラ

「ギルさん、ちょっと待っててちょうだいね」

そう言うとカミラは俺とパメラを一階の店内まで連れていき、俺たちをソファーに横並びで座らせた。

そしてカウンターの奥から氷がたくさん入ったガラス容器と高そうなグラス、ジュースの入ったボトルをテーブルの上に置く。

「パメラ、あんたもお店で働く時の練習だと思って、マルク君を相手にお話をしてみるといいわ。あ、マルク君、ウチはお触り厳禁だからね？」

お触りて。最近はお姉さん方に無自覚の逆セクハラをされることはあるけれど、こちらからすることはありえないよ。ニコラじゃあるまいしね。

「それでは、ごゆっくりお寛《くつろ》ぎくださいね」

綺麗な姿勢で一礼するとカミラは裏口から出ていった。こうして薄暗い店内に俺とパメラが残されたのだった。

薄暗い店内、会話はなにもない。手持ち無沙汰なので、とりあえずせっかく準備してもらったジュースでも飲むかとジュースボトルを手に取ろうとすると、パメラが身を乗り出した。

「えと、私がする……ね」

パメラはグラスを手に取ると、トングを使い静かに氷を入れ始める。そして七割ほど氷が入ったところでマドラーで静かにクルクルと回した。グラスを冷やしているのだろう。それからジュースをゆっくりと注いでこちらに手渡した。

飲み物一つに結構な手間をかけるなあ、まるで夜のお店のようだなあと思ったところで気がついた。パメラはもうお店の見習いを始めているのだろう。さすがに接客はまだみたいだけど。

そんなことを考えてる間にパメラは素早く自分の分も用意する。

「ありがとう。それじゃ貰うね」

「私もいただきます……」

静かな店内でグラスを傾けた氷の音だけが響く。なんだか本当に夜のお店みたいになっているけど、なんなのこの状況？

とりあえず一口飲んで落ち着いたところで、俺はパメラと会話を試みることにした。

「ええと、僕はマルク、八歳です。パメラ……は何歳なの？」

「……九歳」

俯きながら答える。

「そっか、一つ上なんだね。えっと、ジュースおいしいね」

「うん」

「今日は天気がいいね」

「うん」

「犬と猫どっちが好き？」

「……犬」

「僕は猫」

「……」

……。

……う～ん、会話が続かない。教会学校にもウルフ団にもこのくらいの年頃の女の子はいたので、滞りなく会話できると思ったんだけど、基本的にみんな活発な子たちだったしなあ。タイプが違うとこんなに話しづらくなるものなのか。

間が持たなすぎて、屋上で突っ立っていた方がいいんじゃないかとすら思える。どうしようかと考えていると、パメラが俯きながら口を開く。

「ごめんなさい。私、お話が上手にできなくて」

どうやら俺の困惑が伝わってしまったようだ。もともと俺はお店のお客さんでもないし、肉体年齢はともかく精神年齢では上だ。相手に謝らせてしまうのはよくないだろう。

「ううん、気にしないでいいよ。僕の方こそごめんね。初対面だし、こんなもんじゃないかな」

「でも、私もお母さんみたいに、知らない人でもたくさんお話ができるようになりたいの……」

いきなりお店のママさんレベルは無理じゃないかなあ。とはいえ目標があるのはいいことだと思うけどね。そこでまずは地道な一歩から提案してみた。教会学校でパメラを見たことがないし、きっと通っていないはず。

「それなら教会学校に通ってみたら？　たくさんの人に会えば、きっとお話も上手になるよ」

「一度行ったことがあるけど、男の子がいたずらをしてきて、それで怖くなって……」

なんだか聞いたことある話ですね。彼はカワイイ女の子すべてにちょっかいを出していたんだろうか。

「もしかして、ジャックって子かな？」

「たしかそういう名前だったと思う……」

「あの子ならもう十二歳で働き始めているから、ほとんど教会には来ないよ」

「でも……」

「それじゃあ僕が一緒についていってあげようか？」

パメラは首を振った。

知り合ったのもなにかの縁だと軽く提案してみたが、あっさり断られてしまった。まあ知り合ったばかりだし、俺とジャックの信頼度は大して変わらないのも仕方ない。

しかし話しかけても無視されるわけじゃないし、質問したら答えてくれるので少しずつ会話もできるようになってきた。せっかくなのでパメラのことをいろいろと聞いてみたところ、まとめてみるとこうだ。

パメラはカミラの子供で現在九歳。ほかに兄弟はいない。六歳の時に教会学校に行ってみたけれど、初日でジャックに目を付けられて以降、行かなくなったらしい。

それからカミラは何度かパメラを教会学校に行かせようとしたが、頑なに行こうとしないパメラに折れ、それならお店の見習いを始めなさいということになったようだ。そして今は下働きのようなことをしながら、お店の作法なんかをカミラやほかの従業員から習っているとのことだった。

少しずつ会話にも慣れ、その後も当たり障りのないことを話しながら時間を過ごしていると、リラックスしてきたせいかなんだかお腹が空いてきた。そういえば今日はまだ昼食を食べていない。

しかしこんなこともあろうかと、俺は父さんに作ってもらった料理をいつも余分にアイテムボックスに入れている。まぁ普段から空き地で作業中は昼食を食べに戻らないことがあるからだけどね。

そんなわけでここで昼食を食べることにしよう。パメラも誘ったほうがいいな。

「パメラは昼食はもう済んだ？」

「……まだ」

「そっか。それじゃあ一緒に食べる？」

パメラはかわいく首を傾げた。こういうのは説明するより見せたほうが早いね。

第十二話　ハンバーグサンド

俺は手品を見せるように溜めを作り――

「じゃん！」

アイテムボックスからまな板、フォーク、ナイフ、皿と次々と取り出してみせると、パメラは驚きで口をポカンと開ける。その顔はテーブルを作ってみせた時に見たカミラの顔にそっくりだと思った。

「すごい……。それって魔法?」

「魔法になるのかな? アイテムボックスって言うんだ」

そう言いながら、さらに白パン二個と父さん特製の熱々ハンバーグ一個をまな板の上に置く。

そしてナイフでパンに切り込みを入れて、半分に切ったハンバーグを挟み皿に載せると、まだ呆然としているパメラの前に置いた。

「はい、どうぞ」

「あ、はい、いただきます……」

パメラは思い出したかのように丁寧な口調で答えると、両手でハンバーグサンドを手に取る。お作法のことを思い出したんだろう。なんだか微笑ましい。

そしてパメラと一緒にハンバーグサンドを食べる。うん、今日もおいしいね。食べながらパメラに話しかける。

「パメラはなにか魔法を使えるの?」

「水魔法が少し使えるよ」

パメラはジュースの飲み終わった自分のグラスに片手を添える。すると指先からちょろちょろと水が出てグラスへ注がれた。

「お母さんはもっと得意なの」

少し誇らしげにパメラが答える。水魔法が得意かー。水商売だからとか関係あるのかな？　いやないな。

「マルク君、水魔法は使える？」

「使えるよー」

俺も自分のグラスに同じようにちょろちょろっと水を入れた。ここでたっぷりと水を入れてドヤ顔するような大人気ないことはしないのだ。

「ほかにもなにか使えるの？」

パメラが興味深げに聞いてきた。今までは俺から話しかけてばっかりだったのに、ここにきてパメラからも話しかけるようになってきたのは嬉しいね。人見知りな女の子との会話の糸口にもなるなんて、やっぱり魔法はすごい。ようし、ちょっと張り切っちゃおうかな。

「それじゃあ、少し見せてあげるね」

俺は集中すると光魔法で指先に光の球を作り、それを最初にジュースに使ったっきり放置されていた、氷のたくさん入ったガラス容器の中に放り込んだ。

すると氷とガラスが不規則に光を通し、薄暗い店内の壁にぼんやりとした光を映した。その光が店内を満たす中、続けて赤っぽい光球、緑っぽい光球、青っぽい光球を容器に放り投げる。

そしてそれぞれをガラス容器の中でゆっくりと動かすと、その不可思議な色合いの光が部屋中を駆け巡る。まるで部屋全体が万華鏡になったかのようだった。

「すごい……きれい……」

うわ言のようにそう呟いたパメラは、しばらくその幻想的な風景に魅入っていた。そして俺に静かに話しかける。

「……男の子はみんな怖いのかなって思ってたけど、マルク君は怖くないね」

「うん？　そうだね、怖くないよ」

俺ほど怖くない八歳児はいないだろう。なんといっても前世の記憶があるしな。

そう考えるとジャックの件はジャックが全面的に悪いにしても、同情の余地がないこともない。

俺だって前世では女の子をいじめたりはしなかったが、それでも歳を取ってから思い出して後悔するようなことは一度や二度はあった。精神的に幼い子供の頃から清く正しく生きるのは大変難しいのだ。そう思うと、ほんの少しだけジャックを擁護したい気持ちが湧いた。

「まぁジャックにしてもさ、そりゃジャックが悪いし許してあげてとまでは言わないけどさ。可愛い女の子にいじわるをしちゃうのは、バカな男の子にはあったりするもんなんだよ。だからパメラもあまり気にしないほうがいいよ」

俺がそう切り出すとパメラが口を尖らせ、

「それじゃあ、いじわるしないマルク君は、私のことを可愛くないって思ってるってこと？」

「あ、いや、そういう意味じゃなくてね、僕はほら、うまくやれるというか、成熟した精神というかね？」

少し慌てながら弁解をしているとパメラは口元を綻ばせ、

「冗談」

そう言ってくすりと笑った。

おっとこりゃお兄さん一本とられちゃったな。冗談まで言うなんてすっかり打ち解けたようだ。

やっぱり魔法はすごい。Y《やっぱり》・M《魔法は》・S《すごい》だよ。

その後もハンバーグサンドを食べながらぽつぽつと会話を続け、食べ終わって少しまったりとしていると、突然裏口の扉が開き昼の光が差し込んできた。

「ごめんなさい、少し相談が長引いちゃって。……あら、もしかしてお昼ご飯も食べ終わったのかしら？　なにかごちそうしようかと思ったのだけれど」

扉を開け放ったままこちらに近づいてきたカミラは、片付けが終わりテーブルの上には何も無いというのに、なぜか食事が終わったことを察したようだ。

不思議に思っていると、俺の方を見てなにかに気づいたパメラが懐から取り出したハンカチで口元を拭ってくれた。どうやらハンバーグのケチャップが付いていたらしい。

「おっと、ありがとう」

「うん」

ハンカチを仕舞った後パメラが少し照れたように俯いた。それを見たカミラが、

「あらあら、少しの間でウチの子と随分と仲良くなったのね。マルク君は魔法以外にも才能があるのかしら？　……と、それは後にして」

カミラが頭を振り、言葉を続ける。

「えーと、マルク君、一週間後の領主様の視察の日にね、ウチの店を手伝ってくれない？」

え？　俺にホストでもやれって言うの？

第十三話　カバンくん

「どういうこと？」

俺はカミラに問いただした。まさか本当にホストではあるまいよ。

「マルク君のお陰で屋上を接客に使うことは決まったんだけど、そうなると今度はお店で提供するおつまみなんかが足りなくなるかもしれないの。ウチの厨房は小さいからね」

夜のお店のおつまみといえば、乾き物や揚げ物、フルーツなんかだろうか。たしかにフルーツはあんまり保存が利かないし、揚げ物は作るのに時間がかかるだろう。

「だからね、先に作っておいたおつまみをアイテムボックスに保管してほしいのよ。お願いできないかしら？」

つまり俺を保存庫代わりに使うということですね。うーん、アイテムボックスだけをアテにされるのは、なんだか釈然としない気持ちもあるけど……。腕を組みながら少し考え込んでいると、ギルがカミラの背後で俺に向けて両手を合わせて拝んでいた。それさっきも見たよ。

ギルにはお世話になってるしなあ。それと最近ニコラが料理の練習でストレス溜まっていそうだし……。

「わかった、手伝うよ。その代わり、もし妹が一緒に行きたいと言ったら連れてきてもいいかな？」

少しニコラに息抜きをさせてやろう。なによりこんなイベントにニコラを誘わないと後が怖い。

「妹さん？　それくらい全然いいわよ！　マルク君ありがとう！」

カミラはそう言うと俺を抱きしめて持ち上げ、その場でぐるぐると回った。柔らかかったりいい匂いがしたりと大変気持ちがよかったが、ふと視界の端に入ったパメラの目がなんだか冷たかった。

しばらくしてカミラから解放されたところで、言い忘れていたことを言っておく。

「あと夜に出かけるなら両親にも許可を貰っておかないといけないけど、そっちはたぶん大丈夫だから」

「ああ、そうだったわね。ご両親の許可も必要よね。それが一番の難問な気がするけど……、大丈夫なの？」

俺は大きく頷いた。カミラは心配そうな顔をしているが、今までの傾向からして許可は簡単に下りるだろう。ぼったくりバーとかなら論外だろうけど、ギルの知り合いの店だしね。

そこまで話がまとまったところで、ギルが申し訳なさそうな顔で俺の肩に手を置いた。

「本当に今回は頼ってばかりですまんな。その上で悪い、屋上にさっきと同じテーブルを四つ作ってほしいんだが、頼めるか？」

はいはい、もちろんいいですよ。いつも世話になっている分、今回は大量に恩を返すチャンスだと思おう。

テーブル作成を了承した後、さっそく屋上へと向かった。パメラも興味があるのか、一緒に階段を上がる。

「あら、パメラはもうお家に戻ってもよかったのよ？」

「ううん、私も見てみたいの」

背後でそんな声が聞こえた。俺の魔法は見応えがあるからね。仕方ないね。

屋上に到着。そのド真ん中に先程作ったテーブルがそのまま置かれていた。そのテーブルを指差しながら尋ねる。

「カミラさん、テーブルの高さとかデザインはあれとまったく同じでいいのかな？」

「ええ、大丈夫よ」

手本が目の前にあるなら、なおさら簡単だ。サクサクと四台のテーブルを作り出すと、俺の土魔法を初めて見たパメラが作りたてのテーブルを触りながら聞いてきた。

「ねえマルク君、どうしたらそんなに魔法をうまく使えるの？」

「そうだなあ、毎日たくさん魔法を練習することと……。それと、教会学校に行ってたくさん勉強することかな」

俺はすこしもったいぶるように顎に手をあてながら答えた。するとパメラは少し困った顔をして、

「そっか……」

とだけ呟いた。うーん、もうひと押しかな？　カミラもそんなパメラの様子を興味深げに見つめ

ていた。

「それでカミラさん。僕は次はいつ来ればいいのかな？」

「視察の前日の光曜日に料理をまとめて作るから、前日と後は当日の夜に来てもらえれば大丈夫よ」

光曜日か。それなら……。

「オホン、それなら光曜日に教会学校に行った帰りに寄るのがいいかな。でも教会からここまでの道がよくわからないかも」

わざとらしく咳払いをしてカミラに言ってみた。するとカミラもわざとらしいくらいに困った声を上げる。

「あらー、それじゃあ教会学校からの案内役が必要になるわね。あーあ、どこかに手伝ってくれる子いないかしら？」

そうして二人でパメラを見つめた。パメラも俺たちがなにを言いたいかわかったんだろう。少し俯き、それから胸に両手をあててぐっと力を込めて顔を上げる。

「マルク君、なにかあったら守ってくれる？」

勇気を出す子にはしっかり応えてあげないとね。

「もちろん」

そう言って笑いかけると、

「お母さん、私もう一度学校に行ってみたい」

パメラは決意を込めた目で、カミラに自分の意思を示した。

第十四話　新しい女の匂い

パメラとは教会学校のある光曜日に、南の噴水広場で待ち合わせることにした。そこまではカミラが送ってくれるようだ。

そして今はギルと一緒にカミラの店「アイリス」から自宅へと帰る途中で、大通りを人の流れに逆らうように南門に向かって歩いている。カミラの店を手伝うことになった経緯をギルが両親（主に母さん）に説明してくれるらしい。

「マルク坊、今日は本当にすまなかった。この埋め合わせは必ずするからな」

「ううん、いいよ。ギルおじさんには空き地を自由に使わせてもらったり、いろいろと教えてもらったりしてるし。少しは恩を返せてホッとしているくらいなんだ」

「まったく、お前は子供らしくない奴だ」

ギルは俺の頭に手の平を置き、ため息をつきながら髪の毛をくしゃくしゃした。ギルとしても子供をいいように使っているようで複雑なんだろうな。それでも使っちゃうあたり相当カミラに惚れ込んでるっぽいよね。

ギルは行商人としていろいろな経験をしてきているので、会話をするといろいろとためになる話が聞けるし面白い話もいくつも知っている。もう知り合って三年になるが話の種は尽きない。そんなギルと話をしていると、いつの間にか「旅路のやすらぎ亭」に戻ってきていた。

まだまだ強い日の光が店の壁を眩しく照らしている。夕食には早い時間帯だが、普段ならそろそろ家の手伝いを始める頃だ。

店の扉を開けて中に入ると、入り口のすぐ近くのテーブルを拭いていたニコラと目が合った。そしてニコラは少し鼻をヒクつかせたと思うと、

「お兄ちゃん、おかえりなさーい！」

俺の背中に抱きついた。ニコラが甘えること自体は珍しくはないが、俺に対しては珍しい。それを訝《いぶか》しんでいると念話が届いた。

『新しい女の匂いがしますね。おお、これはなかなか……熟成された大人の匂いです』

やだなにこいつ。そういえばカミラに抱かれたりしたけれど、それがわかるものなのか？

俺は抱きついたまま背中に鼻をくっつけてフゴフゴとし始めたニコラをスルーしつつ、まだ空席が目立つ食堂のテーブルにギルを座らせた。

「今日はテンタクルスを食べていくんだよね？」

「ああ、頼む。それと両親を呼んできてくれるか？　いや、ワシが行ったほうがいいか」

椅子をガタンと鳴らして立ち上がるギルを呼び止める。

「気にしないでいいよ、呼んでくるから」

母さんは厨房にいるのだろう。俺は背中にニコラをくっつけてズルズルと引きずりながら厨房に向かう。いい加減離れてくれないかな。

厨房で父さんの手伝いをしていた母さんを食堂に呼び出す。ちなみにニコラは厨房にいたデリカによって俺の背中から引き剥がされて、厨房の手伝いに移された。どうやらのたのたとテーブルを拭いて、なかなか厨房に戻ってこなかったようだ。よっぽど料理の手伝いをしたくなかったらしい。

ギルから母さんに、俺に知り合いの店を手伝ってほしいこと、夜の店だが悪質な店ではないこと、領主が来る日は夜間の手伝いになるが送り迎えは任せてほしいといった趣旨の説明がされると、母さんはあっさり許可を出した。まあわかっていたけどね。

『お兄ちゃんが夜の蝶《ちょう》と戯《たわむ》れると聞いて』

背後に気配を感じて後ろを向くと、厨房にいるはずのニコラが通路から恨みがましい顔でこちらを見ていた。アレはご近所のアイドルといった顔じゃない。嫉妬と欲望に塗れたなにかだ。

『お店のママさんにお願いしておいたよ。ニコラも一緒に来ていいってさ』

俺が念話でそう伝えると、パアアァァ……と効果音がしそうなくらいに満面の笑みを浮かべ、スキップをしながら厨房に戻っていった。それにしても俺の妹はいったいどうなっちゃうんだろうね。

それからギルにオススメのテンタクルス料理をいくつか提案した。お好み焼きを食べるとそれだけしか食べられなくなりそうなので、切り身を焼いたのと揚げたものだ。

ギルはそれらとエールを注文し、食べて一言、

「若い頃に食ったはずなのに、どうして良さに気づかなかったのか」

そしてエールを一気に飲み干した後の渋い顔は、結構本気で悔しがっているように見えた。

今頃になって商機を逸したことに気づいてしまったんだろう。たぶん見た目のインパクトで味を

気にしている余裕がなかったんだろうな。

それなら今からでもテンタクルスで商売をすればと聞いてみたんだが、すでに半隠居の身だから今更やらないとのことだ。お前がやってみたらどうだと言い残し、ギルは去っていった。

と言っても俺は販路を切り開くつもりはないんだけどな。自分が食べる分と家で使う分が確保できればそれでいいのだ。誰かがマネをして広がっていく分には好きにすればいいと思う。

ギルが帰った後、少しデリカと話をした。次の光曜日に教会学校にやってくるパメラの話だ。

俺から事情を聞いたデリカはジャックの行いにプリプリと憤慨し、その日に気づけなかったことに後悔していたようだった。

そして光曜日。教会学校の登校日になった。

第十五話　二度目の初登校

今日は光曜日。教会学校に行って、それからカミラの店「アイリス」に行く日だ。

いつものように母さんに見送られながらニコラと共に家を出て、デリカとユーリを誘い南広場の噴水まで歩く。

するとそこには年齢不詳の美女カミラとその娘パメラが待っていた。カミラは噴水の傍のベンチに足を組みながら腰掛け、ぴったりとその横に座るパメラは開店準備を始める屋台を興味深げに眺めていた。

　噴水周辺の男どもはカミラのおみ足に目を奪われているみたいだが、一目瞭然の子連れであるカミラに声をかける猛者はいないようだ。

『ほほー。美人なマダムですね。先日つけていた匂いはあのマダムからですか？』

　さっそくニコラから邪念波が届くが無視して二人に手を振ると、気づいたカミラが立ち上がり手を振り返す。パメラはこちらの人数に驚いたのか、カミラの後ろに隠れた。

「マルク君おはよう。今日はよろしくお願いね」

　そして俺の周囲に目をやると、パメラを前に押し出した。

「マルク君のお友達ね。この子は私の娘のパメラよ」

「こ、こんにちは。パメラです」

　ぐいぐいと前に押し出されたパメラがペコリと挨拶をすると、背後のカミラが俺のほうをじっと見た。そして俺が頷くと手を振りながらあっさりと帰っていく。どうやら娘さんをお任せされたようだ。今日はパメラのエスコートを頑張ろう。

　それから簡単に自己紹介だ。まずは我らが親分が胸を張る。

「私はデリカよ。マルクから詳しい話は聞いているわ。困ったことがあったら私に相談してね。というかジャックは既にマルクが決闘で懲らしめてるんだけどね！」

　パメラが驚いた顔で俺の方を見る。そういえば言ってなかった。まあ決闘の内容的にあんまり言いたくなかったことだったけど。

「それからは大人しくなったの。だからもしも教会で会ったとしてもなにもないと思うわ」

決闘の後はともかく、コボルトの森に行ってからも積極的に話すことはないけれど、変に意識した態度を取ることはなくなった。仮に教会にいたとしても、なにも起こらないだろうとは思う。

次にユーリが少し緊張した面持ちで自己紹介。

「弟のユーリです。よ、よろしく」

その後はニコラ。

「マルクお兄ちゃんの双子の妹のニコラなの！　パメラちゃんよろしくね！」

相変わらずの猫被りで挨拶をして顔合せが終了した。自己紹介が終わったので、これから教会学校へと向かう。

道中は女の子同士のほうがいいだろうとデリカ、ニコラ、パメラが横並びで歩き、俺とユーリがその前を歩いた。

俺とユーリは最近読んだ本の話をしながら歩いているのだが、ユーリはたまに後ろを向いて赤い顔でパメラをチラチラと見ていた。ニコラに続き、またしても惚れてしまったのかもしれないね。

俺としては以前ユーリにオススメされた『ツルペタヤシガニとモサモサゴリアテの百日戦争』の感想を交換したいところなんだが、今はそれどころではないらしく上の空だ。

後ろの三人は主にデリカが久々に親分風を吹かしながら話をしている。少しでもパメラに頼ってもらいたいという気持ちからだろう。ほんとやさしい子だよ。

そして会話の内容は俺やニコラから聞いたジャックとの決闘がメインのようだ。できればジャックのおパンツを脱がした話はボカしてあげてほしかった。ほんと容赦ない子だよ。

南広場から教会はそう遠くない。すぐに教会が見えてきた。教会前の植え込みには水が撒かれ、朝の光を受けてキラキラと輝いている。水を撒いたのはおそらくシスターのリーナだ。

リーナは今なら裏庭にいるはず。先にパメラのことを話しておいたほうがいいと思い、教会の入り口でデリカ姉弟と別れ、三人で裏庭へと向かった。

するとパメラが俺に近づいてきて、俺の服の端を小さく摘んだ。登校初日でいきなり登校拒否になったくらいだし、少し不安になったのかもしれないな。

「よかったら手をつなごうか？」

そう言うと俯きがちに「うん」と答えたので手を握ってあげた。パメラの手は緊張からか少しひんやりとしていた。

『お兄ちゃんが知らない間に新たなフラグを立ててきた件について』

『そんなんじゃないからね』

ニコラを受け流しパメラの手をつなぎながら裏庭へ入ると、家庭菜園に水を撒いているリーナがいた。すぐにこちらに気づいたリーナは興味深げに俺と手をつなぐパメラを見ているが、まずはいつものように薬草と野菜をおすそ分けだ。

そしてその後にパメラを紹介した。途端にリーナは眉根を寄せ、

「まぁ、そんなことが……。私の目が行き届かなかったばかりにごめんなさい」

パメラに向かって頭を下げると、パメラは力なく首を振った。リーナに責任はない、そう考えているんだろうと思う。

教会学校に二年通ってわかったんだが、急に学校に来なくなる子は結構多い。

その中の数人に偶然町で会った時に理由を尋ねてみたところ、勉強が嫌いだったり、家の仕事に回されたりと理由はさまざまだ。リーナとしても、さすがに理由を聞いて登校を促すところまでは手が回らないはずだ。

謝罪を続けるリーナに逆にパメラが謝ったり、それを見てリーナがさらに謝ったり。そんなことをしている間に授業の始まる時間が近づいてきたので、俺たちはリーナと別れて教室へと向かった。

教室に入った途端、周辺がザワついた。俺の隣にいる見慣れぬかわいい女の子がその主な要因だろう。将来性も考慮した教会学校美少女ランキングで上位を争う存在となるのは間違いない。ちなみに一位は不本意ながらニコラとなる。顔だけならね。

皆の注目を浴び、パメラがつないだ手の力を少し強めたように感じたが、俺はあえて気づかない振りをして、ユーリがいる九歳のグループがいる机に向かって歩き出す。

俺たちが九歳グループに近づくと、ユーリを含め全員の視線は下を向いていた。正確にはつないだ手に視線が向いている。変に騒ぎ立てられるのも不本意だろうし、ここまで来たらもう平気だろう。そっとパメラと手を離してパメラを紹介することにした。

「僕の友達のパメラだよ。今日から九歳のグループで勉強するから仲良くしてあげてね」

そう言ってパメラの肩をちょんとつつくと、

「パメラです。よろしくです」

パメラは緊張からか、それはそれは丁寧にお辞儀をした。後はわっと集まった九歳の女の子中心に自己紹介が始まり、それを遠巻きに男連中が見ている構図が出来上がった。

パメラは人見知りはするが、受け答えはしっかりできるタイプだ。こうして慣れていけばもう大丈夫だろう。

ひとまずはうまくいきそうで、俺は静かに安堵の息を吐いた。

第十六話　あーん

授業が始まる前に教室を見渡す。

できることなら登校初日にエンカウントすることは避けたいと思っていたのだが、幸いなことにジャックの姿は見当たらなかった。

そもそも最近はめったに来ないので、もしかしたら次に教会に来るのは教会学校卒業時に自らのギフトを鑑定してもらう「鑑定会」の時になるのかもしれない。ジャックもデリカと同じくギフトの鑑定を楽しみにしていたからだ。

そうしてしばらく考え事をしていると、リーナが教室にやってきた。今日の授業の始まりだ。

八歳と九歳のグループは席が近いので、最初の「読み」の授業中にパメラの様子を窺ってみた。授業についていけているか気になるからね。

そういうことで、リーナが巡回していない隙を狙ってパメラを見ていたんだが、妙にこちらをチラチラと窺うパメラと目が合った。向こうはすぐに視線を外すがバレバレだ。

授業内容がわからなくて集中できていないのかと心配したのだけれど、どうやらカミラに勉強を教えてもらっていたのだろうか、授業は問題なく受けられているようだった。

もしかしたら気配に敏感な子なのかもしれない。パメラの勉強の邪魔をしないように自分の授業に集中することにした。翻訳ギフトがあるので相変わらず「読み」の授業は最高につまらない授業なんだけどね。

しかしその後もたまにパメラがこちらを窺う気配を察することができた。やっぱり普通に集中力があまりない子なのかもしれないな。まあ授業に慣れていけば、そのうち集中もできるようになるだろう。

◇◇◇

読み書き計算の授業が終わり昼休憩の時間だ。デリカとユーリは昼食を食べに自宅へと戻った。

俺とニコラは父さん特製の弁当で、パメラも昼食を持たされているようだ。午前中の様子だと放っておいても同い年の女の子から昼食のお誘いはあったとは思うけれど、今日は先に約束していたので一緒に昼食を食べることになった。

九歳グループの女の子たちとおしゃべりをしているパメラに呼びかける。パメラは女の子たちに手を振って別れると、すぐにこちらへやってきた。

「もうすっかり仲良くなったんだね」

「うん、マルク君のおかげ」

パメラは照れたように笑った。なんというか、安心できる笑顔だね。もう学校に行くことを怖がることはないだろう。

三人で裏庭に行き、土魔法で丸テーブルと椅子を作る。そして三人で囲むように座った。

「それじゃあ食べようか」

「はーい！」

「うん」

アイテムボックスから俺とニコラの分の弁当箱を取り出し、コップに水魔法で水を注ぐ。パメラも手提げ鞄から弁当箱を取り出すと、空のコップと共にテーブルの上に置いた。

「水を入れてあげようか？」

「ううん。魔法の練習になるから自分で作る」

そう言うと空のコップに水魔法でちょろちょろと水を注ぐ。コップがいっぱいになると、ふうと息を吐いて額の汗を拭った。

「まだ全然駄目だけど、いつかマルク君みたいに魔法を使いこなしたいな」

「そうだね。がんばってね」

魔力は使えば使うほど器が鍛えられる。きっと無駄にはならないはずだ。俺の体験談でもあるしね。さすがに自分の成長率は少しおかしい気はするけど。

弁当箱をパカリと開ける。中には俺のリクエストどおり、茹《ゆ》でたテンタクルスを特製ソースで絡めたカルパッチョが入っていた。

さっそくフォークで一刺し、食べてみるとやっぱり美味しい。ニコラもムニュムミュと噛み締めて味と食感を楽しんでいる。

しかしそろそろ生でも食べてみたくなったな……。イカ刺しって無理なのかなあ、セカード村ですら生で食べてなかったしなあ。でも生食文化が無かっただけかもしれないし、ポーションを万が一に備えておけばなんとかならないかな。

「マルク君、その白いのってなに？」

俺がイカ刺しに思いを馳《は》せているとパメラから声がかかった。

「これはテンタクルスっていう魔物を使った料理なんだ。最近ウチの宿屋の食堂でもメニューに出したりしてるんだよ」

興味深げに見つめるパメラに「食べてみる？」と聞くとコクリと頷いた。

それなら切り身をひとつパメラの弁当箱に置いてあげよう。そう思った瞬間に左隣からプレッシャーを感じた。視線を向けなくてもわかる。ニコラだ。

これはつまりそういうことか。……わかった。わかったよ。あーんをすればいいんだな？

パメラは弁当箱に手を添え、こちらに差し出そうとしている。それをインターセプトするように、切り身の刺さったフォークをパメラの方に向けた。

「はい、あーん」

すると途端にパメラの顔が真っ赤に染まり固まってしまった。

「…………」

そこから十秒ほど経過した。真っ赤なパメラを見ていると、からかっているような罪悪感を感じ始めた。やっぱりニコラの言いなりになったのは悪かったな。俺が謝罪して弁当箱に載せようと思った瞬間――パメラは目をギュッとつぶって小さく口を開いた。

ここまでくれば謝罪はもう遅いので、俺はパメラの小さな口にフォークごと切り身を入れてあげると、パメラはパクッと口を閉じる。そして口からフォークを引き抜くと、パメラは真っ赤な顔のまま俯いてもくもくと咀嚼《そしゃく》した。

しばらくして喉を通過したようだったので、「味どうだった？」と聞いてみた。

「よ、よくわからない……」

俯いたままパメラが答えた。

『恥ずかしくて味を確かめるどころじゃなかったんですね。いい反応です！　お兄ちゃん、やればできるじゃないですか！』

うん、かわいかったね。でもパメラにやるのと受付嬢のリザにやるのはちょっと違う気がする。リザならドキドキ、こっちはほんわか？　みたいな。

ニコラは大喜びだけど恥ずかしがるパメラがかわいそうだ。やっぱり今後はあーんは控えよう。

第十七話　ジャックの哀歌

その後しばらくは無言の食事タイムが続いたが、パメラが落ち着いてから授業の話を聞いてみた。

「勉強はお母さんに教えてもらってたの。お店で働くには絶対に必要だからって」

やっぱりカミラに勉強を教わっていたようだ。お店のママさんとなると、さすがに読み書き計算ができないと話にならないだろうしな。おっと、そういえば聞きたいことがあった。

「パメラは今は見習いだよね？　いくつくらいになったらお店で接客をするようになるの？」

この町では特にアルコールが法で禁止されているということはない。しかし子供のうちから酒に溺れると勉強や仕事が手に付かないということで、十二歳くらいまでは周囲の大人がいい顔をしない。

俺は前世で酒が原因で死んだせいか、それとも体が子供なせいか、今はまだ飲みたいとは思わないけどね。

ギルが母さんにお店の説明をしていたときに聞いた話によると、思っていたとおりカミラのお店は、店の女の子がお客さんと一緒にお酒を飲みながら楽しくお話をして終わりの健全なお店のようである。

「お母さんは十二歳くらいにお店で働き出したって言ってたから、私もそれくらいかな？」

パメラはコテンと首を傾けた。

十二歳で普通に働き出す子が多い世界だし、夜のお仕事でもその辺は変わらないのだろう。とはいえ、夜のお店に十二歳の子供が接客に来ても一部の性癖の方以外は困るよな。

そんなことを考えていると、ニコラがニンマリしながら念話を飛ばしてきた。

『あのマダムなら十二歳の時でも色気ムンムンだったんでしょうねえ』

『やっぱそうなのかな。それでもさ、パメラはそりゃあ母親に似ていると思うけど、後三年でお客さんを取れるような女の子になれるとはちょっと思えないんだけどね』

『女の子は恋をすると綺麗になると言いますからね。ここから急成長するんじゃないですか』

『あーそれな。教会学校には出会いが多いからなあ。そういうこともあるのかもしれないな』

『そうですねー』

ニコラのそっけない返事を聞きながら、念話の間ずっとパメラの顔を見ていたせいか、パメラがまた赤くなって俯いた。人見知りもまだまだ改善の余地があるのかもしれない。

昼食を食べ終わり、午後からは宗教教育の時間だ。聖書を読んだり女神様の逸話をリーナが生徒に語ったりしながら神の教えを学ぶのだ。

一度死んだ時に爺さんの神様に会った俺からすると、相変わらずこの世界を作ったという女神様には違和感がある。……とはいえ、宗教に異を唱えるとかヤバい未来しか想像できないので、俺は大人しく授業を受けるのみだ。

最後は賛美歌を生徒全員で歌って今日の授業は終了した。

◇◇◇

「パメラ、また来週ね！　マルクとニコラはまたあとで！」

こちらに向かって手を振るデリカとユーリとは教会でお別れだ。今日はこの後、俺とニコラ、パメラの三人はパメラの実家「アイリス」に出向くことになっている。

今日作った料理をアイテムボックスで保存して、領主さんの視察で書き入れ時になるであろう明日に放出するだけの大変ラクな仕事だ。ラクすぎるので少し不満なくらいである。

まずは大通りを町の中央に向かって歩いていると、知った顔に出会った。ジャックの兄のラックだ。初めて出会った時はまだ顔にあどけなさが残っていたが、この二年で随分と大人びた顔になり、冒険者らしい革鎧を身に纏った姿が様になっている。

「おお、マルクと妹ちゃんじゃねえか！」

突然の若い兄ちゃんの登場に、隣のパメラがしゃっくりをしたかのようにビクッと震える。ラックがいるということはジャックが近くにいるのかなー。あんまり会わせたくないんだけどなー。

「今日は両手に花だな！　ウチの弟もそれくらいモテればいいんだけどなー。見習わせたいぜ」

「こ、こんにちはラック兄ちゃん。今日はジャックは一緒にいるの？」

ジャックの兄と察したのであろう、パメラの顔が一瞬強張った。もういたずらをされることはないとは思うけれど、一度ついたイメージはなかなか抜けないよね。

「そうそう、それだよ。聞いてくれよ！　明日領主様が視察にくるだろ？　それで今日は町周辺の魔物の討伐依頼があってよ。かなり大掛かりな依頼だったから、いくつかのパーティで合同で挑んだんだがな――」

ラックがなにやら立ち話を始めた。俺としてはジャックが近くにいるのなら、さっさとここから立ち去りたいんだけどなあ。

「その合同パーティにな、珍しく回復魔法の使い手がいたんだ。ジャックよりいくつか歳上の女の子だ。それで狩りの終盤にジャックがちょっとヘマして傷を負っちまってよ。討伐依頼が完了してパーティが解散する前に、その子のところに回復魔法をしてもらいに行ったんだけどよ」

そこまで話すとラックはククククと含み笑いをし、

「その子がジャックの顔見た瞬間、『あんたなんかこれで十分でしょ』って軟膏を容器ごと顔にぶん投げられてたんだよ！　あの時のジャックの顔は傑作だったな！　こんなだよ！」

ラックがジャックの顔マネだろうか、顔を強張らせて口をあんぐりと開けた。

「それでジャックがトボトボと戻ってきてな。なんか訳ありっぽかったから聞いてみたんだよ。すると教会学校でいろいろとやらかしちまったことのある子だったらしいんだよ。ほんとバカだよな！」

ラックはついにゲラゲラと笑いだした。

「それで今は一人でポーションを買いに行ってるよ。自分の身から出た錆《さび》だから自腹でな！　すっげーヘコんでて笑えたぜ。俺があれだけ女にはやさしくしろって言ってたのにな。これでようやく身に沁《し》みただろうよ」

どうやら被害者の一人に数年越しの仕返しを食らったらしい。

『へっ、ざまぁみろですね。私も少々ヤツは反省が足りないと思ってました』

『お前はいたずらされた時にブチ切れてたし、ジャックの救出も俺に手伝わされたりしたもんな』

ニコラが俺からしか見えない角度で邪悪な薄ら笑いを浮かべていた。

「……と、まぁジャックの話はいいや。それよりマルク、聞いたぜえ？　蛇狼の残党を捕まえたんだってな！　小さいガキが運良く仕留めたとかギルドで噂されてるのを聞いてピンと来たぜ」

「ああ、うん、まぁ運良くね」

「なーにが運良くだよ。俺はお前の実力を知ってるんだぜ？　……なあ、お前が十二歳になったら俺たちと組まないか？　お前とならC級どころかもっと上だって目指せると思うんだよ」

「う、うーん。今後の予定は未定かなあ……」

「そっか、まあ気が向いたら声をかけてくれよな！　じゃあな！」

言いたいことを言いまくってスッキリしたのか、あっさりラックは去っていった。相変わらず忙しないというかなんというか。一緒にコボルトの森に行った時は頼れる兄貴だったんだけどね。それにしても……。

隣のパメラは今の話をどういう気持ちで聞いていたのだろうか。ラックの去った方向を見つめていたパメラは気が抜けたような口調で話し始めた。

「……今の話を聞いたら、なんだか、かわいそうかなって思っちゃった。お母さんは一生忘れないで、いつかお店に来た時に仕返しをしなさいって言ってたんだけど」

うへ、ある意味怖いねカミラママ。

「それじゃお家に行こ？　こっちだよ」

パメラは話を切り上げ、俺とニコラの前を歩き手招きした。少しだけ傾き始めた日差しを背に受けて、パメラの表情はよく見えない。それでもなぜか、さっきまでのパメラとは違う顔をしている、そのように思えた。

第十八話　おもてなし精神

「ただいま」

「おかえりなさーい」

カミラの店「アイリス」の扉を通りパメラが声をかけると、店の奥からカミラの声だけが聞こえてきた。厨房で料理を作っているのだろう。

すると厨房からカミラがにょきっと顔だけを出した。

「それで教会学校はどうだった？」

カミラが問いかけると、パメラが小走りで近づきカミラの耳に手を添え、ごしょごしょと内緒話を始める。

「うん、うん、へー。……えっ、そんなことを？　やるわねー。あんたも頑張らないとね」

なにやらカミラから漏れ聞こえるが内容はわからない。そのまま入り口付近でニコラと二人待っていると、厨房から手を拭きながらカミラが近づいてきた。そしてニコラを見るなり目を丸くして感嘆の声を上げる。

「朝も見てびっくりしたけど、この子がマルク君の双子の妹ちゃん？　あなたすっごくかわいいわね！　将来ウチで働かない？」

「ううん！　ニコラはね、将来お姫様になるの！」

満面の笑みを浮かべて即答するニコラ。

「あらっ！　かわいい！　……でも、そうね。ニコラちゃんなら玉の輿も十分ありうるわねえ」

カミラがニコラの顔をじろじろ見ながら思案顔で答える。ニコラは働くなんてまっぴらごめんと言いたいだけだと思うけど、まあいいか。

「あっ、そうそうパメラ。私はちょっと厨房に戻るから、代わりにそこの箱の中身、棚に入れておいてくれない？」

カミラが指をさす先には蓋の開いた木箱が床に無造作に置かれていた。中にはぎっしりと酒瓶が詰まっている。おそらく酒屋が配達してきたものだろう。

「うん、わかった」

「頼むわよ。マルク君とニコラちゃんは好きなところに座って待っててね」

そう言ってカミラが厨房へと引っ込むと、パメラは手慣れた様子で木箱の中から酒瓶を数本取り出して胸に抱いた。さすがに木箱ごと持ち運ぼうとはしないみたいだ。

「僕も手伝うね」

「あっ、あっ、ニコラも手伝う！」

俺もパメラに倣って酒瓶を取り出して胸に抱くと、働くなんてまっぴらごめんのニコラもさすがに手持ちぶさたを感じたのか、慌てて木箱の中から二本の瓶を掴む。

「マルク君、ニコラちゃんありがとう」

「気にしないで。それでこれをどこに置けばいいの？」

「うん、こっちだよ」

パメラの向かった先はカウンターの奥。そこにある棚には酒瓶がずらりと並んでいた。客がキープしているのだろう、名札がぶら下がっているものもある。……あっ、ギルの名前も発見。細工の施された高そうなガラスの酒瓶だ。さすがにお金持ってるなあ。

棚のどこに置けばいいのかはわからなかったので、俺はカウンターに酒瓶を並べて後はパメラに任せることにした。そしてニコラと一緒に木箱の元へ戻り、もう一度木箱から酒瓶を取り出す――と、そこでカミラが厨房からひょっこりと顔を出した。

「みんな学校に行って疲れたでしょ。先におやつでもいかがかしら？」

そう言って手に持っているトレイをこちらに見えるように差し出す。そこにはふっくらと焼けた大きなパイが載っていた。作りたてのようで、まだほのかに湯気が立っている。

「今日はね、アップルパイを作ってみたの」

「アップルパイ！」

ニコラは取り出しかけた瓶を箱に戻すと、すぐさまカミラの元へとまっしぐらに駆けていく。おっ、おい、こっちの手伝いは⁉

「あらあら、ニコラちゃんは甘いものが好きなのね」

「うん、ニコラ甘いものだーいすき！」

「うふふ、お口に合うといいのだけど――あら、マルク君もパメラのお手伝いしてくれているのね」

「うん、これ終わったらいただきます」

「ニコラは今食べます！」

ある意味素直なニコラの言葉にカミラはくすくすと笑う。

「ふふっ、双子でも随分と性格が違うのね。面白いわ」

「あはは……」

乾いた笑いしか出ない。そこにニコラから念話が飛んできた。

『むしろ八歳ならこんなものですよ。お兄ちゃんはまだまだ修行が足りませんねぇ』

ええ……。たしかに相変わらず俺は八歳らしくはないとは思うけれど、なんだか納得がいかない。

「それじゃニコラちゃん、ここに座って待っててね。私は飲み物も持ってくるわね」

「はーい！」

元気な声で返事をしたニコラにもう一度笑いかけ、カミラは厨房へと入っていった。

◇◇◇

アップルパイとお茶を楽しみ、おやつタイムが終わった。

カミラは謙遜していたが、アップルパイの味は絶品で、これだけで店を出せるんじゃないかというレベルだった。ちなみにニコラが何度もアップルパイとジュースのおかわりを要求していたけれど、やっぱりこれは八歳の普通ではなく、単にニコラが図々しいだけだと再確認したよ。

さて、ここからは俺のお仕事の時間だ。俺たちはカミラに案内され厨房へと移動した。

たしかにさほど広くはない厨房だ。屋上まで客を呼び込むとなると、とても賄いきれないだろう。そのためにも今日はここでひたすらアイテムボックスに料理を詰め込むのだ。

俺たちを案内すると、カミラはカゴから取り出したキュウリを短冊状に切り始めた。これは野菜スティックかな？　あの色艶はおそらくギルが持ってきた空き地産の魔法キュウリに違いない。

しばらく待っていると用意していた野菜が切り終わった。カミラは一息つくとこちらに振り返る。

「それじゃあマルク君、おねがいするわね」

「うん」

俺たちが来る前に切っていた野菜も含め、すべてアイテムボックスに収納していく。それを見ながらカミラが心配そうな口調で話しかける。

「アイテムボックスって便利すぎるわね……。マルク君、本当に気をつけなさいよ？　世の中には無理やり命令を聞かせる魔道具なんてのもあるんだからね？」

「えっ、そんなのがあるの？」

「あるのよ。犯罪奴隷なんかが付けられるのだけど、命令を聞かないと耐えられないような痛みが走る仕組みなんですって。以前この町に来た奴隷商のお客さんが言ってたわ」

やだなにそれこわい。奴隷が存在することは聞いてはいたけど、そんな魔道具まであったのか。

「血を魔道具に登録して使うらしいわ。騙《だま》されたりしないように気をつけるのよ？」

「うん、わかった」

実力派冒険者のセリーヌなら詳しい話も知っていそうだ。今度聞いておいたほうがいいかもしれない。

野菜の収納が終わり、次は揚げ物を作るようだ。献立は鶏のから揚げとポテトフライ。カミラがすでに下味を付けていた鶏肉に小麦粉をまぶし、熱した油へ投入していく。

カミラはこの暑い厨房の中で長袖の服に手袋まで付けている。商売道具の美しい肌に火傷を負わないための対策だろう。うーん、プロですなあ。

「料理はいつもカミラさんが作るの？」

「さすがに専用の人を雇う余裕はないからねえ。それにお客さんは私の手料理だと聞くと喜んでくれるし、パメラも手伝ってくれているしね」

パメラの方を見て微笑む。パメラはポテトフライ用のジャガイモの皮を手慣れた様子で剥《む》いている。俺なんかよりずっと上手い。

「まぁ普段は揚げ物までは作らないんだけどね。視察は大勢の兵士さんが領主様をお守りしながら何日も野営して町に来るじゃない？」

たしか領都からここまで馬車で一週間くらいだったか。護衛する兵士には徒歩が含まれるだろうし、徒歩に合わせるともっとかかるんだろうな。

「領主様が町でお泊りになった後、大半の兵士さんは宿舎に泊まって自由時間を与えられるのだけど、その貴重な自由時間を楽しむためにウチの店を選んでくれた皆さんには、たっぷりサービスをしてあげたいじゃない」

カミラがニッと笑った。利益だけじゃなくて、そういうことも考えていたのか。たしかにお酒と女性の接客がメインだから、食べ物に凝ってもそれほど利益には繋がらないよなあ。

カミラのおもてなし精神に感心しながら、出来立てでいい匂いのするから揚げに近づき、アイテムボックスに収納しようとした。そこでカミラから待ったが入る。

「あ、ちょっと待って。少し冷ましてからお願いするわ。熱々の揚げ物は美味しいけれど、揚げ物の匂いが店内にこもるからね。もちろん冷えても美味しいように作ってるのよ」

ああ、なるほどなあ。おつまみ一つとってもいろいろと工夫があるんだね。

◇◇◇

「邪魔するぞ」

しばらくすることがないので、ニコラと二人で椅子に座りながらカミラパメラ母娘の料理風景を眺めていると、ギルがカゴいっぱいのジャガイモを持ってやってきた。空き地では育てていないから、どこからか買ってきたんだろう。

「おお、マルク坊にニコラ嬢ちゃん。今日はすまんな」

「ううん、気にしないで」

「あらギルさん、また持ってきてくれたの？　助かるけどそんなに気を使わないでいいんだからね？」

「まあまあ、ワシが応援できるのはこのくらいだしな。貰ってくれい」

「そう？　わかったわ、それなら遠慮なくいただきます。……けれど、ジャガイモはなにに使おうかしら。ウチだとポテトフライくらいにしか使ってないのだけれど、さすがにもう十分だと思うのよねえ」

　ワリとストレートに言っちゃったな。気の置けない間柄ってことかもしれないけど。あっ、ギルがションボリしている。

　初めて会った時はいきなり怒鳴り込んできたあのギルが、幾つもの店を経営しているやり手の商人のギルが、カミラ関連になるとなぜこんなにも残念になるのか。……まぁ理由は一目瞭然だけどね。

　俺もなんだかんだとカミラ関連でギルのお役に立つようにいろいろとやってきたが、あのションボリ顔を見るとまたなにかやってあげたくなってくるな。

　爺ちゃんになにかしてあげたくなる気持ち。これって母性本能ならぬ孫性本能とでも言うものなんだろうか。ちなみにウチの家系は母方の爺ちゃんは今も存命だけど、特にそういう気持ちが湧き出たことはない。

　とにかくジャガイモを使ったレシピを考えよう。匂いの少ないものがいいな。それと当然ながら酒のつまみにもなる料理。ということはアレですね。

第十九話　ポテトサラダ

「ポテトサラダを作ってみたらどうかな？」

さっそく提案してみたが、カミラの反応はある意味予想通りだった。

「ジャガイモで作ったサラダってこと？　それってどういう食べ物なのかしら？」

やはり少なくともこの辺には無い料理らしい。材料だけなら既に存在しているのに、未だにレシピが存在しない料理ということだ。食文化とは不思議なもんだね。

いつものことながら説明をするより先にやって見せよう。茹でるのに時間もかかるしね。前世ではレンチン派だったのでレンジが無いのが残念だ。レンチンなら時短ができたのにな。

「ギルおじさん、ジャガイモをいくつか貰うね」

「お、おう」

カゴからジャガイモを数個取り出す。水で簡単に洗って少しだけ皮に切り込みを入れた後、皮を付けたまま鍋に入れた。そして水魔法と火魔法で作り出した熱湯を注ぎ、後は備え付けの魔道コンロで茹でる。

茹でる時間は正直よくわからない。翻訳スキルのおかげでジャガイモはジャガイモで意味が通じているけれど、前世のジャガイモとまったく同じかどうかはわからないし、そもそも前世にもポテトサラダに合う品種合わない品種があった。とりあえず試してみるしかないのだろう。

普段なら父さんにうろ覚えなレシピを言っておねだりすると、プロの料理人である父さんが研究に研究を重ねて満足のいく仕上がりまで昇華させてくれるのだが、今回は俺の適当なレシピで我慢してもらおう。

「マルク君って火魔法も使えるのね」

カミラが鍋を覗き込みながら尋ねた。

「うん。父さんも母さんも火魔法は得意だしね」

「へえ～。それはさぞかしご両親の相性は良かったんでしょうね。今でもラブラブなんでしょう？」

「そうだね。でも相性ってどういうことなの？」

「そういう相性占いがあるのよ。火魔法が得意な人同士は愛情を激しく燃え上がらせて、結ばれた後も周囲を巻き込みながら愛を拡散させるとか。逆に、火と水は打ち消し合うので相性が最悪……。とかね」

カミラがいたずらっぽい笑みを浮かべながら教えてくれた。血液型占いみたいなもんなのかな？まぁこの世界は魔法の使えない人も多いし、あんまり浸透してなさそうな気がするけど。

「ねえ、マルク君は火魔法が一番得意なの？」

パメラがなんだか落ち着かない様子で俺に質問した。

「一番得意なのは土魔法だと思うよ」

もともと土属性の天使だったニコラの影響を受けているらしいので、それは間違いないだろう。

むしろ火は苦手な部類だ。うっかりマナを込めすぎると大惨事になりそうだし、そもそもお湯を作る以外に使い所がないので、あまり練習をしていないせいでもある。

そう言うとカミラがニヤニヤしながら、

「えーと土と水は、大地に緑が芽吹くように健やかな愛情が育まれ、大地にしっかりと根付いた愛はどんな困難でも乗り越えられる。……だったかな？」

それを聞いたパメラは満足げにコクコクと頷いている。女の子はいつの時代どの世界でも占いが好きなんだねえ。思わずほっこりする。

俺も前世の小学生時代、何度かクラスメートの女の子に相性占いの相手にされたよ。アレって自分に気があるんじゃないかって一瞬ドキっとするよね。

……っと、そろそろ手も動かそう。アイテムボックスから魔法キュウリを取り出して輪切りにする。それとカミラからベーコンを貰って、それも薄く切って適当な大きさにした。

後はタマネギもあればいいんだけど、苦手な人もいるんだよな。今回は無しにしよう。

そんなことをしている間にジャガイモは十分茹で上がったようだ。ジャガイモを取り出しまな板の上に置く。熱さに我慢しながらぐっと皮の表面を斜めに押し込むと事前に入れた切り込みのお陰でズルっと簡単に剥けた。

そしてスプーンでジャガイモの芽をくり抜いた後は、そのままスプーンを使ってジャガイモをすり潰す。それを見たギルが困惑した表情を浮かべる。

「ふうむ、これらを混ぜるのか？　なんともパサパサとして喉が渇きそうだぞ。酒のつまみならそれでもいいのかも知れんが……」

「混ぜるのは正解だけど、あと一品を加えるんだ」

ジャガイモの粗熱を取る必要があるので、しばらく放置しないといけない。その間に例のアレの説明をしよう。ポテトサラダには欠かせない調味料、マヨネーズだ。

さっそく俺はアイテムボックスから小壺を取り出し、みんなに見えやすいように手のひらに載せた。

「マルク坊、それはなんだ？」

「これはマヨネーズっていう調味料だよ」

答えながら小壺の蓋を開ける。中には真っ白ではなく少し黄色がかった、どろりとした液体が入っている。カミラが顔をしかめて呟く。

「……なんだかどろっとしてて、ちょっとアレっぽいわね」

やめてくださいカミラさん。

「ウォッホン！　……それでマルク坊がこれを出したということは、これをポテトサラダとやらに加えるということか？」

「そうだよ。でもジャガイモをもう少し冷まさないといけないから、空いてる時間でマヨネーズ自体の味を見てもらおうと思ってね」

家族とセリーヌとデリカくらいしか味わってない秘蔵の調味料。せっかくだからちょっと自慢させてもらおう。

アイテムボックスから収納したものとは別の自前の魔法キュウリを取り出し、マイ包丁で短冊状に切る。そしてマヨネーズの小壺に挿し込んでから一つずつ取ってもらった。

三人からすると得体の知れない少し黄色がかった液体だからだろう、少し警戒するような顔つきで色を見たり匂いを嗅いでいる。

しかしすでに何度も食べているニコラは受け取った途端にポリポリポリポリと一瞬で食べ終わり、「んっ」と手を差し出しおかわりを要求した。

そこで二本目のキュウリスティックを手渡してやると、俺の持っている小壺の中をグリグリとねぶるようにかき回し、たっぷりとマヨネーズをつけると二本目もポリポリと食べ始めた。

それを見て決心したのだろう、三人が口を開けキュウリスティックを含む。なんとなく俺の視線はカミラにロックオンだ。なんとなくね。

そして一口食べて目を見開いた。

「あら、これは美味しいわ」

「初めて食べる味」

「おお、美味いぞ！」

どうやらお気に召したようだ。結構苦労して再現したものなので、美味しいと言ってもらえると思わず頬が緩むね。

「これは卵黄と油と酢と塩で味付けした調味料なんだ」

「これもマルク坊の家で売り出してるのか？」

「ううん、売ってないよ。これは自分たちで楽しむ分だけ。生ものだからマネされた時に間違ったレシピが広まって食中毒が起こると怖いからね」

酢を入れることで菌の繁殖を抑えられるんだっけかな。それでも自家製マヨネーズは怖いのだ。飯テロ（物理）は起こしたくない。

その上もともと卵の生食文化が無いみたいなので、卵の衛生管理状態も不明だ。そこで卵を割る前に表面をE級ポーションで軽く洗うという衛生管理をした上で作っているのだ。

ちなみに卵黄の撹拌《かくはん》も大変なので、土魔法で作った特製容器の中に材料を入れて風魔法で撹拌させている。最初に手で撹拌した時は以前薬草をゴリゴリしたとき並に腕が疲れた。

「そうか残念だな。これも十分美味いんだが」

そう言ってギルはガックリと肩を落としたけれど、この世界の野菜につける調味料だって十分おいしいと思うんだけどね。それじゃあなんでマヨネーズを作ったのかというと、それは単なる趣味なのか、それとも戻れぬ前世への郷愁なのだろうか。自分でもよくわからない。

ギルと話をしていると、ニコラが食べかけのキュウリをマヨネーズの小壺に入れようとしていたので、壺を上に持ち上げてすばやく回避した。ニコラが恨みがましい目で俺を見るけれど、俺の決意は揺るがない。

『お客さん、マヨの二度漬けは禁止ですよ』

『私の唾液とかご褒美なのに……』

少なくとも今のメンツで喜ぶ奴はいない。

仕方がないので新しいキュウリスティックをニコラに渡してやる。するとギルやカミラがその様子をじっと見ていた。

「あら、ニコラちゃんばっかりズルいわ。私にももう一本もらえる？」

「ワシも」

「わ、私も」

やっぱりマヨネーズは好評のようだ。ギルとカミラには後でおすそ分けをしたほうがいいかもしれないな。

こうしてマヨネーズ試食会をしている間に、ジャガイモは十分冷めたようだ。ここからが本番のポテトサラダ試食会である。

ボウルの中に潰したジャガイモを入れ、キュウリとベーコン、マヨネーズを投入して混ぜる。そして塩と胡椒で味付けをする。ちなみにこの世界、胡椒は前世ほど安くはないが、高級品ってほどでもない。

適当に混ぜながら味を確認する。うん、まあこんなもんかな。だいたい合ってるだろう。男の手料理はだいたいでいいのだ。

「どうぞ」

小皿によそって四人に手渡した。そして四人はさっそく口に入れる。

「おお、この食感と独特の味わいは癖になるな。酒も進みそうだ」

「これはいいわね。盛り付け方次第でかわいくできるし、匂いもしないからウチのお店向きだわ」

「おいしい……」

三人三様の感想が飛び出す。ニコラは食べているだけで無言である。

「彩りを加えるなら茹でたニンジンなんかもおすすめだよ。子供向けならゆで卵とかリンゴを砕いていれるのもいいいし、大人向けならタマネギの薄切りもいいよ」

「なるほどな。これは大した料理だわい。マルク坊の両親はどこでこんな料理を？」

「ウチには旅人がたくさん泊まるからね。お客さんの誰かに教えてもらったみたい」

お好み焼きや後いくつか、食堂で提供しているこの地域では見かけないレシピに関しては、外部向けにはそういうことにしている。

さすがにそれでは家族はごまかせないので、俺が適当に考えた創作料理ということにしているが、母さんは「ウチの子たちはすごいんだから、これくらいは当然よね！」とごまかすまでもなく普通に受け入れている。母さんの器はデカい。

カミラがポテトサラダの最後の一口を食べ終わり、ギルに笑いかけた。

「ギルさんのお陰で、明日は素敵な料理を一品付け加えることができそうね」

「そ、そうか？　ワハハハハ！」

ギルが胸を張りながら照れ笑いをする。ギルが嬉しそうで俺も嬉しいよ。

「それじゃあ、今からカゴの中のジャガイモを全部茹でて全部つぶそう。もちろんギルおじさんがやってくれるんだよね」

「お、おう。もちろんだとも。こんな力仕事、女子供にやらせるわけにはいかんからな！」

でもやっぱり少しは痛い目に合ってもらおうか。

こうして事前の料理の仕込みは終了した。そして明日は領主がこの町に視察に訪れる。パレードとまではいかないが、ちょっとしたお祭り騒ぎになるらしい。そちらの方も楽しみだ。

第二十話　領主の行進

「こんにちはー。マルクとニコラです」

昼食にはまだ早い時間帯。アイリスの扉をノックすると、すぐにガチャリと鍵を外した音が鳴り、中からパメラが顔を覗かせ照れたように笑った。

「えっと、こんにちは……」

「こんにちはパメラ。今日はよろしくね」

「パメラちゃん、こんにちは！」

「うん。それじゃあ中に入って」

俺とニコラは昨日もお邪魔したアイリス店内へと進む。開店前の店内からは微かにアルコールの匂いがした。昨晩の営業の残り香だろうか。いったい何時くらいまで営業しているんだろう。

そして奥の扉から中庭に出ると備え付けられた階段を登り、屋上へと到着する。俺は屋上から景色を一望した。

「ほんとだ。ここからならよく見えそうだね」

屋上からは東門からまっすぐに伸びる大通りが見えた。領都はこの町から見て東の方角にあるからなのか、毎回領主一行は東門からやってくるらしい。

あの道を道なりに進むと町長の屋敷や町の衛兵の宿舎などがある中央区にたどり着く。領主一行の最初の目的地だ。そこで領主は町長と会談をし、必要があるようならば町の施設を見学に訪れるそうだ。

そしてなぜこの屋上にやってきたかと言えば、もちろん領主一行の行進を見学するためである。

昨日の仕込み作業中、カミラに明日の予定を聞かれたので領主一行の行進を見学予定だと答えると、店の屋上からだとよく見えるということでこの場所を提供してもらえたのだ。たしかに東の大通りに近いここからなら行進もよく見えることだろう。

『うへぇお兄ちゃん、人混みがすごいですよ。屋上を貸してもらえてよかったです』

料理の練習から逃げるように俺についてきたニコラのボヤきに頷く。屋上から望む大通りの付近にはたくさんの人に溢れ、さらにその周辺には臨時の屋台まで出店されていた。

それでも東門から中央に向かって伸びる大通り沿いには町の衛兵が並び、大通り自体には人っ子一人いなかった。さすがに町の人々も領主の不興を買いたくないということだろう。貴族怖いよね。

しばらく人混みを眺めた後、パメラに気になったことを聞いてみた。

「そういえばカミラさんは？」

「んー？　お母さんは寝てるよ」

同じく人混みを眺めていたパメラが答える。そりゃそうか、夜のお仕事なら今は寝てるよな。昨日はパメラを見送るためにわざわざ起きていたんだろう。

「それじゃ昼食はいつもどうしてるの？」

「お母さんはいつもそれくらいに起きるから一緒に食べてるよ」

カミラもなかなか大変そうだ。そういえば父親はいないっぽいんだよな。まぁそこはあんまり触れないほうがいいか。

後は適当にニコラも交えて雑談をしていると、大通り方面から人々のにぎやかな歓声が聞こえた。どうやら領主一行が到着したようだ。

ニコラ、パメラと顔を見合わせ、三人で大通りをじっと見る。しばらくすると騎士たちが姿を現した。騎士たちは銀色の甲冑に身を包み、それとお揃いの銀色の馬具を装備した馬を乗りこなしながら横並びで悠然と行進している。

前世で見たパレードなんかとは違い、向こうから手を振るなどのアクションがあるわけではないが、ただ騎士たちが大通りを進行しているだけで、人々はまるで凱旋パレードのような盛り上がりである。

今回五年ぶりとなる視察だが、領主が代替わりして初めてのことらしい。その辺を上乗せしての、この盛り上がりなんだろう。領主の評判も良いみたいだし。

「あっ、馬車が見えるよ」

パメラの指差す方に視線を向けると、騎士に囲まれた馬車が大通りを進んでいるのが見えた。

以前ゴーシュと乗った馬車とは比べ物にならない豪華な馬車だ。騎士が厳重に周囲を取り囲んでいるところから察するに、あの馬車に領主が乗っているのだろう。

馬車と騎士が通り過ぎると、最後は徒歩の兵士が槍を片手に大通りを練り歩いていく。騎士に比べて規律が緩いのか、観客に応えて手を振る兵士もちらほらと見かけた。

そして最後は食料でも積んでいるのだろうか、いくつもの荷車を引く兵士たちを見送ると行進がついに途切れる。どうやらこれでおしまいのようだ。

正確に数えたわけではないが、今回の領主一行は総勢百人くらいだろうか。なんだか少ないような気もするけど、視察に何千と兵士を同行させるとなると予算も大分かかるだろうし、こんなもんなのかな。

それに領主の護衛ともなれば、きっと一流で魔法も使えるのだろう。見た目以上の戦力なのかもしれない。

そうして最後の兵士が大通りから見えなくなるまで見送ると、周囲の歓声も次第に小さくなっていった。

行進を見終わり息をつく。

「いやあ、思ったよりすごかったね」

「私はちょっと怖かったかな」

「ニコラもー」

『お兄ちゃん、そんなおっさんくさい感想じゃ駄目ですよ。普通なら、わあすごい！　僕も騎士になる！　とか大興奮するところです』

パメラに同調しながら裏でダメ出しをするニコラは相変わらず器用だと思う。そういえば大通り沿いで見学すると言っていたウルフ団の面々は今頃大興奮なんだろうか。

そんなことを考えていると大通りの立ち入り禁止が解かれ始め、人々は大通り周辺からまばらに移動を始める。

「ねえパメラ。行進が終わったけど、これからどうなるの？」

「これで終わりだよ？」

「この後大通りを使ってなにか催し物をやったりとかは無いの？」

パメラはふるふると首を振る。

「視察の間は町の衛兵さんもいつもより念入りに町の警備をするから、それ以外のお仕事をなるべく増やさないようにしてるみたいって、お母さんが言ってたよ」

「なるほどなあ」

催し物をするとなると、なんだかんだと衛兵の出番もあるだろうし、それならやらないほうがいいということらしい。しかし行進が終わったからといって、すぐに冷めるイベントではないようだ。

店の前を歩いている親子連れなんかは、子供が父親におもちゃの剣を買ってとねだっていたり、まだガラガラの大通りには木の枝を振り回しながらチャンバラごっこを始める子供たちが乱入して大人に怒られていたりと、まだ興奮冷めやらぬ様子だ。行進中は閑古鳥が鳴いていた屋台にもちらほらと行列が見えている。

「お兄ちゃん、屋台でなにか買って食べよ？」

ニコラが俺の腕を引っ張りながらねだる。ギリギリまで帰宅を粘って料理の練習を回避したいらしい。もう帰ろうかなと思っていたんだけど、どうしようかな。

「パメラはどうする？」

「屋台で食べるようなら一緒に食べてきなさいって、お小遣いを貰ってるよ」

こんなこともあろうかと言いたげな顔でパメラが答えた。そういうことなら屋台周辺をぶらぶらするのもいいだろう。

「わかった。それじゃあ下に降りようか」

「うん！」

返事がハモった二人が顔を見合わせて笑い合う。それを横目に見ながら階段を降りていった。せっかくだし、なにか変わった食べ物でも売っていないかな。

第二十一話　ベビーカステラ

「いらっしゃい！　ウチの名物オノコミヤキだよ！」

「そこの坊っちゃんどうだい？　セカード風串焼きを食べていっておくれ！」

大通り沿いに横並びになった屋台から、おっさんおばさんたちが声を張り上げる。もう領主の行進が終わり見るべきものはなにもないので、後は人が引けていくばかり。最後のひと稼ぎに精を出しているようだ。

ざっと見たところ、屋台のメニューは普段見るものと変わらないようだ。ウチの食堂で出しているお好み焼きのパクりっぽいなにかと、どの辺がセカード風なのかわからない普通の肉の串焼きである。

けれどもセカード風のテンタクルスの串焼きなんかはメニューとして父さんに提案してもいいかもしれないな。名付けてセカード風湖の幸串焼き。別に食べても防御力は上がらないだろうけど。

そんなことを考えながら屋台を物色。パメラはこの手の屋台自体が珍しいのか、キョロキョロと辺りを見渡している。少し前まで引きこもり気味だったもんね。

微笑ましくパメラを見ていると、急に腕をぐいぐいと引かれた。ニコラである。そして少し離れたところにある屋台を指差し、

「お兄ちゃん、あれ食べたーい」

屋台を見てみると、町では今まで見たことのないものが売られていた。今回は町中の屋台がこの大通りにやってきていると思われるので、普段は行かない場所で営業している屋台も出張ってきているんだろう。

「うん、待ってるから買ってきな」

そう言うとぐいっぐいっと無言で腕を引っ張るニコラ。

『デリカのメイド服を買って本当にお金がないんですよ』

『知らんがな。俺は絶対にここから動かないぞ』

『たまにはお兄ちゃんらしいところを見せてはどうですか？』

『いや俺はこれでも世間では妹に甘い兄で通っていると自負してるんだが？』

『は？　それなら私に「さすがはお兄様です！」とでも言わせてみてくださいよ』

『ぐぬぬ』

『ぐぬぬぬ……』

「どうしたのニコラちゃん？」

俺とニコラが念話で一歩も引かない戦いを演じていると、パメラが近づいてきた。すぐさまニコラがしょんぼりとした顔を作る。

「ええとね、ニコラあれ食べたいんだけど、おこづかいが無くて……」

するとパメラはすんなりと言い分を信じてしまった。

「そうなんだ。それじゃあ私が買うからはんぶんこしよっか？」

「いいの？」

ニコラが上目遣いでパメラを見る。そして俺をチラッと見た。あーくそ、それはズルいぞ。さすがに俺が出し渋った結果、パメラにおごらせるというのは申し訳ない。

「いいよ、僕が出すよ。パメラの分もね」

「えっ？　悪いよそんなの」

「いいからいいから。今日は屋上を使わせてもらったし、そのお礼をさせてよ」

それとニコラの策略に使われてしまったお詫びでもあります。

「パメラちゃん。こういうときは気分よくおごらせてあげるのもいい女の条件なんだよ」

「そうなの？　……そういえばお母さんもそんなことを言っていたような」

カミラさん、子供のうちから英才教育を施しているんだな……。

「それじゃあ買ってくるから、少し待っててね」

小走りで駆け寄り目的の屋台に並ぶと甘いハチミツの香りが漂ってきた。小麦粉と卵を使った焼き菓子だ。五センチくらいの楕円形で、前世ほどふっくらはしていないがベビーカステラ的なものなんだろう。

屋台の中では若い兄ちゃんが、たこ焼き型の鉄板の上に生地を載せ一つ一つ丸くなるように焼いている。屋台のテーブル部分には一袋十個ほど入ったものが並べられていた。

「三つくださいな」

「あいよ、三つで銅貨九枚だ」

思っていたよりも高いな。お金を支払い商品を受け取ると、ニコラとパメラの元へ戻った。

「はいどうぞ」

「お兄ちゃんありがとうー」

「マルク君、ありがとう」

ニコラが俺の方を見ないで感謝の言葉を述べながら、さっそく紙袋を開け一つ摘んでパクリと食べる。途端にニコラの顔がとろけた。屋台ではハチミツの匂いがプンプンしていたし、さぞかし甘いのだろう。

「んー、おいしい！　お兄ちゃん、お礼に一個あげるね」

一個あげるもなにも俺の金だろう。

そう思ったが、ニコラがベビーカステラを摘んで口のところに差し出してきたので、そのまま口を開いて食べる。

んー、あまいなコレ！　ちょっと入れすぎじゃないかというくらいにハチミツの甘さが濃厚だ。これなら値段も妥当かお買い得レベルの代物かもしれない。

俺がハチミツの甘さに感動していると、ニコラがパメラになにやらぼそぼそと耳打ちをしていた。

すると真っ赤になったパメラが紙袋からベビーカステラを摘み、指先をプルプル震わせながら俺の方に向ける。そして最後に、か細い声でこう言った。

「ひゃ、ひゃい、あーーん……」

あらやだかわいい。

かわいいのでしばらくそのままじっと見ていると、どんどん顔の赤さが増していったので、これはヤバいとパクッと一口で食べる。少し勢い余って指まで軽くかじってしまった。

「あうっ」

かじった瞬間、驚いたのか声を漏らしたパメラは、真っ赤な顔のまま俯いて足をバタバタと踏み鳴らしていた。どうやら俯くだけでは恥ずかしさに耐えきれなかったらしい。

『どうですか。私におごってよかったでしょう』

『パメラをイジるのもほどほどにしてあげなよ?』

『はー、このお兄ちゃんはほんとアレですね。……っと、それよりほら、私たちがイチャイチャしていたせいで、近所の悪ガキ共が近づいてきましたよ。どうしますか?』

第二十二話　濁流のブルーサーペント団

『えぇー……。どんなヤツら? 俺の感知だと人が多すぎてわからない』

『ジャックと同年代くらいのが三人です。さっきからこちらに近づくタイミングを狙っているようです』

『ジャック世代荒れすぎじゃない? うーん、パメラもようやく立ち直ったようだし、また絡まれて怖い思いはさせたくないんだけどなあ』

『それなら私が先にパメラを離しておきますから、さっさと片付けて合流してください』

『助かるよ。やけに協力的だね』

『私だってもっとパメラを愛でたかったんです。それを邪魔した罪は重いですよ』

『なるほど。それじゃあ、あそこの路地が近道だとか言って入ってもらえるかな?』

『らじゃー』

ニコラはビシッと敬礼をすると、行動を始めた。

「ねえパメラちゃん。次は私のお家で遊ぼうよー」

真っ赤になって固まっていたパメラが再起動する。

「……ふぇっ？　マルク君とニコラちゃんのお家？　行ってもいいの？」

「いいよ！　友達だもん」

「友達！　……えへへ。うん、行きたい！」

「それじゃあこっち！　近道なんだー」

ニコラとパメラが手をつなぎ路地へと駆け出す。そして俺がその後ろをついていく。……あー、たしかに三人ほどついてきているな。ようやく俺にも感知できた。相変わらずニコラの感知能力は鋭い。

そして路地に入り、路地の中ほどにあった横道にニコラとパメラが入ったところで俺は立ち止まり振り返る。

するとすぐに三人の少年が路地にやってきた。たしかにジャックと同い年くらいでヤンチャな顔つきをしている。以前のように精巧な石壁を作ってやり過ごすヒマがなかったのは残念だ。

「おいガキ。女の子二人はどこに行った？」

「なにか用なの？」

リーダーらしい金髪でセンター分けの少年が威圧するように肩を揺らしながら俺に近づく。

「すっげーかわいかったじゃん。お前にはもったいないよ。俺たちと一緒に遊んだほうが向こうだって楽しいだろ？」

ナンパ目的とか、この世界の十二歳はすごいね。結婚年齢も下がっているからこれが普通なのかな。

「うーん。人見知りする子だから、きっと彼女は楽しくないと思うよ」

「は⁉ お前の意見は聞いてないんだよ。さっさとそこをどかないと怪我するぜ？」

リーダーが凄むと、隣の少年がニヤニヤしながらそれに続く。

「ガキ、知らないだろうから教えてやる。最近冒険者ギルドで話題になっている、子供が賞金首の野盗を退治したって話は聞いたことがあるか？ その子供ってのが、なにを隠そうこのモブロ君なのさ」

どっかで聞いたことのある話だ！

「う、うん。賞金首の話は知ってるよ」

俺の言葉にモブロは髪をファサッとかき分けた。

「おっと俺も有名になったもんだ。それならわかるだろ？ さっさと退いてくれないか？ お前だって、西地区最強と言われた『濁流のブルーサーペント団』リーダーであるこのモブロに逆らう気はないだろ？」

西地区にもそういうのがあるのか。みんな団を作るのが好きなんだな。……北地区にもあるのかな。

「うーん、君たちがそういうグループを作って遊ぶのは別に悪いことじゃないと思うよ。でもね、それを笠に着て人を脅したりするのはよくないと思うな」

口答えするとは思ってなかったのか、虚をつかれたようにポカンとしたモブロに俺はさらに続ける。

「もう十二歳くらいなんでしょ？ この町の子ならそろそろ働きはじめる歳じゃないか。それでもまだ遊ぶならそれは好きにすればいいけど、人に迷惑をかける遊びをしちゃだめだよ？」

「う、うるさい！　親みたいなことを言うなよ！」

モブロが声を荒げて俺に一歩迫った。

「両親がちゃんといるんだね。僕の友達には両親がいない子もいるよ。それに比べて君たちは幸せだ。それなのにこんなくだらない遊びをして両親を悲しませていいのかな？」

「へっ、黙ってたらわからねぇよ。どんくさい親だからな」

「怪我したらすぐにわかるよ？　例えばホラ、こんなのが――」

――ドシュッ。

土魔法で見栄え重視の大きな槍を作り出し、モブロの足元に突き刺した。

「お腹に刺さったら、両親にもきっとわかっちゃうよね」

「ヒィッ……っ、土魔法……？」

「もしこれが君のお腹に刺さったら、それを見た両親は何て言うかな？　『あーせいせいした』って言うと思う？　思わないよね。どうしてかわかるかい？　それは君は両親が自分を愛しているのをちゃんとわかっているからだ。それなのに親をバカにする君はただの甘ったれなんだよ」

「な、何者なんだよ……。お前……」

「誰だっていいだろう？　……あぁ、でも賞金首を討伐したとか吹聴して悪さをするのはやめてくれるかな？　いつか巡り巡って僕が悪さをしたことにでもなったら困るからさ」

「えっ!?　も、もしかしてお前が……。に、逃げろっ！」

「石壁《ストーンウォール》」

俺に背を向けて走り出した三人の目前に石壁を作り逃げ道を塞ぐ。

「ヒイイィ！」

突然出来た石壁に、三人が怯えた声を上げ腰を抜かして尻から地面に座り込んだ。……あっ、突然逃げたから思わず逃げ道を塞いでしまった。そのまま逃せばよかったのに。

あー、もう仕方ない。

「君たち、こっち向いて正座」

首だけをこちらに向けて震える三人組。

「ほらっ早く。正座！」

二度目でようやくわかったらしく、震えながらその場に正座する三人。よし、これで落ち着いて話ができるね。

「あ、あの……俺たちはどうなる……のですか……？」

モブロが震えながら声を絞り出す。俺は三人に一歩近づくとやさしく語りかけた。

「これから君たちに、人生というものはいかに大事に生きていかないといけないのか教えてあげよう。人生は意外と短かったりもするんだ。死ぬ時に後悔しないようにね——」

◇◇◇

「……俺、もう絶対に親をバカにしたりしないし、心を入れ替えて見習いの仕事をがんばるよ！」

モブロが憑き物が落ちたような澄み切った眼差しで拳を握る。

「俺も！　帰ったら今までのことを母ちゃんに謝って肩を揉んでやるんだ」

「ほんと俺たちってまだまだ若いのに、なにを諦めてたんだろうな。俺たちには無限の可能性があるというのに……！」

残りの二人にも俺の熱意が伝わったようだ。

「俺たち目が覚めたよ。今日の出来事は一生忘れない。本当にありがとう！」

路地を塞いでいた石壁は既に無い。モブロたちは俺に手を振ると路地から駆け出した。明るい光の差す未来へと向かって――

俺は満足げに頷き、大きく息を吐いた。

「ふう……」

『――なにやってるんですか』

にゅっと路地の横道からニコラが顔を出す。

『遅いと思ったら、なーにやってるんですか』

『いやあ、ついつい説教に熱が入っちゃって』

ニコラに念話で事情を説明していると、パメラが心配そうな顔で横道から出てきた。

「途中からマルク君がついてきていないって気づいて戻ってきたんだけど、どうしたの？」

「ああ、ちょっと友達に会ったんで立ち話をしていたんだ」

「そうなの？」

パメラがキョロキョロと周囲を見渡す。

「さっき帰っちゃったよ。それじゃあ今度こそウチに行こうか」

元々はモブロたちから逃げるための口実だったが、せっかくだしこのまま家に招待しよう。今度こそ三人で路地を進む。近道と言ってしまったからには路地を通って家に帰るしかない。ちゃんと帰れるのかな？　それだけが心配だ。

第二十三話　本命

路地を通りながらなんとか家までたどり着く。知っている道に出た時は本当にホッとしたよ。今回はお客さん連れなので宿屋の正面入り口から中へと入った。

「ただいまー」

「おかえりなさーい。あら、その子は？」

入り口のカウンター越しに出迎えた母さんがパメラを興味深く見つめると、パメラが緊張した面持ちで挨拶をした。

「こ、こんにちは。パメラです」

「今夜手伝いに行くお店の子なんだ」

「あら、そうなのね〜。私はマルクとニコラのママよ。よろしくね？」

「あ、よろしくおねがいしましゅ！」

母さんが微笑みながら挨拶を交わすと、パメラは噛みながらペコリとお辞儀をした。やっぱり人見知りはすぐには治らないね。

「母さん、僕らもパメラと一緒に昼ご飯を食べるね」

「えっあっ、いいのかな……」

「私もパメラちゃんと食べたーい！」

「ニコラもこう言ってるし、遠慮なんてしなくていいのよ？　こっちに座ってね」

そう言うとパメラをテーブル席に案内し、カウンターに戻っていった。

メニュー表はまだ九歳じゃわからない字があると思うので、こっちから提案してあげよう。屋台でお好み焼きっぽいなにかを眺めていたし、せっかくだから本家のを食べてもらおうかな。

「それじゃお好み焼きはどうかな？　屋台で見たことあると思うけど、あれよりも味はいいと保証するよ」

「じゃあそれで……」

「ニコラもー」

「はいはい、それじゃあ待っててね」

メニューを注文しにカウンターの母さんの傍に向かう。すると母さんは俺にそっと近づくと耳打ちをする。

「……それで～、デリカちゃんとパメラちゃん、どっちが本命なの？」

八歳児になにを言っているんだ。

「そういうのは僕にはまだ早いかなー」

「なに言ってるのよ。私がマルクくらいの年頃の時はもうパパのこと大好きだったんだからね？」

二人が幼馴染で、母さんが父さんの料理で餌付けされた話は何度も聞いている。しかしそうは言ってもこっちは精神年齢で言ったら三十歳超えてるしな。精神と肉体のバランスが変な具合になっているせいか、いまいち恋愛感情ってわからない。とりあえずすっとぼけとこう。

「それよりお好み焼きテンタクルス入り三つね」

「もう……。背後から刺されるような大人になっちゃ駄目よ？」

「はーい」

刺されるほどに好かれる方が俺には難易度が高そうな気もするけどね。軽く返事をしてテーブルに戻った。

しばらくして父さんが焼いたお好み焼き三つがテーブルに運び込まれた。前世のＣＤくらいの大きさのお子様サイズだ。

「おいしい！」

パメラが一口食べて声を上げる。そうだろうそうだろう、父さんの腕前と俺の用意した素材が合わさった傑作の一つだからね。屋台では決してマネができるような代物ではないのだ。

満足のいくパメラの反応に気をよくしていると、食堂の入り口が開きセリーヌがやってきた。

「ただいまーっと。あら？　マルク、かわいい子を連れてきちゃって隅に置けないわね〜。私はセリーヌ。お嬢ちゃんは？」

「パ、パメラです」

「よろしくね。私も相席いい？」

「うん、いいよ。セリーヌ今日の仕事は？」

「昨日の魔物狩りで疲れたから今日はオフよ。合同で即席パーティを組まされたんだけど、やりにくくて疲れたのよね～。やっぱりソロが気楽でいいわね」

席に腰を掛けながらセリーヌが答える。

「それでさっきまで領主様の行進を見に行ってたんだけど、混んでいてこれも疲れただけだったわ」

セリーヌも見に行ってたのか。

「そういえば向こうでデリカちゃんに会ったわよ。今日はここのお仕事はお休みなんですってね」

「今日はヒマになるのわかってたみたいだし、デリカも行進を見に行きたいだろうから休みにしたって母さんが言ってたよ」

「……たしかに今日は空いてるわね」

セリーヌがいつもよりガラリとしている店内を見渡す。今日は東の方にお客さんを取られているのだろう。

「それに見に来てる人は多かったのに、視察団は総勢百人くらいだったでしょ？　なんだか見ててガックリしちゃったわ」

「他所だともっとすごいの？」

「んー。他所の領地で小競り合いに勝利したとかの凱旋パレードを見たことあるけど、あんなもんじゃなかったわね」

「そりゃあ単なる視察と凱旋パレードは違うんじゃない？」

「それもそうねー。まぁマルクも大きくなって町の外にでも出ればいろいろと見る機会もあると思うわよ」

「え？　マルク君、町から出るの？」

パメラが驚いたような口調で口を挟んだ。

「うーん、今はわからないけど、よその町や村を見てみたいとは思ってるかな？」

「そうなんだ……」

なんだかションボリするパメラ。出来たての友達が転校するような気持ちだろうか。いやいや、今すぐってわけじゃないからね？

「んっふっふー。パメラちゃん？　男は船、女は港よ。どんと構えて男が帰ってきた時にやさしく迎え入れてあげればいいのよ」

「！　お母さんもそんなこと言ってた……」

ほんとカミラさん、いろいろ教えすぎじゃね？。

「女と言えば、昨日の合同パーティでラックの弟がね――」

――その後はセリーヌを交えてくだらない話をしながら食事を続けた。それからパメラをアイリスへと送り、再び実家へと戻る。

そうして家の手伝いをしながら日中を過ごし太陽が沈み始めた頃、俺とニコラは営業時間の近づいた酒場のアイリスへと向かうのだった。

第二十四話　夜のアイリス

ニコラと共にアイリスに着いた頃には、日もすっかり沈んでいた。

「ごめんくださーい……」

まだ閉店中の吊り下げ看板が掛かったままの扉をそっと開けると、何度か訪れた時とはまた違い、薄っすらと照明が灯された雰囲気のある店内。

テーブルを拭いていた、まだ十五歳前後のきわどいドレスを着たショートヘアのお姉さんがこちらに気づく。拭き掃除のためにかかんだ胸元は、胸がこぼれそうでこぼれない絶妙なバランスを保っていた。まだお若いのに大変立派なものをお持ちですね。

「すいませーん、まだ開店前で〜……って、……ああ、あんたたちがカミラママの言っていたマルク君とニコラちゃんかな？」

「うん、ニコラだよ！」

高ぶるテンションを隠し切れないニコラが俺を差し置いて挨拶をした。

「やだ、すっごいかわいいんですけど。カミラママー、マルク君たちがきたよー」

お姉さんがカウンターに向けて声を上げると、カウンターの奥からカミラが姿を見せた。

こちらも昼に会った時とはまるで印象が違った。化粧もバッチリとして胸元を強調したドレスで着飾ったカミラは圧倒的な存在感を放っている。ギルがのぼせあがるのも納得の美女である。

「二人とも今夜はよろしくね。それからパメラが昼食をごちそうになったって聞いたわ。本当に母娘ともにお世話になってばかりで申し訳ないわね」

「ううん、気にしないで。パメラは友達だから。それにお手伝いはニコラも楽しみにしていたしね」

「あら、そうなの？　ニコラちゃん」

「うん！　お姫様みたいなお姉ちゃんがいっぱいいて楽しいね！」

「ふふ、それなら今夜はお店の子を全員呼んでいるから、きっと一番楽しい日になるわよ？　それじゃあ営業時間まで、あっちの部屋で待っててくれるかしら。パメラを呼んでくるわ」

カミラはそう言うとカウンターの向こう側にある部屋に俺たちを案内した。どうやら控え室になっているようだ。

ひときわ照明の明るいその部屋の壁にはいくつもの鏡が備え付けられており、それとセットになるように長机と椅子が並べられていた。

そして部屋の中ではたくさんのお姉さん方が鏡の前で化粧をしたり、話し込んだりしている。カミラの言ったとおり店員さん全員集合のようで、人口密度もかなり高い。

「おじゃましまーす……」

そう言いながら控え室の中に足を踏み入れると、香水やら女の人の体臭やらが入り混じった、なんとも複雑な匂いが漂ってきた。これが俗に言う女子更衣室の匂いってやつなんだろうか。もちろん嗅いだことないけど。

ってていうか、みんな俺の前で平然と着替えとかしてるんだけど、俺ここにいていいのかな……。さすがに下着を脱いだりまではしてないけどさ。

ニコラがうっとりとした顔で部屋中を眺め、念話を届けてくる。

『……お兄ちゃん、ここは天国ですか？』

『いやお前は天国を知ってるよね⁉　ここは違うよ？』

向こうは俺が子供だと思っているからか気にもしていないみたいだけれど、俺としてもウッヒョー‼　ラッキースケベだ！　なんて気分にはならず、ただただ罪悪感があるだけである。

今からでも厨房に避難しようかと考えていると、普段よりも着飾ったパメラがやってきた。軽く化粧もしているようだ。お酒や料理を運んだりとお客さんの前に出ることもあるので、しっかり着飾る必要があるのだと、この間言っていたな。

「マルク君、ニコラちゃん、今夜はよろしくね」

『ほら、お兄ちゃん。こういう時のマナーくらいはわかりますよね？』

「あ、うん。パメラ、服似合ってるね。かわいいよ」

「へひゃう⁉　あ、ありがと……」

パメラはいつものように真っ赤になって俯き、それを聞いた周囲のお姉さん方もヒューヒューと囃し立てる。おいニコラ、なに一緒になってヒューヒュー言ってんだ。

「えぇーっと。……それで、僕らはこれからどこに行けばいいのかな？」

「……あっ、えっと、厨房でお料理を出してくれればいいって。それでね、あとね、その……」

パメラがなにやら言いにくそうにもじもじとする。

「もしかしたらお料理を運ぶ手が回らなくて、そっちも手伝ってもらうかもしれないの」

「ああ、そんなの普段も家でやってるし構わないよ」

「えっと、それで、それでね……」

パメラがさらに言いにくそうに目を伏せる。

「ここは女の子のお店だから、男の店員さんがいたらいけないの。それで、その……、マルク君に女の子になってもらう必要があって……」

「え？」

そこまで言うと、いつの間にやらパメラの背後からお姉さん方が現れた。彼女たちの手にはパメラの物と思われる衣装と、ウィッグや化粧箱がある。ええと、これってもしかして……。お姉さん方の一人が俺をじっと見つめる。

「ふんふん、こっちの妹ちゃんはちょっと別格だけど、お兄ちゃんもかわいい顔してるじゃない？これなら十分女の子でごまかせそうね！」

「うんうん」

「いけるね！」

お姉さん方が顔を合わせて話し合っている。

「あ、いや、そういうことなら、ニコラが僕の分も働くだろうし、僕は厨房で――」

するとニコラが俺の腕をしっかりと掴んで、

「ニコラもお兄ちゃんと一緒じゃなきゃやだ！」

いやお前、口元がニヤついてますけど？

お姉さん方がにじり寄る。

「そういうことみたいだから、マルク君？　観念しよっか」

パメラが頭を下げる。

「マルク君、ごめんなさい……。それと、きっと似合うと思うから大丈夫だよ？」

ニコラが俺にしがみつく。頼む離してくれ。

「お兄ちゃん、一緒にがんばろうね！」

せめてニヤつくのをやめろ。

じりじりとお姉さん方が詰め寄り、俺は部屋の隅に追いやられた。

「えっ、ウソ。マジでやるの？　ウソだと言ってよおおおおおおおおお！」

俺の絶叫が控え室に響き渡る。――そして、ここには俺の味方は誰もいないことを知った。

こうして俺は服を剥かれて下着姿となり、たまにお姉さん方のおもちゃになりながら女装をさせられたのである。もうおよめにいけない。

第二十五話　マリー

鏡の前にはシンプルなチャイルドドレスを着用し、金髪のロングヘアを背中に流した、それなりにかわいいんじゃないか？　という女の子が映っていた。――――俺だ。

「やっぱりマルク君、かわいくなったわね！　このまま成長したらウチで十分お客さんを取れるレベルだわ」

お姉さん方はきゃいきゃいと大はしゃぎだ。そりゃあね、俺だってね、イケメン父さんと未だにナンパの絶えない母さんの子供だからね。比較対象が規格外で残念にされがちだけど、それなりなのだ。

『お兄ちゃん、まんざらでもなさそうでちょっと引く……』

『お前な、俺を追い込んでおきながら、それはないんじゃないか？』

俺はパメラの服を着ておめかしをしたニコラに抗議の念話を届けた。ちなみにお姉さん方の満場一致でニコラはノーメイクである。メイクしなくても十分だし、逆に良さを壊してしまいかねないとのことだ。

鏡越しにニコラを睨んでいると、パメラが心配そうな顔をして俺の腕をくいっと引いた。

「あのね、マルク君。女装をすると、たまに戻ってこれない男の人がいるらしいから気をつけて

ね？　わ、私は男の子のマルク君の方が……、いいと思うよ」

えっ？　どうしてパメラまでそんなこと言うの？　今の俺ってそんなに満足げな顔でもしているの？　いやそんなことはないはずだ。俺は大丈夫だと信じたい。見た目をチヤホヤされたって、ぜんっぜん嬉しくなんかないんだからねっ！

――などと内なるパトスを鎮めた後、お姉さん方に気になっていることを聞いてみた。

「ところで、部屋にいた人が少なくなってるけど、もう開店してるのかな？」

女装をさせられている間に、控え室の息苦しかったほどの人口密度がずいぶんとマシになっていたのだ。

「開店してるわよ～。後はお客さんが入ったら、私たちがどんどんお席に付く感じね」

俺の衣装担当だったお姉さんが教えてくれた。女の子になるなら見えないところにも気を配らないと！　なんて言って、女の子向け下着を穿かせるために俺の下着を引き剥がそうとしたことは、しばらくトラウマになりそうです。

「それじゃあ、後はパメラちゃんにお任せすればいいのかな？　あっそうだ。君はお仕事の間はマルク君じゃなくてマリーちゃんだからね？」

そう言ってお姉さんがバチンとウィンクした。それにしても最近しみじみと思うけど、イイ女のウィンクはどうしてこんなにサマになるんでしょうね。俺がマネしても口元が蠍《さそり》座の女の人みたいになるから駄目なんですけど。

「そ、それじゃあ、その、マリーちゃん？　厨房に行こうね」

パメラが申し訳ないような顔で俺とニコラを厨房へと連れていく。スカートを穿いているので歩くと下半身の頼りなさが半端ない。まるでパンツ一丁で歩いてるような気分になるんだが、世の女性の方々は常にこんな不安定な状態で活動してらっしゃるのか、すごいね。

厨房では店主のカミラよりも年上と思われるお姉さんが、魔道冷蔵庫から料理を取り出してテーブルに並べていた。

「あら、マルク君、かわいくなっちゃったわね。それじゃあさっそくだけど、これ三番テーブルにお願いするわ」

俺はすべてを諦めた表情で訂正を求めた。

「今日はマリーでお願いします」

「ふふっ、いい名前をもらったわねぇ」

こちらのお姉さんの名前はエッダ。以前は別の夜の店で働いていた人らしい。年齢と共にお客さんが取れなくなってクビになったところをカミラさんに声をかけられたんだとか。本人も接客にうんざりしたところがあったので、喜んで裏方に回ったとのことだ。ホールスタッフとは連携する必要があるので、昨日のうちに紹介されていた。

「それじゃあ最初だから三人一緒にいこ？　お作法とか見て覚えてね」

パメラに従い、それぞれがトレイに飲み物とおつまみを載せて移動を開始する。

既に営業開始している店内にはちらほらとお客さんが入り、お姉さん方が付き添いお酒とお話の相手をしている。

かわいいチビっ子三人組（俺含む）が固まりながら店内を歩く様子はお客さんの目を引いてしまうかもと思ったが、どうやらお客さんはお姉さん方に夢中のようだ。

そしてパメラはお客さんとお姉さんが楽しく語らうテーブルへと近づき、「失礼します」と言うと軽く会釈をして、音も立てず飲み物とおつまみをテーブルの上に置く。

俺たちもそれに倣い、同じように静かにテーブルに載せると会釈をしてその場を去った。

そのまま厨房に戻ると、パメラはふうっと息を吐く。

「どうだった？　大変だと思うけど、今日一日だからがんばってね」

やりとげた顔でパメラが俺たちを元気づける。

「え、あ、うん」

おそらく給仕係は今のように気配を消して、お客さんとお店の女性との会話に没入させるのが正しいのだろう。ある意味簡単すぎて肩透かしになったのだけれど、人見知りのパメラにはこれでも大変な作業なのだろう。

二度目からはほとんどパメラが給仕することとなったが、トレイ一枚では運びきれないときや注文が被ったときは、俺やニコラが出ることになった。

そうして一時間ほど経過しただろうか。新しいお客さんが入ってきたと同時に少し店内が騒がしくなったように感じた。どうやら団体さんが入ってきたようだ。

厨房からこっそり覗いてみると、カミラが精悍《せいかん》な顔つきの中年男性と話をしているのが見えた。

おそらくこれが例の領都からやってきた兵士のみなさんだな。

「いらっしゃいませ。モリソンさん」

「おおっ、ずいぶんと久しぶりなのに覚えていてくれたのか」

「そりゃあ前回あれだけ派手に飲み食いしていったんですもの、そうそう忘れられるものじゃないわ」

カミラがいたずらっぽく笑う。

「いやあ、あの時はすまなかったな。それで、また迷惑をかけるかもしれないんだが、今回も部下を連れてきた。……全員入れるだろうか？」

少々申し訳なさそうな顔で尋ねるモリソン。どうやら兵士ということを笠に着て調子に乗るタイプではないようだ。好感が持てるね。

「ふふ、今回はしっかり準備してるから大丈夫よ。ただし店内じゃなくて屋上なんだけどいいかしら？」

「屋上？　よくわからんがカミラママの提案なら問題ないのだろう？　さっそく案内してもらおうか」

カミラは頷くと、兵士たちをぞろぞろと引き連れて店内奥の扉へと向かって歩く。それと同時に控え室から何人ものお姉さん方がついていった。

俺の頭の上から覗いていたエッダがパンッと手を叩く。

「さあ、ここから忙しくなるよ！」

第二十六話　夜の屋上

しばらく待っているとカミラが厨房にやってきた。

「マル……、マリーちゃん。団体のお客様に屋上へ上がってもらったわ。とりあえず三人で昨日作ったお料理を一通り、私が止めるまで持ってきてくれる？　あっ、ポテトサラダは抜きでね」

「はい。カミラママ」

今は友達の母親ではなく上司なので敬語だ。俺が答えるとカミラは任せたわよと言い残し、屋上へと戻っていった。

それじゃあさっそく出しますか。

厨房の大きめのテーブルの上に、昨日アイテムボックスにため込んでおいた、からあげや野菜スティック、フルーツ等を取り出して皿に盛り付け、トレイに載せていく。

ちなみに前世の飲食店でバイトしていた時の技を思い出し、トレイを使わず皿を片手に三つくらい持とうと思ったんだが、指が短いので無理だった。

「それじゃあ屋上に行ってきます」

「ええ、店内の方は任せて」

エッダを厨房に残し、俺とニコラ、パメラの三人でトレイを持ち屋上へと向かう。

裏庭の階段を登り切り、屋上を見て驚いた。昼に来た時とはまったく様子が違ったからだ。

俺が四方を囲むように作った柵には、薄っすらと光る魔道具の装飾が施され、まるで装飾が宙に浮かんでいるかのように見える。テーブルには美しいテーブルクロスが敷かれ、通路には柵の装飾に合った色とりどりの照明が置かれており、コンクリ打ちっぱなしのような屋上が、まるで夜空の中を歩いているかのような幻想的な空間に変貌していた。カミラのセンスだろうか？　さすがと言わざるを得ない。

その屋上ではカミラに案内された兵士たちが周囲の景色を眺めながら、適当なグループに分かれて席についているところだった。お姉さん方も寄り添うように座り始めている。

兵士たちはみな私服のようだが、左手首にはお揃いの細い銀色の腕輪をつけていた。兵士の身分を表すものだろうか。

「へえ、屋上で飲むなんて面白いじゃないか」「まるで異界に迷い込んだような不思議な風景だな」「俺は美人と飲めればどこだっていいよ」「違いねえ」

そんな兵士たちの声が聞こえる。とりあえず否定的な意見は無いようでホッとした。

おっと観察している場合じゃない、料理を置いていかないと。まずは今もカミラと話をしているモリソンとかいう上役っぽい人のテーブルからだな。

「失礼します」

ニコラ、パメラと手分けして、テーブルの上に飲み物とおつまみを置いていく。テーブルではモリソンがテーブルの脚を指でつつきながらカミラに問いかけていた。

「カミラママ、もしかしてこのテーブルは土魔法で作られたのか？」

「ええ、そうなのよ。よそから借りてくるのも下から持って上がるのも大変なので作ってもらったの。今夜はそれで我慢してもらえるかしら？」

「いや、我慢というか……。土魔法で作ったテーブルでこの完成度はそうそう見られない代物だと思うんだが」

モリソンは首を傾げ、次は顔をテーブルに近づけて凝視し始めた。

「そうなの？　私は水魔法しか使えないからよくわからないわね。それより今の領都の様子を教えてほしいわ」

「おお、そうだな。今の領都は――」

面倒くさいことになりかねないので、魔法について聞かれたらなるべくごまかすよう、事前にお願いしていたのが功を奏したようだ。俺はホッとしながらカミラに目礼をしてテーブルから去った。


その後も数回、厨房と屋上を往復し、ようやく食べ物がすべてのテーブルに行き渡る。そして階段を降りる前、一度屋上を振り返ってみた。

屋上ビアガーデン風で内装は夜のお店寄り。こうして見ると、その二つの融合はそれほど悪くないんじゃないかという気もする。少なくともこれを初めて目にする者から見れば、違和感なく受け入れられそうだ。

兵士たちも楽しんでいるようだし、お姉さん方も生き生きと仕事をしているように見える。我ながら屋上ビアガーデンとはなかなか良い提案をしたんじゃないですかね。

少しの満足感に浸りながら厨房に戻ると、ニコラが椅子の背もたれにぐったりするように寄りかかりながら座っていた。

「お兄ちゃん、ニコラ疲れたよー」

たしかに普段なら寝ていてもおかしくないような時間帯だ。基本的に働かないニコラにしてはよくやったほうだと思う。

「もう忙しさのピークは過ぎたみたいだし、後は僕がやるから控え室で休んでていいよ」

そう言った瞬間、ニコラは椅子をガタリと鳴らして飛び起きたかと思うと、

『わーい。それじゃあお言葉に甘えて、控え室でお姉さん方とイチャイチャしてきます！』

そう念話で伝えダッシュで厨房から去っていった。まだまだ元気じゃないかオイ。そんなニコラに呆れはしたけれど、俺は落ち着かない控え室よりも働いていたほうがマシと思っているからなのか、不思議と腹は立たなかった。


屋上が一息ついたと思ったら、次は店内だ。

エッダに指示されたテーブルに行くと、そのテーブルにはいつの間にか来店していたギルがいた。

今日は俺たちを自宅に送るために、少なくとも俺たちが帰る頃までは店にいる予定になっている。

ギルの横にいるのは俺の女装に協力したお姉さんだな。ギルはお姉さんを侍らしながら渋い表情で高そうな酒を飲んでいた。

「失礼します」

ギルのテーブルにおつまみを置く。するとギルが視線をこちらに向け、

「ああ、すまんな。というか見たことのない……ブフォッ！」

俺はすばやく横に動き、吹き出した酒の直撃を回避する。

「ゲホッゲホッ！　……マ、マルク坊、なにやってるんだ？」

「私はマリーです。詳しい事情は隣のお姉さんに教えてもらってください。……あと、この件は、この件だけは高くつくからね？」

「お、おう……。本当にスマン……」

ギルがソファーから ずり落ちそうな体勢で答え、お姉さんがクスクス笑いながらテーブルを拭いている。

さすがに俺もこの女装の件まで含めると、借りを返しすぎな気がしてきたんだよね。いつかなにかで頼らせてもらおう。そう深く心に刻みながらこの場を後にした。

第二十七話　お化粧直し

ギルに一言物申して少しスッキリした後、厨房に戻るとエッダに声をかけられた。

「マリーちゃんもそろそろ休憩に行ってね」

「疲れてないし大丈夫だよ」

「ダメよ。お化粧直しもしないといけないしね」

俺の顔をじっと見ながらエッダが言った。うーむ、休憩は別にいらないけど、化粧直しはやっておかないとマズそうな気がする。女装バレは避けたいところだよ、マジで。

「そういうことなら行っておこうかな」

「行ってらっしゃい。お化粧直しは今控え室にいる子にやってもらってね」

「はーい」

俺はエッダに言われるがままに控え室の方へと向かった。

今は屋上でお姉さん方がフル動員されているので、控え室は休憩中の数人だけでほぼガラガラのような状態だった。

ニコラは長椅子に横になりながら、ロングヘアのお姉さんに膝枕をされていた。寝ているのか起きているのかわからないが、顔がとろけているのだけは確かだ。正直ちょっとうらやましい。

「あのー、休憩とお化粧直しにきたんですけど、誰か僕にお化粧をしてくれませんか」

「はいはーい、私がするね」

ちょうど自分の化粧が終わったらしく、鏡の前で化粧箱を閉じたばかりのお姉さんが立候補してくれた。顔を見ると夕刻の開店前に応対してくれた、若くて胸が大変ご立派なショートヘアのお姉さんだ。

「ふふ、出会った時からきっと可愛くなる素質があると思ってたんだよねー。私があなたを妹ちゃん以上の女の子にしてあげるわ！」

「いや、崩れそうなところを直してくれるだけでいいんですけど」

「そうなの？　残念ねー。それじゃあここに座ってね」

お姉さんが自分の座っている隣の椅子をポンポンと叩いた。

俺が隣にお邪魔するとお姉さんが化粧箱を再び開け、俺に寄り添うように近づくと化粧を施し始めた。

ふいに甘い香水の匂いが鼻をくすぐる。カミラと同じ香水の匂いだ。そして俺の腕には温かくて柔らかいなにかが当たっている。つきたてのお餅でも持っていたのかな？　とても気持ちいい。

「目の辺りをやっちゃうから、ちょっと目を閉じててねー」

言われたとおりに目を閉じると、途端にこれまでの疲れがどっと降りてきたように感じた。どうやら俺もずいぶん疲れていたらしい。

しばらくするとお姉さんは俺の後ろに回ったんだろうか、柔らかいものが首を挟むようにふよんと乗っかった。

首筋を柔らかく温かいものに包まれ、ほのかに甘い匂いが漂う。目を閉じてそれだけを感じていると、どんどん眠気がこみ上げてきた。もう目元は終わったようなので目を開けてもいいいんだろうが、開ける気にならなかった。頬をくすぐるメイクブラシも眠気を誘う。

「んー？　眠いなら寝ててもいいよー」

「……ふぁい」

ここで俺の意識は途切れた。

◇◇◇

——目を開くと目の前の視界の半分は天井、半分は山で覆われていた。どうやら俺は仰向けに寝ているようだ。後頭部にはなにやら柔らかくて温かいものを敷いている。

「……あの、僕どれくらい寝てました？」

「ふふ、おはよー。まだまだ休憩時間内だよ？　もう少し寝てていいよ」

や、山がしゃべった！　いや山じゃない、お姉さんの胸だ。わかってたけど。

どうやら俺はすっかり寝てしまい、椅子を横並びにしたお姉さんに膝枕をされていたようだ。

「いや、起きます」

名残惜しいが、太ももと胸の間の桃源郷から抜け出し椅子から降りる。

「せっかくお化粧をしてくれていたのに、寝ちゃってごめんなさい」

「ううん、いいんだよ。いやー、実家の妹のことを思い出しちゃったね」

そこは弟であって欲しかった。お姉さんは俺のウィッグをブラシで丁寧に梳《す》くと、顔をじっと見て頷く。

「よし、大丈夫だね。それじゃあお仕事がんばってね！」

お姉さんが俺の背中をポンと叩いて送り出す。俺はお姉さんに礼を言い化粧室を後にした。

『巨乳お姉さんは私が狙っていたのに……』

なにやら邪念波が聞こえたが気のせいだろう。

仮眠をしたことで、さっきまでより体のキレがよくなった気がする。精力的に仕事を行っているうちに、兵士たちが予定している滞在時間の半分が過ぎた。この辺で隠し球のポテトサラダを投入する手はずとなっている。

さっそくパメラと手分けしてアイテムボックスから取り出したポテトサラダを盛り付け、屋上へと向かった。

屋上では兵士たちが変わらずお姉さん方とお酒と会話を楽しんでいるようだが、話の種が尽きないとも限らない。ここらでポテトサラダもその手助けになれば嬉しいね。

俺は奥のテーブルから、パメラは手前からポテトサラダを配ることにする。

一番奥のモリソンとカミラがいるテーブルには、カミラを挟んでモリソンの反対側にさっきまでは見なかった男が座っていた。おそらく途中で席を変えたんだろう。

「失礼します」

テーブルにポテトサラダを置くついでになんとなく初見の男の方を見ると、ほかの兵士はつけていた左手首の細い銀色の腕輪が無かった。あれ？　兵士のドッグタグ的なものだと思ったんだけど違うのかな？

思わず顔を上げて男の顔を見る。癖のある金髪を無造作に流したイケメンだ。モリソンよりは若いが三十歳過ぎくらいだろうか。

するとイケメンと目が合った。おっと不躾に見ては失礼だな。俺は目礼してテーブルを去ると、周辺のテーブルにもポテトサラダを配膳して回った。

そして屋上から引き返そうとしたところで、イケメンのいるテーブルから声が聞こえた。

「カミラさん、あの子は席についてはくれないのかな?」

なに言ってるんだコイツ。思わず振り返り、イケメンのいるテーブルを見る。カミラは申し訳なさそうに答える。

「ごめんなさい。まだ見習いなので……」

そうだそうだ。俺がどうして男に同席せねばならんのだ。なによりこんな店に来ておきながら、八歳児と話をしてどうするんだ。

「ははっ、見習いなのはさすがにわかるよ。でも仮に粗相をしても絶対に怒ったりしないからさ、誓うよ。だから少しだけお話させてよ」

「そういうことなら……。マリーちゃん、お願いね」

あっさりとカミラが陥落した。もう少し粘ってほしかった。

かよわい八歳児にこれ以上の無茶振りはやめてほしいところだけれど、店主と客の意向となれば仕方ない。俺は渋々ながらイケメンの隣に座った。

第二十八話　イケメン

「よ、よろしくおねがいシマス」

「はい、よろしく。マリーちゃんはこの町の子なの？」

「ハイ、ソウデス」

「うーん、まだぎこちないね。大丈夫だよ、取って食べたりしないから。安心してほしいな？」

イケメンが爽やかに笑いかけた。サマになってはいるが、その笑顔が俺に向けられているかと思うと鳥肌が立ちそうだ。

「おっと食べると言えばさっきの食べ物、ポテトサラダって言ったかな？　これを食べさせてもらおうか」

そう言って俺に向けて口を開く。

は？　俺にあーんしろってこと？　カミラを見るとカミラは申し訳なさげにコクリと頷いた。勘弁してほしい。

「ん？　恥ずかしいのかな？　でも接客をするようになったら、きっと求められると思うよ。今から練習だと思ってやってごらん」

恥ずかしがっているわけではなく単純に嫌なだけなのだが、店主からのゴーサインが出てしまった。ひと思いに終わらせよう。俺はまだ一口も手をつけられていなかったポテトサラダをスプーンでサクっとすくうと、さっさと口に入れてやった。

するとイケメンはよくできましたとばかりに俺の方を見て微笑み、次にポテトサラダをゆっくりと味わうように食べ始めた。

「ふむ……。素朴な味わいだが、実にまろやかな口触りだね……。これは……、練り込まれているソースの影響かな？　ジャガイモのサラダと聞いてどういうことかと思ってはいたが、たしかにこれはサラダと言うべきものだな。うん、すごく美味しいね。気に入ったよ」

どうやら合格点を頂いたようだ。マヨネーズの方は特に手間がかかっているし、褒められるのは嬉しいね。この状況はともかく。

「カミラさん、これはどこで？」

「これは旅の行商人から仕入れたもので詳しくは……。でも美味しいのは間違いないから、皆さんにとっておきをお出ししたの」

しれっと答えるカミラ。もちろん事前に相談済である。

「そうか。レシピを知りたかったんだけど残念だ。まあこの味はそう簡単に教えてもらえるものでもなさそうだけどね」

言うほど残念そうには見えないが、肩をすくめるイケメン。酒を一口飲んでから再び俺の方へ顔を向けた。

「ところでマリーちゃん。私にも君と同じ年頃の娘がいるんだけど、娘へのお土産で何か良い物はないかな？」

おっと、おそらく俺を席に呼んだ理由はこれだな。よかった……、幼女趣味の変態じゃなかったんだ。

「お土産ですか。うーん……」

ひとまずホッとしたものの、これはこれで難しい。参考になりそうな仲の良い女の子と言っても、デリカはちょっと年上だし、パメラはまだ知り合って間もないからそういうのはよくわからない。ニコラはもっとわからない。

「難しいかな？　それじゃあマリーちゃんが最近手に入れて嬉しかったものは？」

「えっと、それならテンタクルスです」

即答である。

「テンタクルスって言うと……」

イケメンはモリソンに顔を向ける。

「湖に棲息する魔物です。珍味であると、ごく一部では好まれているようですね」

モリソンが答えた。ん？　敬語で話しているけど、モリソンよりイケメンの方が上役なのかな？

「さすがにお土産に魔物肉はちょっと味気ないね。それじゃあ近所の友達の間で流行っているものなんかはどうかな？」

そうだなあ、アレくらいなら見せてもいいか。大してマナを込めてない代物だし、変に興味を引くことにはならないだろう。

俺は懐から出したように装いながら、アイテムボックスから土魔法で作った石玉をいくつか取り出してイケメンに見せた。

「教会学校で私より年下の子は、これを机や床に転がして当てっこで遊んでます」

「ほう、ひとつ借りても？」

イケメンは石玉を手に取り、手のひらで転がす。

「これはどこかで売っているのかな？」

「いいえ、私が作りました」

「へえ、土魔法が使えるんだね。良かったら見せてもらえるかな」

おねだり上手なイケメンだ。俺が魔法を披露するのが大好きで良かったね。

俺はイケメンに見せるように手のひらを向けると、土魔法で石玉を作り上げた。よし、きれいに丸まってるな。最近の練習の賜物だ。

イケメンは俺の手のひらから石玉を摘み取ると、いろんな角度からそれを確かめる。

「モリソン、同じ物ができるかい？」

問われたモリソンが人差し指と親指の間に隙間を作りながら土魔法を発動させた。

そして三十秒ほどでサイコロに似た不格好な石ころが出来上がる。時間もかかりすぎているし、あんまり土魔法が得意じゃないみたいだね。

「マリーちゃんは土魔法が得意なんだね」

「あー、そうですね。ハイ」

モリソンの手前ドヤりにくい。俺は曖昧に答える。

「これは貰ってもいいかな？」

「どうぞ」

俺が了承するとイケメンは石玉を懐に入れながら、

「私は君に興味が湧いてきたよ。……元々はどうして女装してるのかな？　程度だったんだけどね」

ニヤっと笑った。

「えっ⁉」

知ってたのかよ。なんだよもう！　カミラの方を見ると額に手を添えて項垂《うなだ》れている。いや、ガックリしたいのは俺の方だからね！　ところでコレは謝ったほうがいいの？　できることなら今すぐ逃げ出したい。

俺がどうしていいかわからずイケメンの方を見ると、イケメンは俺の肩にそっと手を添え、

「大丈夫だよ。私はそういうのにも理解がある方だから。……と言うかむしろそっちの方が、ね？」

イケメンの流し目を受けると、ゾワゾワと全身に悪寒が駆け巡った。アカン、この人マジモンですわ。

俺が恐怖に慄《おのの》いていると、イケメンは俺の肩からそっと手を離した。

「だけど、今日のところは君の性別はどうでもいいんだ。それよりもいろいろとお話をしようか？」

イケメンの提案に俺は頷く、女装バレもしてしまったし、こうなったらヤケだ。せっかくだし俺も領都の話とか聞いてやる。

　こうしてしばらくの間、イケメンとさまざまな話をした。領都の流行、教育制度、近くに棲息している魔物、ほかの領主が治める周辺の領地の噂。なんだか悔しいけれどなかなか面白い話をする人だな。兵士というより学校の先生みたいだ。

　一通りの話が終わったところで、モリソンがイケメンに「あの、そろそろ……」と囁く。

「そうだね、そろそろ帰ろうか。今日は楽しかったよ。……そうだ、マリーちゃん、君には石玉のお礼にこれをあげよう」

　イケメンは懐からなにかを取り出すと、それを俺の手に握らせた。その時に手をさわさわと触っていったのが気持ち悪い。手を開くと、そこには羽をモチーフにした銀色のアクセサリーがあった。

「気長に待っているから、一度くらいは領都の方に顔を見せてほしいな。その時にはポテトサラダの作り方も教えてもらおうかな?」

　突然のキラーパスに俺がビクッと反応してしまうと、イケメンは「やっぱり」と口を緩ませる。

　ああクソ、カマをかけられた!

「城でそれを見せてトライアンに会いに来たって言えば、門番が通してくれると思うよ」

　城?　トライアン?　……ちょっと待ってほしい。トライアンって言えば、今この町に来ている領主の名前じゃね?

　ハッとしてカミラの方を見ると、カミラはブルブルと顔を横に振る。どうやらカミラも知らなかったみたいだ。

「おっと、先に言っとくけど畏《かしこ》まるのは止めてほしいな。ここでは客をみな平等に楽しませてくれるとモリソンに聞いたからこそ来たんだ。これまでは聞いたとおりだった。……これからもそうだよね？」

それを聞いたカミラが動揺を隠すように胸を張りながら答える。

「え、ええ。そうね。ここでは兵士さんも領主様もみんな同じお客様、同じ夢を見るのよ。特別扱いなんかしちゃあ夢が覚めちゃうわ」

「――それでいい。それじゃあ帰ろうか。モリソン、お勘定お願いするよ」

満足げに頷いたイケメンこと領主のトライアンは、階段に向かって数歩歩いたがすぐに立ち止まり、くるりとこちらに振り返った。

「さっきも言ったけど、気長に待っているから気が向いた時に会いにきてくれればいい。でもマリーちゃん、君の本当の名前だけは聞いておきたいな」

「マサオです」

「マサオね、いい名前だ。それじゃあまた会おうマサオ」

トライアンは再び前を向き、階段を降りていった。モリソンに促された他の兵士たちもドヤドヤと階段を降りていき、見送るためにカミラやお姉さん方もそれに付き従っていく。

しばらくして、屋上には俺だけが残った。ソファーにドカッと座り込み、大きく息を吐く。とっさに偽名を使ってしまったが、まあいいだろう。なにかの拍子にバレたら緊張で舌がもつれたことにでもしよう。

そんなことより問題は、お近づきになりたくない職種のトップ三に入ると思われる貴族の、しかも領主と知り合ってしまったことだ。そのうえ女装中に出会うことになるとは思わなかった。

しかし俺のやったことと言えば、綺麗に作った石ころを見せて、後はポテトサラダを作ったのがバレたことくらいか。向こうからすればちょっと魔法の得意で、珍しいレシピを知っている子供に出会ったくらいのものだろうか。

そのわりには俺に銀色のアクセサリーをくれたり予想以上の興味を引いたようにも見えたけど、俺が幼児愛好家の直球ど真ん中の好みだったなんてことは想像したくはないな。アクセサリーは領主の気まぐれだと思っておこう。

懐に入れた銀色のアクセサリーを取り出してじっと見る。俺の手のひらより一回り小さいくらいの大きさで、なにかの鳥の羽を模している。

裏面には複雑な文様が描かれていた。もしかして魔道具の一種なんだろうか？　マナは感じ取れるけど、それがなんなのかは俺にはわからない。悪意のある代物ではないと信じたいが、今度セリーヌに見せて意見を伺おう。

このアクセサリーを見せて会いに来いなんて言ってはいたが、もちろん会いに行くつもりはない。しかし手放したら後が怖そうなので、とりあえずアイテムボックスに封印だ。

《銀鷹の護符》

アイテムボックスで鑑定すると、そのように表記された。

うーん、大層な名前が付いたアクセサリーだな。そういえばあの領主の一族は鷹を守護神として祀《まつ》っていると聞いたような気もする。護符ならなんらかのお守り効果みたいなものがあるのだろうか。残念ながら鑑定ではそこまではわからないようだ。矢の毒の種類はわかったのに不思議だね。なんにせよアイテムボックスに押し込んでおこう。

「さてと……」

屋上の後片付けを手伝うか。そう思いソファーから腰を上げると、階段からカミラが上がってきた。

「今お客様をお見送りしてきたわ。……それにしてもびっくりしたわねえ」

カミラが頬に手を当て、ほうっと息を吐く。ちょっとお疲れのようだけど色っぽいね。

「どうやら領主様のことを知っていたのはモリソンさんだけみたい。ほかの兵士さんは知らない顔が一人混じったところで気にしていないみたいね」

兵士としてそれはどうかと思うが、まあ自由時間だしね、しょうがないね。

「マルク君、なんだか変なことになっちゃってごめんなさいね。今の領主様になってから悪い噂は聞いたことがないし、変なことにはならないと思うけど、私にできることがあればなんでもするからね？」

領主にショタコンの疑いがある時点で悪い噂云々は信憑性はないのだが、それはさておきマルク君呼びってことは、俺の仕事はここまでのようだ。

「さすがにあんなのはカミラさんのせいじゃないし、どうしようもないよ。それよりもうお手伝いは終わりでいいのかな？」

「ええ、お疲れ様。あとはギルさんが送ってくれるんでしょ？」

「そのはずだけど……。あっ、そうだ。テーブルはどうしたらいいかな。もう必要ないなら潰しておくけど」

「実はね、別のお客さんからも屋上で飲んでみたいって問い合わせがあったの。だからこれからも使わせてもらいたいのだけれど、かまわないかしら？」

もちろん問題ない。俺が承諾すると、カミラは眉根を寄せながら腕を組み直した。

「……そういえばそっちのお礼もまだだったわね。そのうえ、図々しくも給仕まで手伝ってもらっちゃって……。パメラの教会学校の件もありがたかったし、ほんとお世話になりっぱなしね。マルク君、お給料のほかになにかしてほしいことはない？」

「お給料は別にいらないよ。もともとギルおじさんの手助けのつもりだし、めったにできない体験もできたしね。最後に変な人に会っちゃったけど」

「うーん、マルク君がもう少し大人なら、お店でいろいろとサービスもしてあげられるんだけどねえ」

「それじゃあ僕が大きくなったら、その時にお願いします」

俺が改まった口調でそう言うと、カミラが口に手を当てて笑う。

「うふふ、それでいいの？　その頃にはパメラもお店で働いてるでしょうし、いつでも来ていいからね」

そんな話をしている間に、ほかのお姉さん方が濡れ布巾やトレイを片手に屋上へ上がってきた。

これから屋上の食器類の片付けをするのだろう。

「それじゃあギルさんに言ってお仕事を上がってちょうだい。今日は本当にありがとね」

「はーい」

俺はカミラにペコリと一礼し、階段を降りていった。

第二十九話　今夜は帰りたくない

控え室に入ると、ニコラが一人で椅子に座って足をプラプラさせているほかには誰もいなかった。今は接客しているお姉さん以外は全員屋上の片付けに出向いているのだろう。

「ニコラー、そろそろ帰るよー」

「えー、帰りたくなーい」

ニコラが椅子をガタガタと揺らしながら口を尖らせる。

「うん？　なに言ってるの、お前」

意味不明なことを言い出したニコラから念話が届く。

『だって閉店までいたら控え室でお姉さん方のお着替えショーが見れるじゃないですか。私はそれまで絶対に動きませんよ』

なに言ってるんだこいつ。

『はあ……。じゃあカミラさんに頼んで泊めてもらいな。俺はギルと一緒に帰るからね』

まだ店内で飲みながら待ってくれているギルに、手伝いが終わったことを伝えようとニコラに背を向ける。するとさらに念話が届いた。

『おおっと、それはちょっと待ってください』

『……なに？』

俺が再びニコラと向かい合うと、ニコラが両頬に手を添えてかわいい顔を作った。近所のおばさんにおやつをねだる時の顔だ。

『ほら、私って無邪気な愛されキャラじゃないですか？　でもそれだと言いたいことも言えなかったりするんですよね。だからお兄ちゃんがいてくれないと痒いところに手が届かないっていうか』

『俺ってお前の孫の手かなにかだったの⁉』

『当たらずとも遠からず……？　って、帰らないで！　まぁ話を聞いてくださいよ。お兄ちゃんだって、今から帰るのはしんどいな～と、少しくらいは思っているでしょ？』

『それはまぁ……』

『でしょう⁉　だからギルおじさんにはお家に伝言だけしてもらって、今日はここでお泊りしちゃいましょうよ～』

たしかに今日は実家の手伝いも含めて昼からはずっと働いていたし、もう歩きたくないと思うくらいには疲れている。でももうしばらくの辛抱だしなあ。

『それにほら、今日は魔法の練習も大してやっていないじゃないですか。今日の分の練習だと思って裏庭に土魔法の小屋でも作って、お布団をアイテムボックスから出して寝ちゃいましょうよ』

そういえば今日はあまり魔力を消費していない。近所の悪ガキ相手に使ったのと、さっきの石玉くらいだろうか。魔法の練習をしないまま一日を終えることに居心地の悪さを感じる程度には習慣になっているけれど、実家に帰ってしまうと、そのまま寝てしまいそうな気もする。

『ね？　ねっ？　一緒にお泊りしましょうよ』

『……はぁ～、わかったよ。それじゃあカミラさんに裏庭を使わせてもらっていいか聞いてくる』

『やったー！　お兄ちゃん行ってらっしゃ～い』

今度はさっきよりも椅子を大きくガッコンガッコンと揺らしながら、ニコラが俺を上機嫌に見送った。なんだろうな、簡単に丸め込まれたような気がしてならない。


俺は再び屋上へと戻ってきた。屋上ではお姉さん方が接客中に見せていたような艶やかな動きではなく、せわしなく動き回りどんどんと食器類が片付けられている。少しは手伝おうと思ったけれど、もう終わりそうだな。

「あら、マルク君どうしたの？」

俺を見つけてカミラとパメラがやってきた。さっそく宿泊の許可を取ろう。

「あのー、ニコラが疲れて家に帰りたくないって言うんで、今夜はここで泊まらせてもらえないかなあって思って」

「あらあら、そういうことならもちろんいいわよ。ウチの家に泊まっていきなさい。いいわよね、パメラ？」

パメラは話を聞いてトレイを持ったまま固まっていたが、カミラに問われると首をコクコクと動かした。

「ううん、お家に泊めてもらわなくてもいいんだ。今日は魔法の練習があまりできなかったから小屋でも作ろうって思って。裏庭に作っていい？」

「小屋を……作る？」

「うん」

俺が頷くとカミラとパメラは揃って首を傾げる。

「……まぁマルク君なら大丈夫でしょ。よくわからないけどいいわよ」

「ありがとう。それじゃあギルおじさんに家の伝言をお願いしてくるね」

「え、ええ。いってらっしゃい」

俺が屋上を去るまでカミラとパメラは首を傾げたままだった。

◇◇◇

「おう、マル……いやマリ……いや、なんでもない。さっき兵士たちが帰っていったようだが、そろそろ上がるのか？」

テーブルでは少し前に会った時と同じように、ギルがグラスを傾けながらお姉さん相手に寛いでいた。隣にいるのはさっきとは違うお姉さんだな。

「今日はここに泊まって、明日帰ることにしたんだ。だからギルおじさんには父さんと母さんに伝言をお願いしたいいんだけど、いいかな？」

「おお、そうか。今日はもう遅いしな。泊めてもらえるならその方がいいかもしれん。わかった、ワシが責任を持って両親に伝えてこよう」

そう言うとギルは立ち上がり、隣のお姉さんにお勘定を頼んだ。

さてと……。これで後は小屋を作って寝ればいいのか。でも風呂にも入りたいな。化粧を落とすだけじゃなくて体も洗ってすっきりしたい。

とりあえずは女装をなんとかしよう。俺は妙に着慣れてしまったドレスを脱ぐために控え室へと向かった。

第三十話　女装終了

控え室に入ると、そこはお姉さん方でごった返していた。最初に入った時のようにムンムンムンムワムワとさまざまな匂いと熱が充満している。

今夜は兵士たちが来ると想定してスタッフ大増量でお迎えしていたようだが、屋上が片付いたことで仕事上がりの人も多いのだろう。

そしてこういう時はお姉さん方にベタベタくっつきながら可愛がられているはずのニコラだが、どういうわけか部屋の隅っこで、まるで出来の良すぎるお人形のように身動き一つせずに椅子に座っていた。

俺は隣の椅子に腰掛けながらニコラに声をかける。

「……ニコラ？　カミラさんとギルおじさんに話を通してきたよ」

『そうですか、ありがとうございます。今は忙しいので話は後でお願いします』

まったくこちらを見ずに念話が届いた。どうやら控え室のワンシーンを脳裏に刻み込むのに忙しいらしい。それがすぐにわかる程度には長い付き合いだ。このために残っていたようなもんだろうからなにも言うまい。

俺は着替え中のお姉さん方をあまり見ないようにしながら、ニコラの隣でこそこそと着替えることにした。

まずはウィッグを取り外し、ペタンとしていた髪の毛を指先でワシャワシャとかき回した。頭皮が空気に触れて気持ちがいい。そしてパメラに借りたチャイルドドレスを脱ぎ始める。背中のリボンがほどきにくいがなんとかほどいて……よし、脱げた。

ドレスって折りたたんでいいのかな？　わからないので取り敢えず折りたたんで、その上にウィッグをポンと載せる。その後もこまごまとした装飾を脱ぎ捨て、最後にアイテムボックスから取り出した普段の服に着替えてようやく元通りになった。

着替えが終わり一息ついたところでパメラがやってきた。

「あっ、マルク君。お着替えを手伝おうと思ったんだけど、もう終わったんだね」

「うん、なんとかなったよ。パメラ、これありがとう」

俺は折りたたんだチャイルドドレスとその他もろもろをパメラに手渡した。

「う、うん。それじゃあお家に戻してくるね」

今来たばかりだというのに、パメラは両手に俺が脱いだドレスをぎゅっと胸に抱えると足早に控え室から出ていった。

……なんだか匂いを嗅いでいるように見えたけど気のせいだよな。汗もかいたし多少は臭うかもしれないが、一生懸命働いた証ということでどうか許してほしい。

パメラが去ったことで控え室での用事は無くなった。ふと部屋中を眺めてみるが、お姉さん方の着替えの饗宴はまだ終わりそうになくニコラも微動だにしない。少し座って休みたいとも思ったけど……。うーむ、ここには居づらいし外に出よう。風呂も作らないといけないしな、風呂の中で休むことにしようか。


まずは厨房に行ってエッダに仕事上がりの挨拶をした。また忙しい時に手伝っておくれと言われたけれど、女装は勘弁してほしいところなので曖昧に返事をしておく。きっぱり断れないのは前世が日本人だからだろうか。

エッダと別れた後は裏庭へと移動した。裏庭にはひんやりとした涼しい風が吹いており、女装から解放された体を心地よくすり抜けていった。

さてと、どの辺に風呂を作ろうかな。まずは念入りに裏庭を見渡してみる。屋上への階段周辺と、裏庭の突き当たりに見えるカミラの家の窓からは明かりが漏れているものの、それ以外は月明かりと町の明かりがほのかに照らすくらいで視界はあまり良くない。

「光球《ライト》」

照明の魔法で足元を照らす。そのまま周辺を歩いて風呂を作るのに適した場所を探すことにした。以前見たときも思ったけれど裏庭はそれほど広くない。風呂を作るにしても、その後に取り潰してから寝床を作ったほうがよさそうだ。

そんなことを考えながら裏庭をぐるっと回るように歩いていると、カミラの家の前を通ったときに突然扉が開いた。

「あうっ⁉　マルク君？　どどどうしたの？」

パメラだ。俺がいるとは思わなかったのだろう、やたらとびっくりしている。光球と家から漏れる照明に照らされたパメラの顔はなんだか赤い。

「パメラこそどうしたの？　顔が赤いよ」

「わ、私はなんでもないよ！　それよりマルク君はなにしてるの？」

強引に話を逸《そ》らされて気にならないこともないが、パメラの意に沿って話を変える。

「寝床よりも先にお風呂を作ろうかと思ってね。作る場所を探してたんだ」

「お風呂って作れるの？　浴槽にお湯を溜めるんだよね？」

「そうだよ。作るのはテーブルを作るのと、そんなに変わらないから」

「そうなんだ？　あの……、見ていてもいいかな」

「いいよ。ついでにお風呂を作ったら駄目な場所があれば教えてほしいな」

そうして裏庭をパメラと一緒に歩き、家からも店からも程よく離れている場所に風呂を作ることにした。どうせ寝場所を作る時に潰すつもりだし、魔力もたくさん使いたいので個人風呂より浴場クラスの物を作ってみよう。

「ここに作っていいかな」

「たぶん大丈夫だと思うよ」

パメラからの許可ももらったのでさっそく始めよう。大きめの浴槽をイメージして土魔法を発動させる。地面から土を引き上げ、自らも土を作り出しながら、マナと土を混ぜるように浴槽を形成していく。

その次は床も土魔法で固める。なんとなくの思い付きで床をタイルっぽく仕上げてみた。……おっ、これはなかなかいいかもしれない。今度は実家の風呂小屋の床もタイル調に変えてみよう。

そして周辺を壁で囲い、中で区切って脱衣スペースも作る。屋上から丸見えになるので屋根を付けることも忘れない。

——これで完成だ。大きめに作ったので完成まで五分ほどかかっていたが、パメラは最初から最後までずっと見学していた。

「ほら、これがお風呂だよ」

「……す、すごいねマルク君。魔力切れになったりしないの？」

「まだ大丈夫だよ。この後寝る場所も作らないといけないしね」

「そ、そうなんだ……」

パメラが少し力の抜けたような声で答えた。

その後、風呂小屋の外側の最終チェックをしているとニコラがやってきた。ニコラも普段着に着替え終わっている。

「ニコラ、もういいの？」

「うん！」

『はい、とりあえず早上がり組は全員帰ったので。みなさん素晴らしいものをお持ちでした』

ニコラが二元放送で答えた。

さてと、ニコラも来たし風呂に入るか。とりあえず風呂小屋の中を見学中のパメラに、これから風呂に入ることを伝えよう。そう思い風呂小屋の入り口から覗くと、パメラは興味深げに浴槽を見つめていたところだった。

やっぱり女の子は風呂に興味があるんだな。それなら俺より先に入ってもらい、素晴らしい風呂を堪能させてあげよう。

だが、声をかけようと一歩踏み出した矢先、俺の脇からニコラがにゅっと顔を出して――

「パメラちゃんも一緒に入ろ！」

機先を制したニコラの声が風呂小屋の中に響いた。

第三十一話　パメラの初風呂

「一緒にって？」

キョトンとした顔のパメラがニコラに問いかける。

「ニコラとお兄ちゃんとパメラちゃん！」

「ええっ、そんなの無理！」

途端にパメラが大声を上げた。そりゃそうだ。

「大丈夫だよ、ほら！」

いきなり脱衣所でスポポポーンと裸になるニコラ。そして仁王立ちするその平面体の大事な部分は、謎の光に照らされて見えなくなっていた。ニコラの光魔法『BDでは消えます《ミステリアスライト》』だ。

「ほら、この魔法をパメラちゃんにもかけてあげるからね！」

「えー、えー、でも……」

「僕は後で『今いいところですから黙っててくださいね』」

お、おう……。

「お兄ちゃんの作ったお風呂はすっごいよ。お肌がつるつるピカピカになっちゃうんだから。今よりもっとかわいくなれるよ！」

ニコラが笑顔で断言するとパメラは俺の方をチラリと見た後、

「そうなの？　……そ、それじゃあ入ろうかな……」

途切れそうなほどか細い声で答えた。それに満足げに頷いたニコラが俺の方を見ながらニヤリと笑う。

『ほら、これで逆にお兄ちゃんが入らないなんて言ったらパメラの勇気を無駄にしますし、私と一緒に入るの嫌なのかな？　なんて思っちゃうかもしれませんよ』

『えっ、うーん。そうなるのか？』

『そうです』

逃げ道を塞がれた感があるが、まぁいいか。大事なところが隠れているなら温水プールみたいなものかもしれない。浴槽も大きいし。

そしてニコラがパメラに『BDでは消えます《ミステリアスライト》』をかけた後、俺もニコラに頼むことにした。さすがに肉体的に同年代の女の子の前ですっぽんぽんはちょっとな。

「ニコラ、僕にも『BDでは消えます《ミステリアスライト》』頼むよ」

『仕方ないですねー。チンカ○ホイ！』

ニコラが俺の前で指をくるくる回すと、指先から光が飛び出して俺の体に定着した。

おそるおそる服を脱いで確かめてみると、たしかに俺の下半身は光の帯が横切る形で見えなくなっている。……んだが、乳首も光で隠れている。俺には別にいらないんじゃないのかなコレ。

ニコラの方を向いて無言の抗議をすると、『三点セットなのです』と念話が返ってきた。

……俺だけ乳首隠しの光がハート型なのは悪意しか感じないのだが？

などと、ニコラと一悶着している間にパメラは脱ぎ終わったらしい。着ていた服を胸に抱えて所在なさげにそわそわとしていた。まぁ実質裸みたいなもんだしな。

俺は脱衣所に土魔法で棚を作り、パメラに指差してみせた。

「服はここに置いておけばいいからね」

「う、うん」

服を棚に置いたパメラは胸と下半身を腕で隠す、いわゆる手ブラ手パンツの構えだ。そしてなんだかもう見慣れてしまった感があるが顔も真っ赤である。

「大丈夫だよ、見えてないよ。今からお湯をかけるからしゃがんでもらえるかな」

浴槽に入るまえに軽くかけ湯をしてもらおう。パメラにしゃがんでもらい、右の手のひらから水魔法と火魔法のお湯を出してパメラの頭にお湯をかけてやる。パメラの青みがかった髪が濡れて肌にぺったりとひっつき、お湯の流れに沿ってゆらゆらと揺れ動いている。

「大丈夫？　熱くない？」

「うん、大丈夫」

「そのままちょっと浴びててね」

「うん」

「お兄ちゃんニコラもー」

「はいよー」

左手で同じようにお湯を出す。温度を左右で変えろと言われると少し難しいかもしれないが、両手で同じようにお湯を出すのはそう難しくはない。それにしても人間シャワーにでもなった気分だ。

そして最後に自分もお湯をかぶり、三人で空の浴槽に横並びに座った。

「少しだけ待ってね」

浴槽にお湯を注ぐ。空の浴槽に裸で座っているのはなんともシュールな絵面だな。

そうして胸のあたりまでお湯がたまった頃、パメラは指先からちょろちょろと水魔法の水を出しながら呟いた。

「……お母さんもこのお風呂くらい水が出せるのかな？」

「どうなんだろうねー」

あまり他人の魔法を見る機会がないのでなんとも言えない。セリーヌから子供の頃は酒樽半分くらいの水がせいぜいだったという話は聞いたことがあるけど、大人ならどうなんだろう。

少し考え込んでいる間に肩までお湯が溜まった。最後の仕上げにE級ポーションを十個分ほど入れる。

「それはなに？」

「ポーションだよ。これを入れると体にいいんだ」

「ふーん？」

どうやらよくわかってないようだが、わざわざ十個で金貨十枚の価値だよとドン引きさせることもあるまい。

なんにせよ、これでようやく落ち着いた。さすがに働き詰めの後で小屋を作った上に浴槽をお湯で満たすのは少々疲れたね。しばらくはお湯に浸かって疲れを癒そう。

——しばらくじっとしていると、ずっと黙っているニコラがふと気になった。ニコラに顔を向けてみると、ニコラは三角座りでお湯に浸かるパメラをじっと見つめていた。……うん？　なんだかニコラの目の辺りがボヤけて見える。マナが流れているような？

『ニコラなにやってんの？』

『おっと気づきましたか』

こちらを見ずにニコラが答えた。

『私の目を覆っているのは「BD《ミステリアスライト》では消えます」が透けて見える「青少年の夢《モザイクキャンセラー》です」』

『はあ、お前の欲望の対象って大人の女性だけじゃなかったのな』

『これはちょっと違いますね。ほら見てください、パメラは見えてないことを信用して、ついに三角座りを解いたでしょう？　でも私には見えているわけです……！』

ニコラはパメラの方を向いて鼻息荒く両手を握りしめている。パメラはそんなことには気づかず、目を閉じてお湯に全身を溶かしているように身を任せていた。

『もしもですよ、私が「全部見えてるよ」と言えばパメラはどんな顔をするんでしょうね？　おっと、本当に言ったりはしませんよ。しかしそれを想像するだけで……、私はもう萌え死にそうなんですよ！』

ほんとこいつなに言ってるの？　俺の理解の及ばない変態行為は止めていただきたい。

それにしてもパメラもパメラで気を抜きすぎじゃないのか。今はなんとか顔だけをお湯から出して、体を大の字にして湯船に身を任せているんだが。恥ずかしがり屋のパメラにしてはありえない格好だ。心配なので声をかけておこう。

「パメラ、お湯の加減はどうかな？」

「ふにゃ？　気持ちいいよお～」

パメラはなんだかすっかり蕩《とろ》けていた。さすがに初風呂でポーション入りは刺激が強すぎたのかもしれない。

第三十二話　追加二名様ご案内

まだ風呂にのぼせているわけじゃないとは思うけれど、少し気をつけたほうが良さそうだ。

俺はパメラの両脇に手を入れた。ふにゃりと弛緩していたパメラがビクンと硬直する。

「ふにゃあああ!?」

パメラが素っ頓狂な声を上げたが、そのまま背中を浴槽の壁にもたれさせるように移動させた。

「とりあえず肩を出して浸かろうか」

「ふぇっ!?　……あっ、う、うん……」

なんだか涙目になっているパメラが答えた。早く引き上げようとしたせいでびっくりさせたようだ。すまんかった。

その直後、外から「なにか声が聞こえたけど」「あれ？　こんな建物あったっけ？」と声が聞こえてきた。どうやら誰かが風呂小屋に気づいたようだ。

そして脱衣所の入り口からこちらをそーっと覗きに来たのは、俺の化粧直しをしてくれた巨乳ショートヘアお姉さんと、ニコラを膝枕していたしっとりロングヘアお姉さん。二人とも店で見た綺麗なドレスではなく私服姿だ。もう仕事が終わって帰るところだったんだろう。

「あっ、マルク君じゃな〜い」

巨乳お姉さんが俺を見て手を振った。そしてロングヘアお姉さんは浴槽を見ると両手を口にあて、

「まぁ、お風呂だわ。どうしてこんなところに？」

「僕が作ったんだ」

「あら？　お風呂ってそんなに簡単に作れるものだったかしら……」

ロングヘアお姉さんが首を傾げた。

そういえばカミラ母娘とエッダ以外の店のスタッフは、俺とニコラは厨房の手伝いに来たパメラの友達くらいにしか聞かされてないはずだ。

「ま、細かいことはいいじゃない！　それよりもさ！」

ショートヘアお姉さんがロングヘアお姉さんの肩を抱く。そしてぼそぼそ小声で話し合うと互いに顔を合わせ頷いた。

「ねえねえ、私たち、もう仕事上がりなんだけど――」

「――いいよ！　一緒に入ろ！」

ニコラが食い気味に答えた。まぁそうなるよね。

「ありがと！　それじゃさっそく！」

二人は脱衣所でいそいそと服を脱ぎだした。

「あっ、僕もうすぐ出るから、少し待ってて！」

するとショートヘアお姉さんがこちらを見て不思議そうな顔をしながら、

「なに言ってるのよ、マルク君が作ったんでしょ？　追い出すつもりはないよ。……あっ、もしかして照れてるの？　もう～かわいいねぇ」

ショートヘアお姉さんがニヤニヤしながら俺をからかう。すいません、そういう照れ隠しじゃないんです。むしろ罪悪感というかなんというか。こういうのがニコラが言う俺のヘタレなところなんだろう。

そしてあっという間に服を脱ぎ捨てた二人は、さっそく浴槽に入ろうとした。――あっ、かけ湯を……、と思ったところでロングヘアお姉さんが待ったをかける。

「駄目よ、コレット。先にお湯を体にかけてからね」

「そうなの？　エルメーナ」

俺はとっさに土魔法で桶を作り、ロングヘアお姉さんのエルメーナに手渡した。

その時にあまりに堂々としているので、思わず体をガン見してしまったんだが、その均整の取れた美しいプロポーションと透き通るような真っ白な肌に、そのまま見とれてしまいそうになった。

さすがその美しい身体こそが仕事の資本なだけはある。

「あら、ありがと。こういう桶でね、お湯を浴びて汗を落としてから入るのよ」

「へえー。よく知ってるね！　もしかしてお風呂に入ったことがあるの？」

「ふふ、そうね」

「えー。どこの男に連れていってもらったのさ。そういえば最近あんたにご執心の若旦那がいたよね。あの人？」

「内緒」

なにやらお湯を浴びながらガールズトークを始めた二人を見て、ふと我に返った。そうだよアレだよ。

『ニコラ、ニコラ！「BDでは消えます《ミステリアスライト》」頼むよ！』

ニコラは二人から視線を外さないまま、

『あの魔法は児童限定なのです。大人の女性はBDで謎の光が消えてしまうために魔法の効果が発動しないのです。いやあ残念。本当に残念……！』

本当なのかどうか疑わしいことを言い連ねているが、ツッコんだところでニコラが首を縦に振ることはなさそうだ。仕方ない、せめて照明の光量を落とそう。俺は風呂場に展開していた光球の明るさを調整してみた。

適度に明るかった風呂場がスウッと暗くなる。薄暗くなった風呂場はほのかに足元と顔がわかる程度で、湯船の中までは見通せない。

ニコラから文句が出るかと思ったが、相変わらずだらしない顔でお姉さん方を見つめている。おそらく暗視の効果のある魔法でも使っているんだろう。そんな魔法があるのか知らないけれど、やりかねないのがニコラだ。

「あれ、暗くしちゃったの？　マルク君は照れ屋さんだねー。それじゃおじゃましまーす」

お姉さん方が風呂の中に入ってきた。

「――うわ、うっそなにこれ。入った途端になんだかよくわからないけどすごいよ！」

「たしかに……、私が入ったお風呂とは別物だわ……。どうしてかしら？」

「たぶんポーションを入れてるからだと思うよ」

せっかくの風呂も気味悪がられると楽しめないと思ったので、正直に答えた。

「えっ、ポーションをここに？　すごくもったいないと思うんだけど、どういうのを入れたの？」

ショートヘアお姉さんのコレットが話しながら俺の近くに寄ってきた。

「E級十個だよ」

「E級十個⁉　……もしかしてマルク君って、お金持ちのお坊ちゃん？」

「ううん、普通の宿屋の子供だよ。ポーションは自分で作ったんだ」

「なるほどー、ポーションって簡単に作れるもんなんだねえ。お店で売ってるのはボッタくってるのかな？　私は作れないけどさー」

お湯をパシャパシャと手ですくいながらコレットが呟く。俺の場合はたまたまセジリア草を栽培できたお陰で無駄遣いするほど増やせたけれど、そうそう簡単なもんじゃなさそうな気がする。訂正する気もないけどね。

とにかくお姉さん方を迎え入れ、ようやく落ち着くことができた。しばらくはゆっくりと風呂を堪能することにしよう。

ちなみに化粧を落として入ったお姉さん方だが、まったく誰なのかわからない風貌に……。なんてこともなく、しっかりと美人さんのままだった。

第三十三話　長い一日

ようやくお風呂そのものの質問が終わったのでゆったりと寛いでいると、お姉さん二人の話し声が聞こえてきた。

「んっ……。それにしても本当に気持ちいいわねえ」

ロングヘアお姉さんエルメーナが頭の上で手を組んで伸びをする。薄明かりの中に浮かび上がるそのシルエットがとてもセクシーです。これくらいなら罪悪感が湧かないというのも我ながら小心者だと思う。

「今日は大変だったけど、最後の最後にお風呂に入れて得したねー。ほんと、あんなにいっぱい兵士さんが来るとは思わなかったよ。……そういえば、兵士さんに変わった人が一人いたね」

「もう、そんなこと言っちゃ駄目よ」

「だってー、一人だけシルバーバングル付けてなかったし」

シルバーバングルっていうのは例の銀色の腕輪のことかな。それじゃあ領主のことだ。

「……ああ、あのお客様ね。コレット、ああいう人が太いお客様になってくれるのだからね。人を見る目を養わないと駄目よ?」

「ううーん、たしかにかっこよかったし、お金も持ってそうだったけどさあ。なんだか私の心の中まで見透かされているようで、好きになれなかったな」

「あなたの好みではなく、あなたがお客様の好みにならないとね。まぁ私も苦手なタイプだけど」

エルメーナがふふっと笑う。あの領主、イケメンだったけどいまいちモテてなかったみたいだな。正直ざまあみろと思わなくもない。いいことが聞けてスカっとしたね。

「それに……、私たちよりもマリーちゃんの方をじっと見ていたのもなんだか気持ち悪かったよ」

おおっと、それは聞きたくなかった情報だ。ずっとマークされていたんだろうか、怖すぎる。

そうしてお姉さん方のお話に耳を傾けていると、いよいよパメラの顔がふにゃふにゃと危うい感じになってきた。そろそろ出たほうがいいだろう。

「パメラ、そろそろお風呂から出ようか」

「ふにゃ、まだ入っていたい……きれいになるの……」

そんなにお風呂が気に入ったのか。でももう限界だろうコレは。

「駄目だよ、もう出ないと」

「……わかった」

パメラは不服そうに言ったものの、力が入らないのか一向に立ち上がる気配がない。さっきみたいに脇に手を入れて引き上げるとまた驚かれそうだな。

「それじゃ引っ張ってあげるから手を出して」

「ん」

手を差し出すと掴んできたので、ぐいっと引っ張り上げた。エルメーナが心配そうに声をかける。

「あらあら、パメラちゃん大丈夫なの？」

「ちょっとお湯とポーションにあたりすぎたのかも。先に出るね」

「ふふ、パメラちゃんに太いお客様を取られちゃったわね」

「マルク君は将来稼ぎそうだよね〜。甲斐性があるなら二人でも三人でもいけるよ！　マルク君、お店でご指名待ってるからね！」

冗談を言っている二人に愛想笑いをしながら、そのままパメラと手をつないで脱衣所までパメラを連れていった。濡れたまま未だにぼうっとしているパメラにタオルを出してやる。

「はいこれ」

「んー」

タオルを手渡したものの動く気配がない。未だに夢見心地のようだ。仕方ないので俺が代わりにわしゃわしゃと髪を拭いてやる。

いつの間にかニコラの魔法が解け、平たい胸族が顔を出していたがパメラが気づく様子もなかった。一応そっと視線を外した。

しばらく髪を拭いていると、パメラがようやく自分からのそのそと動き始めたので、後はパメラに任せて俺も自分の着替えを始めることにした。

「先に出ておくね。ごゆっくりどうぞ」

「はーい、言われなくともゆっくりするともー」

着替えが終わり、お姉さん方に声をかけて風呂小屋から出た。ニコラから返事は無かったが、きっと最後まで一緒にいるつもりなんだろう。

風呂小屋に場所を取られ、随分と狭くなった裏庭に土魔法でベンチを作り、しばらく涼むことにした。アイテムボックスからコップと冷えた水を取り出しパメラに差し出す。

「ありがと」

まだふらふらしているパメラがしっかり受け取ったのを見守った後、自分用に同じものを取り出した。思っていたより喉が渇いていたらしく、一気に飲み干してしまった。

パメラを見ると、水分を補給したことでやっと理性が戻ってきたのか、コップを持ったまま落ち着かない様子でそわそわとしている。どうやら先程までのことを思い出して恥ずかしさで悶えているようだ。今はそっとしておいてあげよう。

「ふうー」

大きく息を吐きながら、今日一日を思い返す。行進を見に行って、悪ガキに絡まれて説教して、手伝いに行って、変な領主に会って、手伝いが終わって、風呂を作って、風呂に入った。これでようやく長かった一日が終わるらしい。

後は三人が風呂から出るのを待って、風呂小屋を潰した後に寝床を作って寝よう。今日は泥のように眠れる自信がある。

ベンチにもたれかけ、三人が風呂から上がるのを待っていると——アイリスの裏口の扉が開く音がした。音の鳴った方に顔を向けると、

「あら？　この建物はなにかしら？」

新たなお姉さんがこちらに近づいてきた。

——ここから続々と仕事上がりのお姉さん方にお風呂を楽しんでいただくことに。結局俺が眠ることができたのは、アイリスが閉店し、カミラが最後に風呂に入ったのを確認してからだった。

第三十四話　いたずら

翌朝、俺は風呂小屋の二階に作ったドームハウス状の建物の中で目覚めた。なかなか風呂を取り壊すタイミングが無かったので、結局二階に寝床を作ることになったのだ。

昨日は風呂小屋の前に作ったベンチにまるで銭湯の番頭のように座り、続々とやってくるお姉さん方への説明と案内に明け暮れた。風呂の管理を放棄してさっさと寝ても良かったんだろうけれど、なんだかんだで喜んでくれるのは嬉しいのでついついサービスをしてしまったのだ。

F級ポーションは二日酔いに効果があると言う。E級を投入した風呂は酔い醒ましにも効いたらしく、その上に美容効果があるということでお姉さん方の喜びもひとしおのようだった。

昨夜の俺はベンチに座りながら、たびたびお湯を沸かしたり継ぎ足すために裸のお姉さん方がわんさかいる風呂小屋の中にも入っていった。そういうのは風呂の中にいるニコラにやってもらおうと思ったんだが、ニコラ曰く――

『向こうは気にしてないんだから、こっちも気にしなかったらいいじゃないですか。それにこれも魔法とその他もろもろの特訓だと思ってください。今後もヘタれて私の憩いの時間と空間を奪われでもしたら困りますし、これを機に少しは女体に慣れてもらわないと』

そんな風に言われてため息までつかれると、さすがに俺も男としての意地があるわけで。やってやるぞと思ったわけだ。

そうして何度も風呂小屋にお邪魔している間に、罪悪感みたいなのは無くなった気がする。ゴブリンを倒しまくっている間に忌避感が無くなってきたように、俺はそれなりに順応性が高いんじゃないのかと自画自賛したね。

俺を焚《た》き付けたニコラは俺と一緒にドームハウスではなく、カミラ宅にお泊りすることになった。まあこの機会を逃すような奴じゃないので納得である。

長かった昨日の夜を思い出しながら、お泊り用の布団をアイテムボックスの中に片付けた。

さてと、起きた時間は外の景色を見る限り、まだ早朝と言っていい時間のようだ。普段起きる時間と変わらない。習慣ってすごいね。

そんなことを考えていると外から声が聞こえた。

「マルク君、起きてる？」

ドームハウスから顔を出すと、パメラがこちらを見上げていた。

「おはようパメラ。昨日は遅かったのに早起きなんだね」

先に寝るように勧めたんだが、パメラも最後まで付き合ってくれた。まだ眠たくないと言いながら、ベンチではうつらうつらしていたのは微笑ましかったね。子供は夜更かしに憧れるみたいなところもあるので、気持ちはわからんでもない。

「うん、いつもこのくらいに起きてるから」

どうやら俺と一緒で染み付いた習慣のようだ。俺はドームハウスから出て階段で地上に降りた後、軽く伸びをして身体をほぐす。

「今日は帰る前に朝食を食べていってね」

「ありがとう、ごちそうになるよ。ところでニコラは？」

「まだお母さんの部屋で一緒に寝てるんじゃないかなあ」

そうじゃないかと思ったが、やっぱりカミラと一緒に寝たんだなアイツ。

「どうする？　起こしてこようか？」

「いや、いいよ。寝かせてあげて」

実は起きていていろいろと堪能している可能性がある。仮にニコラの朝食が抜きになったなら、帰る途中にでも適当に食べさせてやればいいだろう。

「わかった、マルク君の分だけ朝食を作るね。それじゃあお店に入ろ？」

「あ、でも先にコレを片付けてからね」

俺は風呂小屋を指差した。そして風呂場の水をアイテムボックスに入れた後、小屋を分解して砂にすると、それもアイテムボックスに収める。作るのは時間がかかったが、片付けるのはあっという間だった。

小屋をあっさりと片付けた様子にパメラが少し驚いていたようだが、気を取り直して俺を店内に案内する。真っ暗でシンと静まり返った店内。パメラが照明の魔道具を起動させたんだろう、すぐに薄明かりが灯った。

「それじゃあ、そこに座って待っててね」

指定されたのは、初めてパメラと出会って一緒にハンバーグサンドを食べたのと同じソファーだ。しばらく待ってテーブルに置かれたのはオレンジジュースと白パン、ベーコンエッグ。ありふれたメニューだが、朝食は凝ったものよりもありふれたものの方が嬉しいね。

礼を言い、さっそく二人で横に並んで食べ始める。するとパメラが言いにくそうに切り出した。

「昨日はその……お風呂のこと、忘れてね？　お風呂に入るとかわいくなれるって聞いて、ちょっと無理したかも……」

そういえばポーション風呂の効果だろうか、昨日までより肌の色艶がよくなってるように見える。少々引きこもりがちで肌は青白かったからな。

「……ふーん。でも忘れるって言ったってどのことかな？　わからないなあ」

俺は少し大げさに首を傾げると、心当たりをひとつずつ挙げていく。

「お風呂に沈みそうになったことかな？　それを引き上げた時に変な声を上げたことかな？　手をつながないとお風呂から出れなかったこと？　それとも一人で体が拭けなくて僕が手伝ってあげたことかなあ？」

次々と挙げていくと、パメラの顔が次第に赤く染まった。そして少し涙目になりながら俺に問いかける。

「マルク君いつもやさしいのに、どうして今日はいじわるするの？」

「……パメラをかわいいと思ったなら、いじわるしたほうがいいんじゃないかって思ってね？」

そう言ってニヤっと笑うと、からかわれたのに気づいたパメラは怒ればいいのか照れたらいいのかわからなくなったらしく、うーっと唸りながら俯くと俺の胸をポカポカと叩き始めた。

フハハハハ！　パメラと会った時にやられた冗談をやり返してやったわ！

俺が満足感に浸りながら、パメラの照れ隠しを甘んじて受け止めた。

第三十五話　お礼

しばらくパメラにポカポカと胸を殴られていたけれど、それが一向に止む気配もなく、さすがにそろそろ止めたほうがいいのでは？　と思った矢先に裏口の扉が開いた。

「あらあら、お邪魔だったかしら？　二人ともおはよう」

裏口から入ってきたのはカミラとカミラの足元にまとわりついているニコラ。パメラは二人の姿を認めると腕をピタリと止め、二人の分の朝食を作りにパタパタと厨房へと駆けていった。

パメラも止むに止まれずキリがいいところを模索していたのかもしれない。うーん、かわいいねえ。それを見送りながらカミラに挨拶をする。

「おはようカミラさん。昨日パメラに聞いたんだけど、この時間はいつも寝てるんじゃないの？」

「それが今朝はスッキリと起きられたのよね。お風呂のお陰かしら？」

頬に手をあて首を傾げながら答えるカミラ。ポーションも入っていたし案外そうかもしれない。安眠効果もあるなんて、かなり万能だな、すごいぞポーション風呂。

「それにね、昨日あれだけお世話になっておきながら、私が見送りもせずに寝てるだなんて大人として格好がつかないじゃない」

カミラは自嘲気味に笑うと表情を改めた。

「マルク君のお陰で兵士のみなさんにも存分に楽しんでいただけることができたわ。本当にありがとう。心から感謝するわ」

そう言うとカミラは見惚れるほどに綺麗なお辞儀をした。さすがは接客のプロ、今までこんなに綺麗なお辞儀は見たことがなかった。

前世で見たやり手の先輩営業マンの押し付けがましいお辞儀ではなく、見るだけで感謝の気持ちが溢れ出るようなお辞儀。これが見れただけでも手伝いの価値があったのかもしれない。

「今回はギルおじさんに言われて手伝ったことだから。よかったらおじさんにサービスしてあげてね」

「ふふ、本当にしっかりしてるわね。双子の妹のニコラちゃんはこんなにも甘えん坊さんなのに」

そう言ってカミラがニコラの頭を撫でると、ニコラはカミラの腰に抱きつき蕩けた顔を晒していた。

『はあ〜。プロの女の人はやっぱりひと味もふた味も違いますねえ。……決めました。将来はお兄ちゃんのお金でこういうお店に通いつめたいと思います』

『そんなの絶対に許さないからな。絶対にだ』

俺はニコラの言葉で将来に一抹《いちまつ》の不安を感じた。

パメラが二人分の食事を運んでくると、四人で雑談をしながらの朝食が始まった。カミラがパメラに俺の胸を叩いていた理由を尋ね、パメラが「内緒」と答えると、カミラは「私にも言えない秘密ができたのね」と嬉しそうに笑う。この母娘もほんと仲がいいよね。


しばらくして和やかなムードで食事が終わった。……そろそろ帰る頃合いだろう。

「それじゃ僕たちは帰るね」

俺がソファーから立ち上がると、パメラが「またね」と手を振った。

するとカミラがパメラになにやら耳打ちを始める。真っ赤になったパメラはしばらく動かなくなったかと思うと、ソファーを揺らす勢いで突然立ち上がった。

まるで内気な少女が意を決して学級委員に立候補したような決死の覚悟を感じるんだけれど、いったいこれからなにが始まるの？

そしてカミラに背中をポンと叩かれたパメラが俺の方へとゆっくり近づいてきた。その顔は今まで見た中で一番赤いんじゃないかというくらいに赤く染まっている。

「こ、今回のお礼。お金はいらないって聞いたから……！」

緊張しているのか、震えた声でそう言ったパメラは俺の肩に手を添えると——頬にそっとキスをした。

「〜〜〜〜〜〜〜〜〜〜〜〜!!」

そして声にもならない声を上げると、ものすごい早さで裏口から外に出ていった。あっけにとられた俺はただ呆然とパメラを見送るだけだ。

カミラは立ち上がると、ニヤニヤしながら腕を組む。

「ふふ、マルク君にしては珍しい顔が見れたわね」

俺は今どんな顔をしているのだろうか。自分じゃよくわからないけれど、少なくとも悪い気分じゃない。頬に微かな感触とパメラが近づいた時の残り香がまだ残っている。

俺はキスされたのと反対側の頬をポリポリと掻いた。

「……えっと、お礼はたしかに頂いたってパメラに言っておいて。それじゃ帰るね」

「はぁい。いつでも遊びに来てね」

まだニヤニヤしているカミラに見送られながら、俺とニコラは店の外に出た。途端にニコラから念話が届く。

『私はカミラママが本当の義母《ママ》になるのもアリだと思います』

『お前ね、デリカの時も同じようなこと言ってたけど、俺にそういうのはまだまだ早いからね』

『はぁ。ヘタレは不治の病なんですかね……』

ニコラとの念話を打ち切って周辺を眺める。まだ朝の早い時間帯。夜の店が多いらしいこの周辺は、未だに人の姿も無く静まりかえっている。

急にこの時間帯なら既に騒がしいであろう実家のことが気になってきた。今頃は朝食の準備につきっきりで、店前の掃除までは手が回ってないかもしれない。

「それじゃあ早く帰って家の手伝いをしようか」

ニコラに向かってそう話しかけると、ニコラはスンッと表情を消し、

『いえ、私は帰って二度寝します。友達の家で頑張ってお手伝いをした翌日……。今日ならきっとママにも許されると思うのです』

そういやコイツはそういう奴だったわ。俺はため息をつきながら、ニコラを引き連れ帰路を急いだ。

書き下ろし

パメラの通学路

女装をすることになったり変な領主に会ったりと、いろいろ大変だったアイリスでのビアガーデン手伝いから数日が経った。今日は光曜日。教会学校の日だ。

俺とニコラは自宅を出ると、パメラとの待ち合わせ場所になる南広場の噴水に向かって歩く。南広場の噴水から教会への道のりはそれほど遠くない。

しかし復帰して二度目の登校にはパメラもまだ不安があるだろうということで、先週のうちに今日も一緒に通う約束をしていたのだ。学校に誘った言い出しっぺの責任もあるしね。

ちなみにデリカとユーリは実家の手伝いが入ったそうで今日の教会学校は休みだ。

噴水に到着するとカミラパメラ親子がベンチに座って待っていた。人目を引く美女であるカミラは、先週と同じように周辺の屋台の男性陣からチラチラと見られているけれど、それを気にする素振りはまったくない。堂々とした立ち振る舞いだ。

夜仕事のカミラはこの時間帯はいつもなら寝ていると聞いている。それなのに付き添っているあたり、やはり彼女も娘のパメラが心配なのだろう。

「カミラさん、パメラおはよう」

「おはよー！」

俺たちが挨拶をすると、二人もベンチから立ち上がった。

「おはよう、今日もよろしくね。ほら、パメラも」

そう言って挨拶を促すものの、パメラは顔を真っ赤にして俯くばかりだ。

「ん？　パメラどうしたの？」

「ふふっ、ごめんなさいね。ほら、この間の別れ際の……ね？　あれでちょっと照れちゃってるのよ」

ああ、別れ際にほっぺにキスをもらった件か——などと思い返していると、カミラがパメラの頭をぽんぽんと撫でながら俺の顔をじっと見つめた。

「マルク君はあの時はいい顔してたけど、もう普段どおりなのね」

「あはは……」

とりあえず笑ってごまかそう。俺が見た目どおりの八歳なら意識していてもおかしくないのかもしれないけれど、精神年齢的にはいい歳なのだ。もし俺が九歳の女の子にほっぺにキスを貰っていつまでも意識していたら、それこそ危ない人な気がするよ。

「パメラ、ほらね？　あんたばかり意識してたら余計に恥ずかしいでしょう？　いい女は毅然と構えるものなのよ。ほら、前を向きなさい」

カミラに励まされてようやく前を向いたパメラは、カミラにぐいぐいと背中を押されながらこちらに歩いてきた。

「お、おはよう……」

パメラはまだもじもじとして俺と目を合わそうともしないが、そんなパメラにニコラが近づいて声をかける。

「おはよーパメラちゃん！　一緒に行こっ」

「う、うん」

もう少し慣れるまでは、俺よりもニコラが相手をしたほうがいいだろう。パメラに寄り添うニコラを見ながら、ウチの妹も気が利いているじゃないかと思っていると――

『お顔が真っ赤でかわいいですねえ。これは特等席で見物するしかありませんよフヒヒ』

などという残念な念話が届いてきたので台無しだった。

「それじゃあ行ってらっしゃい。気をつけてね」

「はーい、行ってきまーす」

俺とニコラが元気に言葉を返し、パメラがコクリと頷く。そして俺たちはカミラに見送られながら教会学校へと向かった。

◇◇◇

しばらく歩いていると、パメラもようやく俺と会話ができるまでに回復してきたみたいだ。そのことにニコラは残念そうに口をへの字に曲げたが、俺としては一安心だね。

「――それでお客さんからの要望もあったし、週に一度だけ屋上を接客スペースに使うことに決まったの」

「へえ、そうなんだ。毎日じゃないんだね」

「うん。普段は視察の日みたいにたくさんお客さんが入らないのに、お店を広く使ったら接客もやりづらいんだって」

「あー、なるほどなあ」

たしかにそうかもしれない。勝手に友人たちとわいわい楽しむビアガーデンならともかく、あのお店はお姉さんの接客がメインだ。騎士団に備えてお姉さんを増員していたあの時と違い、普段の営業で一階と屋上に分かれると店内の連携も取りにくいのだろう。

「それでね、一昨日が屋上を使った日だったの。お客さんは屋上ですごく楽しそうにお酒を飲んでたし、お母さんも売上が上がったって喜んでいたよ」

話に夢中なのか、もう照れることはなく俺に向かってにっこりと笑うパメラ。そんな話をしている間に教会に到着した。


いつものように裏庭でシスターのリーナに野菜と薬草のおすそ分けをした後、教室へと向かう。

教室にはジャックはいないだろうと思ったけれど、やっぱりいなかった。ジャックの兄貴のラックの話によると新たなトラウマも刻んだみたいだし、もしかしたらこのままこないのかもしれないなあ。自業自得とはいえ不憫《ふびん》ではある。家の場所でも聞いて一度様子を見に行こうかな。

「あっ、パメラちゃん！」

教室に足を踏み入れたところで、パメラの同級生である九歳グループの女の子たちが声を上げた。先週も仲良くしていたパメラの新しい友人たちだ。

「あっ、マルクくん、ニコラちゃん。それじゃ……」

「うん、またね」

パメラが女の子たちの輪に入ると、彼女たちからはキャッキャと声が上がる。仲が良さそうでなによりだね。それを見届け、俺とニコラも八歳グループの机へと向かった。

◇◇◇

午前の授業が終わり、昼休憩となった。先週はパメラと一緒に昼食を食べたけれど、今日はどうしようかな。約束はしていないし、なによりパメラは新しいお友達と食事を共にしたほうがいいかもしれないよなあ。

などと思いながらパメラの方をちらりと見ると、パメラがこちらに向かって歩いてきた。

「マルク君、ニコラちゃん。今日も一緒に食べていい？」

断られるかもと思っているのか、不安げに眉尻を下げながらパメラが尋ねる。

「うん、もちろん。それじゃあ裏庭に行こう」

向こうからお願いしてくるようなら、一緒に食べたほうがいいだろう。まだ復帰二度目で女の子グループに入って食事をするというのは彼女にはハードルが高かったのかもしれない。

俺たちは揃って教室から出よう――としたところで、パメラのご友人たちのひそひそとした話し声が聞こえてきた。

「元気なデリカお姉ちゃんとお似合いだと思ったけど、パメラちゃんみたいな大人しい子もお似合いかも？」

「そうねー。マルク君はどっちを選ぶのかしら？」

「片方だけだとかわいそうよ。両方と付き合えばいいんじゃない？」

「ダメよ、それは二股って言うのよ！」

「あたし、こないだジャックのお兄さんが女の人二人に詰め寄られているのを近所の路地で見かけたわ！」

めっちゃ聞こえているし、そういう話はせめて俺たちが教室から出てからやってほしい。パメラの顔がまた真っ赤になってるし。それとラックはなにやってんだ……。

◇◇◇

「それじゃあ食べよっか」

あえてパメラの友達の話には触れずに裏庭に到着した。俺はさっそくテーブルと椅子を土魔法で作り、アイテムボックスから弁当箱を取り出す。

「きょ、今日はね、マルク君とニコラちゃんにおすそ分けがあるの。私が初めて作ったんだけど……」

緊張した面持ちでパメラが鞄から弁当箱とは別の小さめの箱を取り出した。なるほど、パメラから食事を誘ったのはこういう理由もあったのかもしれない。

パメラは弁当箱の蓋をそっと開けると、中には美味しそうにこんがり焼けたから揚げがぎゅうぎゅうに詰まっていた。なんとなく初めての料理と聞いて卵焼きを予想していたんだけど、これは少々想定外。

「お、男の子はみんなお肉が大好きだからってお母さんが……。あっ、ニコラちゃんも平気？」

「うん、ニコラもお肉好きー！」

『どうやらお兄ちゃんのために作ってくれたようですよ？　お料理のできる女の子はポイント高いですね～。まあ私としてはデリカとパメラ、両方娶《めと》るくらいの甲斐性があるほうが寄生のしがいがあるのですけど』

『寄生とかまだ言ってるのか……。というか俺にはまだそういう話は早いからね』

『はいはい。それより早くいただきましょうよ』

それもそうだ。俺はから揚げをフォークで突き刺すと、一つまるごと口の中に入れた。

……うん、冷えているけれど衣はサクサクしていて噛みごたえがいいし、中もしっかりと味が染み込んでいる。

「ど、どうかな……」

俺がから揚げを味わっているのを心配そうにパメラが見つめる。

「うん、美味しいよ。初めて作ったんだって？　すごいね」

「お母さんに見てもらったから……。あの、ありがとう」

「いや、お礼を言うのはこっちだよ。作ってくれてありがとね」

「う、うん……」

また顔を赤くして俯くパメラ。俺の隣ではニコラがニヨニヨと気持ちの悪い笑みを浮かべながらパメラを見つめているけれど、ニコラじゃなくても今のパメラはかわいいと思うよ。

それから俺たちも弁当箱を開けて食事を始めた。弁当箱の中には妙に薄味な根菜の煮物が含まれていたのだけれど、おそらくこれは母さんが作った物だろう。薄味だからとドギュンザーを付け足さなかった母さんの料理スキルの成長は大きい。もしかしたら父さんが必死で止めたのかもしれないけどね。

そして食べ終わって食休み中、話題は俺の魔力量のことになった。

「マルク君っていつもたくさん魔法を使ってるけど、大丈夫なの？　私は水魔法を少し使うとすぐに疲れちゃうんだけど……」

土魔法で出来たテーブルを撫でながらパメラが尋ねる。

『ニコラ、アレって言っていいの？』

『別にいいんじゃないですか？　言ったところで根拠のない、僕の考えた最強の練習法のひとつとしか思われないでしょうし』

そうか、そういうことなら少し教えてあげようかな。以前もどうして魔法をうまく使えるのか聞かれたけれど、たくさん魔法を練習して学校に行くことだよ、なんて言っちゃったしね。

「僕は魔力量を増やす練習をしているんだよ。それで魔力量を増やすにはね、とにかくいっぱい魔法を使うんだ。使いすぎて頭がぼんやりするくらいまでかな？」

「ええ……。ぼんやりするまで魔法を使うと頭がバカになるから止めたほうがいいよってお店のお姉さんに教えてもらったことがあるけど……」

パメラが心配そうに俺の顔をじっと見る。そのやさしさがなんだかつらい。……それにしても魔法の鍛え方には諸説あるだけに、そういった俗説もあるんだな。

そうなると俺みたいな魔法の訓練をしている人はあまりいないのかもしれない。やっぱり情報ソースは神様からと言えるまともな訓練方法を知っているのは大きなアドバンテージだよなあ。

「い、いや僕は大丈夫だけどね。ちなみにパメラは今までどんな練習してきたの？」

「私がお母さんに教えてもらったのは、左手を挙げながら右手で水魔法を使って、今度は右手を挙げて左手で水魔法を使うっていうのを交互にする方法だよ」

「へー。そういうのもあるんだ」

『魔力の器には関わらなさそうですけど、器用に魔法を使うための訓練にはなりそうな気もしますねー』

ニコラがジュースを飲みながら念話で伝える。たしかに魔法は右手でも左手でも同じように使えたほうがいいし、その訓練には使えるかもしれない。

『両手を使う以外は右手でやりがちだし、俺も取り入れたほうがいいかもなあ』

『ちなみに理論上は手のひら以外からでもマナは放出可能なはずですよ。例えば足とか。お尻はちょっと難しそうですけど、お兄ちゃんならがんばればいけるんじゃないですかね』

ただし魔法は尻から出る、みたいなのは興味ないのでどうでもいいな。足から出すのはちょっと憧れるけどね。

◇◇◇

教会学校が終わり、今日もパメラをアイリスまで送っていく。さすがに持ち直したとはいえ、まだこの子を一人で家に帰すのは心配だった。

『なんていうか、守ってあげたいオーラが出てるんですよね。将来はアイリスでもお客さんがたくさんつくんでしょうねえ、ぐへへ……』

俺も同じように思っていたけれど、こいつと同意見だと思うと撤回したくなるのはなんでだろうね。


しばらく歩いて、ちょうど以前にラックと会ったところ辺りだろうか。今度はばったりとジャックと出会った。いつかはあるだろうと思っていた因縁のエンカウントだ。

買い物帰りらしく大きく膨らんだ革袋を肩にかけたジャックは、俺の隣にいるパメラを見て金縛りにあったように動けなくなっている。一度きりで数年ぶりの再会となるはずだが、覚えているらしい。パメラもジャックを見てはっと息を呑んだように見えた。

これは俺がなんとかしないといけないな。よし、なるべく気さくに話しかけてみよう。

「やあジャック。買い物の帰りなの？」

「あっ、ああ……。そうだ。そ、それじゃあまたな」

俺の言葉で金縛りが解けたジャックは、すぐさま俺たちの横を通り抜けて帰ろうとする——が、それに待ったをかけたのが意外なことにパメラだった。

「あの……。私のこと、覚えてる？」

感情を映さない顔でパメラが尋ねると、再び足を止めたジャックは目を見開いて顔をこわばらせた。やはりつい先日、昔ちょっかいをかけた女の子に手痛い仕返しを食らったジャックにとって、彼女たちがトラウマの対象になっている気がする。まあ何度も言うように自業自得なんだけど。

ジャックは喉から絞り出すような声を上げた。

「あ、ああ……、覚えてる。あの時はすまな――」

「それはいいの」

謝ろうとするジャックに被せるようにパメラが言い放つ。

「そんなことより、お酒が飲めるようになったらウチのお店に来てね？　場所は知ってるかな」

「あっ、あっ……し、知ってる。わ、わかった。絶対に行く……」

「うん、その時を待ってるからね」

にこりと笑ったパメラであったが、それはいつも俺たちに向けてるのとはまた違う、とても冷えた笑顔であった。

そして数歩後ずさったジャックは、そのまま震える声で別れを告げると足早に去っていった。なんだかジャックのトラウマがより深まったような気がする。がんばれジャック。俺は陰ながら応援するよ。

「パメラ、アレでよかったの？」

俺が尋ねると、パメラは大きく息を吐き、すっきりした顔で俺と向き合う。

「うん、ありがとう。マルク君がいたから勇気が出たよ。いつか会ったら言いたいと思ってたの」

そういえば、いつか店に現れたら仕返ししてやりなさいってカミラに言われてるって言ってたな。

「そ、そっか。それでジャックがお店に来たらどうするの？」

「ふふ、それは秘密……」

パメラが人差し指を口にあて、軽くウインクをする。こういうのが様になってしまうのも母親の影響かな。

「はは、お手柔らかにしてあげてね？」

「考えとく。それよりマルク君、早く帰ろ？」

「そ、そうだね……」

パメラに促され、俺たちは再びアイリスに向けて歩を進める。するとニコラの念話が届いた。

『お兄ちゃん。あまりパメラを怒らせないほうがいいかもしれませんよ。さっきのパメラ、なんだかめっちゃ怖かったです』

『奇遇だね、俺もそう思ったよ。でもこの様子なら、パメラはもう送迎をしなくても大丈夫かもしれないなあ』

ジャックとの会話の様子からも、パメラは以前の登校拒否生活から立ち直り、しっかりした芯の強さが備わっているように見えた。

『そうですか？　そっちのほうが悪手のような気もするのですが……。試しに聞いてみたらどうです？』

『……あ、いや、なんだか怖いのでやめとく。パメラからもういいよって言われるまでは一緒に行こうかな。お前も付き合ってくれるよな？』

『いいですよ。それならほら、そこの屋台で串焼き買ってください。アレで手を打ちます』

ニコラの指差す先には行列のできている屋台があった。最近評判らしく、ここを通るといつも行列になっているから興味はあったんだよね。それならちょうどいい。俺はパメラに声をかけた。

「パメラ、ちょっとあそこの屋台で串焼きを買ってくるから待っててくれる?」

「あっ、それなら私も買ってみたい。実は先週に見たときから気になってたの……」

恥ずかしそうに髪を指でいじりながらパメラが言った。そういやパメラは通学中の買い食いなんかもしたことないだろうし、これもいい経験になるかもしれないな。

「よし、それなら一緒に並ぼうか」

「うん!」

返事をしてパメラが俺に向けたのは、心から喜んでいるような無邪気な笑顔だった。やっぱり俺にはさっきジャックに見せた氷のような笑顔を向けてほしくはないな。

これからもパメラを怒らせたり悲しませたりしないよう気を付けよう。そう思いながら俺たちは行列の最後尾へと並んだのだった。

あとがき

深見おしおです。

このたびは「異世界で妹天使となにかする。」二巻をご購入いただきまして、本当にありがとうございます！

二巻はエキサイティングなテンタクルス漁見学やバイオレンスな野盗との遭遇——から一転、お姉さんがたくさんいるお店でキャッキャウフフなお手伝いと、振り幅の大きいお話となりましたが、楽しんでいただけましたでしょうか。

そしてそんなお話に華を添えてくださるイラストレーターの福きつね先生には、今回もステキなイラストをたくさん描いていただきました！

今回、特に印象に残ったキャラクターが二人います。まずは口絵のテンタクルス漁に描かれたおっさんです。

「おっさんが……このシーンにはムキムキ汗だくのおっさんが必要なんです……！」とリクエストした結果、福きつね先生にはそれは見事なムキムキ汗だくのおっさんを描いていただきました！　いいですよね、おっさん。

それともう一人、冒険者ギルド受付嬢のリザです。書籍化作業をする際には、事前にこちらがキャラクター設定にあたる資料を作成するのですが、なんとリザは私が福きつね先生に資料を提出するよりも前にキャラクターを描いてくださり、しかもそれが自分の思い描くリザにピッタリだったのです！　すごくないですか⁉　すごいですよね！　驚きと嬉しさの混じった、なんともいえない気分となりました。福きつね先生、ありがとうございます！

ほかにも二巻が発売される前に素敵な出来事もありました。なんと今作のコミカライズが始まったのです！　自分の考えたお話が漫画になるだなんて、今でも信じられないくらいです。

こちらは「ニコニコ静画」内で「異世界で妹天使となにかする。＠ＣＯＭＩＣ」として掲載されております。示よう子先生によって描かれたマルクやニコラたちのさまざまな表情や動きを楽しんでいただければと思います！

本作とコミカライズ、両方楽しんでいただければ幸いです。今後とも「異世界で妹天使となにかする。」をよろしくお願いいたします！

《キャラクター設定集》

リザ

好き 食べ歩き。

嫌い 雨の日（屋台ご飯が食べられないため）。

サンミナ

好き 魔法を見ること。

嫌い 面倒くさいこと。

パメラ
好き 家のお手伝い。
嫌い 乱暴な男の子。
カミラ
好き かわいいもの。
嫌い マナーを守らない客。

異世界で妹天使となにかする。2

2021年3月1日　第1刷発行

著　者　深見おしお

発行者　本田武市

発行所　TOブックス
〒150-0002
東京都渋谷区渋谷三丁目1番1号　PMO渋谷Ⅱ　11階
TEL 0120-933-772（営業フリーダイヤル）
FAX 050-3156-0508

印刷・製本　中央精版印刷株式会社

ISBN978-4-86699-119-1

Printed in Japan